Ce qui ne te tue pas...

Du même auteur

LES LARMES ROUGES

1 – Réminiscences
N° 11064
1.2 – Rémanence
N° 11238
2 – Déliquescence
N° 11671
3 – Quintessence
N° 11923

VICTORIAN FANTASY

Dentelles et nécromancie
De velours et d'acier (Pygmalion, 2017)

Hors de portée
N° 11638
Hors de question & hors de contrôle

Nos chemins de travers
Nos vagues à l'âme

GEORGIA CALDERA

Ce qui ne te tue pas...

Playlist d'écriture

Familiar, Agnes Obel.
Love and War, Fleurie.
Special Death, Mirah.
Sail, Awolnation.
Silhouette, Aquilo.
Breathe, Verona.
My Skin, Nathalie Merchant.
Who Will Save You Now, Les Friction.
Feathers, Karliene.
Saturn, Sleeping at Last.
Piece by Piece, Kurt Hugo Schneider, Sam Tsui et Kirsten Collins.
Ghost, Joshua Wicker.
Light, Sleeping at Last.
Surrender, Nathalie Taylor.

Remerciements

Tout d'abord, je voudrais remercier Pauline, mon éditrice, pour son travail, la qualité de ses remarques et également pour avoir si bien saisi la profondeur de cette histoire, tous ces messages me tenant tant à cœur et que j'ai essayé de faire passer à travers Adam et Violette.

Je remercie ma maman, ma toute première lectrice, pour ce temps – plus que conséquent – passé à lire mon texte brut et discuter ensuite de mes personnages, de toutes ces situations complexes et délicates qui ponctuent ce récit. Je sais que pour toi, les passages les plus sombres ont été difficiles, mais merci de m'avoir fait confiance et de leur avoir malgré tout accordé autant d'attention.

Mille mercis à mon équipe de choc de bêta-lectrices, Claire, Axelle et Angélique ! Nos longs échanges téléphoniques au fur et à mesure de l'écriture, afin d'analyser et de décrypter chaque chapitre, m'ont été d'une immense aide. Votre soutien, votre enthousiasme et toutes vos réflexions m'ont permis de garder le cap et de toujours rester motivée en dépit de mes sempiternels doutes et questionnements.

Je remercie bien entendu Guillaume, mon mari, qui partage ma vie et supporte mes tracas d'auteur – un brin angoissé – avec tant de patience. Merci pour tes conseils avisés et ton inconditionnelle bienveillance, si précieux dans ces moments d'écriture intensive.

Et *the last but not least*, un énormissime merci à tous mes lecteurs, ceux de la première heure, comme ceux qui, peut-être, me découvriront avec ce texte. Vous rencontrer lors de salons, dédicaces et autres événements, échanger avec vous et vous écouter me parler de mes livres, m'apporter de nouveaux points de vue et parfois même de nouvelles idées, est toujours aussi génial et épanouissant. Vous permettez à mes personnages de prendre vie, à mes histoires d'exister, et ça, ça n'a pas de prix !

1

Violette

Ne te retourne pas. Pas un regard en arrière. Si tu te retournes, tout est fini, alors marche. Avance et garde la tête haute.

J'accélérai le pas, remontant le quai en slalomant entre les gens agglutinés près du train, me répétant en boucle ces quelques mots, qui m'avaient accompagnée tout au long du trajet. Une fois dans le hall de la gare, je ne repérai aucun visage connu. Je poursuivis donc mon chemin, comme si de rien n'était, comme si je savais parfaitement où j'allais et ce que je faisais.

Rien n'était plus faux, en vérité…

Ma mère était toujours en retard – elle avait même élevé ce travers au rang de trait de caractère. Après tout, quoi de plus normal qu'elle le soit aujourd'hui encore ?

Je franchis les portes automatiques et un léger courant d'air frais souleva mes cheveux, me forçant à lever une main pour maintenir mon chapeau sur ma tête, achevant de me ralentir dans mon élan. Je balayai le parvis du regard, cherchant à nouveau parmi la foule effervescente alentour, sans plus de succès.

J'observai un instant les voitures qui circulaient à quelques mètres de là, la fontaine étrange au centre de la place – sorte de coque de bateau retournée – et l'édifice moderne de verre surplombant le boulevard. Tout me semblait si différent à présent. Ces lieux, c'était comme si je les avais toujours connus et en même temps, comme si trop de choses avaient changé durant toutes ces années d'absence pour que cela me soit encore familier.

Je longeai l'extérieur de la gare et m'arrêtai sur le côté, entre deux arcades. Je fouillai dans mon sac à main pour en sortir un paquet de clopes. Je plaçai une cigarette entre mes lèvres et l'allumai, admirant la bande de fumée qui s'échappait de ma bouche pour s'envoler mollement vers le ciel.

Là, je croisai le regard d'un type, la vingtaine, à l'allure on ne peut plus banale. Je détestais baisser les yeux devant les autres et encore plus face à des inconnus. Je ne voulais pas avoir l'air de m'excuser d'exister, d'occuper un petit morceau d'espace public. Ce qui m'avait d'ailleurs souvent valu des ennuis…

Comme attendu, le mec me décocha un petit sourire en coin, se moquant bien de la façon dont *moi*, je l'observais en retour, ignorant mon air agacé et l'absence totale d'enthousiasme sur mon visage. Puis il vint dans ma direction.

— Charmante, lâcha-t-il lorsqu'il fut à ma hauteur.

J'abandonnai finalement le duel de regards et me détournai pour renifler un grand coup, raclant salement le fond de ma gorge tout en m'appliquant à faire le plus de bruit possible. Puis je crachai, envoyant un mollard bien dégueulasse à un mètre de là, tout près du mur. Après quoi, je fis semblant de m'essuyer la bouche du revers de ma manche.

— Hein, quoi ? m'exclamai-je en grimaçant, inclinant la tête comme si j'étais dure de la feuille. Tu m'as parlé ?

Le gars ne put retenir une moue choquée désopilante et préféra tout compte fait me contourner pour reprendre sa route.

Avant, ce truc faisait mourir de rire mes copines. Maintenant, ça n'amusait plus que moi... et encore.

Je sortis mon téléphone de mon sac, espérant y trouver un message de ma mère, mais aucun nouveau SMS n'était signalé. Seulement une notification Facebook.

La tentation devint soudain trop forte.

Je finis par faire ce que je m'étais interdit et jetai un coup d'œil en arrière...

Je me connectai à ce compte idiot que je n'avais pas réussi à fermer et je fis défiler les petits mots que des amis d'un autre temps – d'une autre vie plutôt – avaient laissés jour après jour sous mes vieilles publications. Les plus sympathiques se trouvaient en commentaire de ma photo de profil.

Un petit nouveau venait d'ailleurs tout juste d'y faire son apparition :

`Roselyne Doll : Heureuse, maintenant que le lycée est terminé, de ne plus avoir à croiser ta sale tronche de traînée ☺`

Je supposai que pour Roselyne – une ancienne camarade de classe, que je ne connaissais qu'assez peu en fait – un émoji doigt d'honneur aurait été aller un peu trop loin dans la vulgarité. Sans doute imaginait-elle très spirituel de remplacer un geste insultant par un clin d'œil...

J'hésitai à supprimer tout bonnement le message, puis renonçai, comme chaque fois. Qu'est-ce que j'en avais à faire, franchement ? Ce compte n'était plus vraiment le mien, c'était celui d'un fantôme où se déversaient des torrents de haine totalement délirants.

Je scrollai machinalement vers le bas et passai en revue quelques-unes des autres amabilités du genre qui m'étaient adressées :

Camille Hernault : Tu devrais pas sourire, *biatch*, t'es beaucoup trop laide.

Antonia Duval : Stp, rends service à la planète et va mourir, pauvre déchet.

Ce à quoi un autre répondait :

Florian Ravay : Ouais, qu'elle se jette sous un train, puisqu'il n'y a bien que ça qui ne lui soit pas passé dessus ! XD

Comme si je n'y avais jamais songé – pas plus tard que ce matin encore, d'ailleurs...

Cette aimable suggestion comptabilisait à l'heure actuelle pas moins d'une centaine de likes.

Je me déconnectai en soupirant, me navrant moi-même de cette curiosité malsaine qui me poussait sans cesse à regarder jusqu'où tout cela pouvait encore mener. Je me racontai alors des histoires pour justifier mon propre comportement face à cette déferlante, je me figurai que mon mur Facebook était devenu une espèce d'expérience sociale créative que je pouvais étudier avec un détachement presque scientifique, voire vaguement artistique. Un genre de déversoir à saloperies, à l'instar des cloisons de chiottes du lycée, où tous les élèves venaient consigner leurs idées les plus répugnantes et inavouables, mais en version numérique.

C'était le premier jour de ma nouvelle vie et déjà, je replongeais. Cela me rendait-il de fait définitivement irrécupérable ?

Une paire de talons pressés martela le bitume non loin de moi. Je jetai mon mégot et relevai la tête, comme par réflexe. Puis je l'aperçus.

Ma mère, cette magnifique femme blonde aux doux yeux bleus, plus sophistiquée qu'à l'ordinaire en chemisier turquoise, jupe crayon noire et veste de tailleur assortie. Elle m'adressait un sourire chaleureux. Une bouffée de soulagement souffla en moi, balayant une infime partie de tout ce fatras sombre qui encombrait l'intérieur de ma poitrine – mais soyons clairs, jamais je n'admettrais une chose pareille devant elle.

2

Violette

— Ma petite Lily chérie ! s'exclama-t-elle en se précipitant vers moi pour me serrer dans ses bras.

Je me raidis subitement. Ce surnom, je n'en voulais plus, comme tout ce qui allait avec.

— Salut, maman.

Je ne la repoussai pas mais je ne refermai pas pour autant mes bras autour d'elle, je n'en avais pas envie. À la place, je me contentai de retenir ma capeline sur ma tête pour éviter qu'elle ne tombe.

Ma mère et moi, c'était une longue histoire, *très* compliquée.

Une rancœur tenace m'avait longtemps tenue éloignée d'elle. Cependant, j'en étais arrivée à un point où je ne pouvais plus continuer à la fuir. Récemment, j'avais dû faire un choix : accepter sa proposition de venir vivre avec elle et son nouveau mari et intégrer cette super école de dessin dont elle me rebattait les oreilles, ou bien...

Ou bien, je ne savais pas trop.

Passer ne serait-ce que quelques mois supplémentaires dans cet appartement trop exigu à Avignon, avec un père chômeur et dépressif et un frère aîné de plus en plus absent, dans une ville où à peu près tout le monde s'était retourné contre moi, n'était de toute façon pas une option envisageable.

Sans compter que le dessin, c'était tout ce que j'avais. Tout ce qu'il me restait, pour être exacte. Plus rien d'autre ne comptait désormais.

Alors, quand ma mère m'avait soumis l'idée que je pourrais peut-être présenter un dossier pour intégrer Arte-Sup – une école supérieure de graphisme pas trop mal cotée à seulement quelques kilomètres de chez elle –, tout en me promettant de prendre en charge l'intégralité des frais de scolarité – plus que conséquents, cela va sans dire –, je n'avais pas beaucoup hésité.

Quitte à peiner un peu plus encore mon père et décevoir mon frère...

— Tu as mauvaise mine, déclara ma mère en s'écartant pour mieux m'examiner.

— J'ai passé l'après-midi dans un wagon bondé avec des enfants qui couraient dans l'allée centrale et hurlaient à tout va, alors un peu d'indulgence, s'il te plaît. Et tu viens de m'appeler Lily, je t'avais demandé de ne plus le faire. J'ai un prénom, tu sais.

— Crois-le ou non, j'étais là quand cela a été décidé, quand ton père a tant insisté pour qu'on te donne le nom de sa grand-tante que j'ai fini par céder, après des heures de travail en salle d'accouchement.

Elle arqua un sourcil pour appuyer l'ironie de son propos.

Puis elle recula d'un pas et me passa en revue tandis que je replaçais mon chapeau à larges bords de feutre noir sur mon crâne – j'aimais le porter très en arrière, je trouvais que le contraste avec mes longs cheveux blond foncé et mon visage ovale trop pâle était intéressant.

— Tu as grandi, non ?

— Non, maman, à plus de dix-huit ans, il y a peu de chances pour que ça arrive encore.

— Tu avais un an de moins la dernière fois que je t'ai vue, je te signale.

C'était vrai. J'étais bien venue à Tours quelques mois plus tôt afin de rencontrer le directeur de l'école, mais j'avais refusé que ma mère m'accompagne. En fait, je m'étais même arrangée pour que mes horaires de train ne coïncident pas avec les siens – j'avais d'ailleurs dû courir pour ne pas louper mon TGV après l'entretien. Il était donc tout à fait possible qu'une année se soit écoulée depuis la dernière fois que nous nous étions vues ; je n'avais pas compté.

Je plaidais coupable : malgré les trésors d'efforts que ma mère déployait dernièrement pour m'être agréable, j'étais vache avec elle. C'était comme ça, nous avions un passif beaucoup trop lourd pour que quelques gentilles attentions puissent tout effacer. J'ignorais si cela pourrait changer un jour.

Elle prit la poignée de mon bagage et entreprit de le faire rouler derrière elle.

— Je suis garée à quelques rues d'ici, expliqua-t-elle.

Je la suivis sans mot dire, fourrant les mains dans les larges poches de mon trench-coat beige.

— Tu as maigri, aussi, fit-elle remarquer sans se retourner.

— Dans tes rêves, peut-être.

Elle s'arrêta net et pivota.

— Je n'ai jamais rêvé de voir ma fille ressembler à un sac d'os, je regrette. Je ne suis sans doute pas la meilleure mère du monde, mais tout de même, je préfère que tu sois en bonne santé plutôt qu'affamée par pur souci esthétique.

— Je plaisantais, maman, c'est tout. J'ai une meilleure hygiène alimentaire depuis que je suis devenue végétarienne, mais ça n'a rien à voir avec l'esthétique. Et si ça peut te rassurer, en ce qui me concerne, je trouve qu'absolument rien n'est en trop chez moi.

C'était même tout l'inverse...

Mais je m'en fichais. Je ne voulais pas être attirante. Ni jolie. Ni rien.

Plus maintenant.

Cela dit, je ne voulais pas me fondre dans la masse pour autant, ce serait revenu à leur donner ce qu'ils souhaitaient et c'était hors de question. Non, je désirais juste être moi-même, aussi libre que possible.

Et cette liberté, je tentais de venir la chercher ici, puisque là-bas, à Avignon, où j'avais si longtemps vécu avec mon père et Corentin, mon frère, on avait fini par m'en priver…

Maman eut une petite moue compatissante – elle comprenait évidemment ce que je voulais dire car elle aussi avait peu de poitrine. Elle se retourna pour avancer le long du trottoir.

— Tes cartons sont arrivés hier, annonça-t-elle. Je les ai mis dans ta nouvelle chambre sans les ouvrir, comme tu me l'as demandé. Il n'y a vraiment pas grand-chose. Tu es sûre d'avoir fait envoyer toutes tes affaires ?

— Seulement ce qui est nécessaire. Ne t'inquiète pas, à part mes fringues et mon matériel de peinture, je n'ai besoin de rien d'autre.

Je devais faire le vide de toutes les manières possibles. Repartir de zéro impliquait de laisser derrière moi tout ce qui avait fait ma vie d'avant.

Elle pressa un bouton sur sa clé et déverrouilla une 308 bleu nuit fraîchement sortie de l'usine. La mine réjouie, elle lança :

— Je suis tellement contente que tu viennes vivre avec nous !

Je voulus l'aider à charger mon bagage dans le coffre, mais elle me fit signe de me pousser et s'en occupa seule.

Je ne savais que répondre. Pour ma part, je n'étais pas spécialement heureuse de cette situation. Puis j'aurais eu l'impression de trahir mon père et mon frère si j'avais laissé croire à ma mère que je partageais sa joie, que j'étais venue dans le but de passer plus de temps avec elle juste par plaisir. Donc je me tus.

Elle monta dans le véhicule sans se départir de son sourire et je pris place à l'avant, fronçant le nez comme l'odeur de cuir neuf me prenait à la gorge.

— Alors ça y est, maintenant tu te fais appeler Mme Nielsen ? m'enquis-je d'un ton que je tentai de rendre détaché.

Elle avait décidé de reprendre son nom de jeune fille juste après avoir divorcé de mon père. Et voilà qu'elle changeait encore… J'ignorais si je pourrais m'habituer à ce nouveau patronyme, il sonnait encore si bizarrement à mon oreille.

— C'est ça, approuva-t-elle en mettant le contact. Et je vais enfin pouvoir te présenter à Ludwig, depuis le temps ! Il a hâte de faire ta connaissance, tu sais.

De mon côté, je ne pouvais en dire autant. Je n'étais pas vraiment impatiente de rencontrer ce type que ma mère avait épousé huit mois plus tôt.

Mon père avait été tellement malheureux d'apprendre qu'elle se remariait, que mon frère et moi avions d'emblée refusé nos invitations pour la cérémonie. Nous avions également systématiquement refusé de rencontrer son nouveau Jules et n'avions ouvert aucune des photos qu'elle nous avait envoyées par e-mail. Si bien que j'ignorais quelle tête pouvait avoir le fameux Ludwig.

Je ne savais quasiment rien de lui si ce n'est qu'il avait été veuf, travaillait depuis longtemps dans la police et avait un fils à peu près du même âge que moi prénommé Adam.

Adam et sa mention « Très bien » au Bac, son coup de crayon soi-disant exceptionnel, reçu le jour même du dépôt de sa candidature à Arte-Sup…

Et qui m'agaçait déjà prodigieusement. Même si je ne disposais d'aucun autre élément à son sujet – avec un peu de chance, ce serait un nain binoclard boiteux avec des dents de lapin et des pieds de Hobbit, en tout cas, c'était comme ça que je me plaisais à l'imaginer.

Outre des parents qui mêlaient donc allègrement leurs salives – beurk, j'en frissonnais de dégoût par avance ! –, le fils de Ludwig et moi partagions apparemment également un goût prononcé pour les arts visuels – enfin, suffisamment pour escompter bosser un jour dans ce domaine. Je supposais que d'une certaine façon, j'aurais dû lui être reconnaissante. Après tout, c'était suite aux démarches qu'il avait entreprises pour être admis à Arte-Sup que ma mère avait découvert l'existence d'un tel établissement si près de l'endroit où elle vivait. Qu'elle en était ensuite venue à penser que cela pourrait m'intéresser. Puis à me proposer d'essayer d'intégrer ce cursus – ce que j'avais fait, faute d'avoir les moyens de m'offrir les services d'une autre école ailleurs.

Lui et moi nous apprêtions donc à nous jeter ensemble dans le grand bain des études supérieures et à faire ensemble nos premiers pas dans l'univers de l'art, le tout dans seulement deux jours. Et je n'étais pas – *absolument pas* – emballée à cette perspective.

OK, tout cela n'aurait sans doute dû rendre ce mec que plus sympathique à mes yeux. En vérité, c'était loin d'être le cas...

J'espérais qu'il ne s'attendait pas à trouver en moi la sœur qu'il n'avait jamais eue ou une connerie de ce genre, qu'il ne s'acharnerait pas non plus à essayer de sympathiser uniquement parce qu'on allait devoir coexister pacifiquement sous le même toit. Et surtout, j'espérais qu'il n'allait pas trop me coller en cours.

J'aspirais à retrouver une vraie vie sociale – c'était même un besoin vital, on n'allait pas se mentir. Et... comment dire ? Cet objectif n'était juste pas conciliable avec le fait de s'afficher en compagnie d'un type du style premier de la classe, fils de flic en prime. Commencer ma première année de BTS avec un handicap pareil était tout bonnement inenvisageable, j'en avais déjà suffisamment bavé comme ça.

Puis je n'y pouvais rien, j'avais toujours détesté les fayots intellos du premier rang. Moi, j'avais toujours été de l'autre bord, avec le groupe des fêtards qui faisaient un peu trop de bruit au fond de la salle – enfin, jusqu'à l'année dernière du moins, mais il ne s'agissait là que d'un accident de parcours.

Je n'allais pas le renier. Je n'allais pas faire si vite une croix sur mes espoirs de vie d'étudiante rêvée, remplie de soirées entre potes, de rires et d'alcool, juste pour faire plaisir à ma mère et à un beau-père qui m'était encore totalement inconnu.

Évidemment, à l'heure où la plupart des jeunes de mon âge quittaient leur foyer pour prendre leur indépendance, j'abandonnais quant à moi un père et un frère pour aller vivre chez ma batifoleuse de mère et son flic de mari. Il y avait plus rock'n'roll comme scénario. N'empêche que je ne comptais pas pour autant renoncer à rattraper le temps perdu à broyer du noir et à supporter tout ce que j'avais dû supporter durant mon année de terminale. J'étais bien décidée à profiter de ma jeunesse et de la carte blanche que m'offrait mon anonymat parmi les gens de cette ville.

3

Violette

— Et puis tu ne seras pas perdue dans ta nouvelle école, reprit ma mère en s'arrêtant à un feu. Si j'ai bien compris, vous devriez vous retrouver dans la même section avec Adam. C'est cool, non ?

— Ouais... Vraiment. Trop. Cool.

Elle me jeta un coup d'œil en biais, l'air de se demander si j'étais aussi dégoûtée et blasée que je le laissais entendre.

Pour être honnête, je n'en étais pas loin.

— Allez, ne fais pas ta mauvaise tête. Vous aimez tous les deux le dessin, vous aurez au moins un sujet de conversation lors des futurs dîners de famille, c'est déjà ça.

— Ça dépend, aimer le dessin exclut-il nécessairement d'être un gros con ?

— Charmant, souffla-t-elle, son sourire s'effaçant d'un coup tandis qu'elle redémarrait. Si je me réfère à ce que je connais de vos caractères respectifs, à Adam et à toi, il se pourrait que vous n'ayez pas que le dessin en commun...

J'eus soudain envie de rire – je ne me souvenais pas que ma mère avait autant de repartie –, mais je me retins. Ça faisait trop longtemps que cela ne m'était pas arrivé, je ne savais plus tellement comment on faisait.

— Donc, c'est bien un connard, n'en déduisis-je pas moins.

— Je n'ai pas dit ça. Mais il est... *spécial*. Oui, ça, c'est indéniable.

— Spécial ? Genre quoi ? Bizarroïde ?

Ma mère haussa les épaules, ce qui, étant donné son degré très élevé de tolérance, n'était pas bon signe.

— Je suis certaine que tout se passera très bien avec Ludwig, c'est un homme vraiment charmant. Mais en ce qui concerne son fils, les choses sont un peu plus... un peu plus compliquées, pour ne rien te cacher. Je ne crois pas qu'Adam m'apprécie. Alors, si jamais il ne se montre pas très amical avec toi, voire un peu froid, ne le prends pas personnellement, d'accord ? Et surtout, n'insiste pas. Ce n'est pas grave si vous ne parvenez pas à vous entendre malgré votre cursus commun, OK ?

— OK...

Bon, ça tombait assez bien, vu que, de toute façon, je n'avais pas l'intention de tenter de fraterniser. Mais quand même, c'était quoi son problème à ce type ? Quelle raison pourrait bien avoir quelqu'un qui n'était ni mon père, ni mon frère, ni moi de ne pas apprécier ma mère ?

— Attends, il t'a dit des trucs méchants ? m'inquiétai-je subitement. Est-ce qu'il a fait des choses pour essayer de te chasser de chez son père ?

— Oh, non. Non, rien de tout ça. Il... il ne me parle pas, c'est tout.

Je pivotai sur mon siège pour mieux voir son visage. Elle me cachait quelque chose, je pouvais le deviner au léger plissement de ses paupières.

— Maman, qu'est-ce qu'il y a d'autre ?

— Écoute, céda-t-elle dans un soupir, nous évitons autant que possible le sujet avec Ludwig, c'est un sujet très sensible, mais il est évident qu'Adam a pas mal de problèmes. Aussi, je te remercierais d'être assez mature pour ne pas... tu sais, pour lui épargner toutes ces reparties cinglantes dont tu as le secret. Je ne te demande pas de ne plus être toi-même, juste un peu moins corrosive. Il faut que tu comprennes que ce n'est pas un mauvais garçon, et je ne t'aurais pas fait venir s'il y avait le moindre risque pour que tu ne sois pas en sécurité ici. Sache cependant qu'il peut parfois arriver à Adam – en de très rares occasions – d'avoir des accès de violence.

Monsieur-mention-très-bien-au-bac dégringola d'un coup de son piédestal de premier de la classe et perdit aussi sec son côté agaçant pour devenir seulement... flippant.

— Euh, tu déconnes, là ?

Ma mère enclencha son clignotant, concentrée sur la route en face d'elle, puis gara la voiture sur le trottoir, juste devant une imposante bâtisse encadrée d'une haute et sombre clôture.

— Je ne voulais pas t'alarmer avant que tu le rencontres pour la première fois, expliqua-t-elle en baissant légèrement la voix. Mais tout compte fait, je pense qu'il vaut mieux que tu sois au courant. Je crois qu'il est déjà arrivé à Adam de frapper son père. Enfin, depuis que je vis avec eux, rien de semblable ne s'est jamais produit.

Je ne pus m'empêcher d'écarquiller les yeux.

Bordel, mais dans quelle maison de tarés ma mère était-elle en train de m'entraîner ?!

Pour elle, dont le métier d'assistante sociale consistait à être sans cesse confrontée à des histoires plus sordides les unes que les autres, c'était peut-être banal, mais pour moi, c'était complètement délirant. Certes, j'avais fréquenté mon lot de bad boys tatoués – j'avais un véritable penchant pour eux, je le reconnaissais –, mais là, il n'était pas juste question d'un look un peu grunge et de quelques délits mineurs. Non, cela allait bien au-delà... et c'était vraiment trop glauque.

— Vois-tu, peu de temps avant que j'emménage avec eux, Ludwig a eu une grosse altercation avec son fils, continua ma mère. Je n'étais pas présente et comme je te l'ai dit, ils ne se sont jamais disputés devant moi. Toujours est-il que ce jour-là, c'est allé très loin. Ils en sont venus aux mains et Ludwig a eu le nez et la mâchoire fracturés.

Je l'examinai attentivement, pour être bien sûre d'avoir tout compris. Quand je fus absolument certaine qu'elle ne plaisantait pas, je me laissai brutalement retomber contre le dossier de mon siège, totalement estomaquée.

— Waouh, je n'en reviens pas ! Tu es en train de m'annoncer tranquillement que je vais devoir vivre sous le même toit que l'un de tes putains de cas sociaux ?!

— Surveille ton langage, Violette. Et non, ce n'est pas ce que j'ai dit. Adam ne te fera aucun mal, tout au plus il t'ignorera. Je te le répète, ce n'est pas quelqu'un de méchant.

— Ouais, c'est ça ! Et tu viens aussi de me raconter qu'il battait son propre père ! Mais t'es dingue, ou quoi ?

Elle baissa la tête, accusant le coup. Ça faisait des années que je n'avais pas crié sur elle. En vérité, je ne me rappelais même pas l'avoir réellement fait un jour.

Après quelques secondes d'un silence de plus en plus lourd, elle me demanda avec une froideur qui ne lui ressemblait pas :

— Tu veux rentrer chez ton père ? Vas-y. Je te paie le billet de train, s'il n'y a que ça pour te faire plaisir. Ici, c'est peut-être loin d'être parfait, mais c'est mon foyer désormais. Et c'est tout ce que je peux te proposer. Ni ton père ni moi n'avons les moyens de te financer un logement en plus des sommes astronomiques que coûtent les écoles qui t'intéressent.

Et aucune banque n'avait accepté de m'accorder un prêt étudiant suffisamment élevé pour ça, je n'avais pas oublié.

— Si tu refuses d'essayer de connaître Adam, ça n'a pas d'importance. Il s'en accommodera parfaitement, fais-moi confiance. Dans cette maison, il y a une chambre ainsi qu'une salle de bains rien que pour toi. Personne n'attend de toi plus qu'un peu de présence durant les repas. Hormis cela, tu pourras mener ta vie comme bon te semble. Il y a un arrêt de bus pas loin… Et je veux bien te donner mon vélo pour aller en cours si c'est ce que tu souhaites. De cette façon, tu n'auras pas à faire le trajet avec le fils de Ludwig. Voilà, c'est à prendre ou à laisser.

Je n'eus qu'à me remémorer l'espèce de déchetterie immonde qu'était devenu mon compte Facebook pour me décider.

Entre la peste et le choléra… autant opter pour le cas de figure offrant le plus de chances de survie – même si elles étaient peu élevées dans un cas comme dans l'autre.

Je sortis de la voiture en claquant la portière avec humeur et allai directement au coffre pour récupérer mon bagage. Puis, je me postai sans un mot devant le portail – en supposant qu'il s'agisse bien de la maison en question.

Ma mère verrouilla la voiture et me rejoignit. Elle ouvrit la grille et attendit que je la précède.

Le jardin était vaste et étonnamment bien entretenu – rien à voir avec le petit carré de pelouse en friche que nous avions à l'époque où ma famille n'avait pas encore éclaté. La bâtisse, quant à elle, me paraissait immense. Plutôt moderne et sans fioritures, elle devait compter au bas mot plus de deux cents mètres carrés de surface.

Je m'arrêtai au pied de l'escalier pour laisser passer ma mère. Elle monta les marches du perron en silence et, avant même qu'elle ait eu le temps de glisser la clé dans la serrure, la porte s'ouvrit.

4

Violette

Un homme de haute stature apparut dans l'encadrement. Les cheveux châtain clair, de grands yeux bleus, des pommettes saillantes contrastant avec des joues creuses et une mâchoire ultra-carrée, ajoutés à un sourire éclatant, un brin enjôleur, et je commençais à comprendre pourquoi ma mère s'était laissé passer une seconde fois la bague au doigt.

— Catherine, mon ange, murmura-t-il à son intention.

Il déposa un bref baiser sur ses lèvres, l'attirant à lui d'un bras, et je me détournai comme un profond malaise m'envahissait. C'était la première fois que je voyais ma mère avec un autre homme et je ne pouvais m'empêcher de penser à mon père et au mal que ça lui aurait fait d'assister à une telle scène.

— Et tu dois être Lily, présuma Ludwig tandis que ma mère s'écartait pour me faire de la place sur le perron. Entre, je t'en prie.

Encore ce surnom débile… Allait-il me coller longtemps à la peau ?

— C'est juste Violette maintenant, rétablit ma mère, avant de se tourner vers moi : Violette, je te présente Ludwig. Ludwig, Violette.

Il me débarrassa de mon bagage comme si de rien n'était et, une fois à l'intérieur, me tendit la main. Je la lui serrai sans conviction. Il avait peut-être l'air sympa, mais il m'en faudrait un peu plus pour que j'abandonne si tôt l'expression ouvertement méfiante que j'avais plaquée sur mon visage.

— Je suis ravi de pouvoir enfin te rencontrer, déclara-t-il. Ta maman m'a beaucoup parlé de toi, tu sais. Nous sommes vraiment heureux de t'accueillir ici. Cette maison est aussi la tienne dorénavant. J'espère que tu t'y sentiras comme chez toi.

Il y avait peu de chances, mais bon, je n'allais pas faire la fine bouche. Comparée au dernier appartement que j'avais partagé avec mon père et mon frère, cette baraque était un vrai palace. Tout semblait neuf et aseptisé, les murs étaient peints dans des tonalités allant du gris pâle au taupe, le salon – que j'apercevais depuis l'entrée – était meublé avec goût, deux gros canapés de cuir noir encadraient un écran plat géant, et la cuisine, sur le côté, était en bois cérusé crème.

— J'ai préparé un repas entièrement végétarien pour ce soir, m'annonça Ludwig. C'est la première fois que je m'adonne à cet exercice, donc ne sois pas trop dure avec mes talents de cuisinier, d'accord ?

— Je ferai mon possible, mais je ne peux rien garantir. En général, je suis plutôt franche comme fille.

Il pouffa de rire et fit un petit signe à ma mère, comme pour approuver un truc cool qu'elle lui aurait dit à mon sujet.

Là, un léger sourire m'échappa.

Peut-être qu'après tout, on avait été un peu salauds, avec mon frère, de refuser de le rencontrer en s'imaginant un abruti fini en polo bleu ciel à la con, posté toute la journée derrière une paire de jumelles radar.

— Bien, je vais monter ton sac à l'étage, comme ça, tu pourras découvrir ta chambre, ensuite nous passerons à table, proposa Ludwig. Allez, viens, c'est par ici.

J'emboîtai le pas à ma mère et à son mari, longeant un couloir menant à une cage d'escalier. L'absence de cadres, de photos de famille et autres habituelles babioles personnelles me frappa soudain.

C'était un peu curieux, mais probablement pas anormal. Après tout, puisque la première femme de Ludwig était morte, tout souvenir de leur ancienne vie était susceptible de devenir source de douleur. Et puis il ne fallait pas oublier une chose : avant que ma mère n'y emménage, c'était une maison d'hommes. La déco n'était sans doute pas leur fort.

Ludwig déposa mon bagage sur le palier, puis rebroussa chemin, laissant à ma mère le soin de me montrer ma nouvelle chambre. Elle indiqua une porte de bois blanc entrouverte, puis désigna celle, fermée, qui lui faisait face.

— On a pensé que vous laisser l'étage était préférable, précisa-t-elle avec une moue circonspecte. Mais la maison est grande, il y a aussi de la place au rez-de-chaussée. Donc si tu préfères, on peut s'organiser autrement.

— Ça ira, te bile pas, assurai-je en remarquant le verrou fixé au battant.

Le couloir était suffisamment large pour que je sois tranquille malgré tout. L'autre cas social et moi ne serions jamais que voisins de palier. Je pouvais gérer ça.

D'ailleurs, pourquoi ne se montrait-il pas ? Est-ce que c'était déjà un peu bizarre ou je me faisais des films ?

Je fis rouler mon sac jusqu'au centre de la pièce qui m'était réservée et pris un instant pour l'examiner. Un lit double était disposé en face d'une baie vitrée donnant sur un petit balcon. Les murs étaient restés blancs et nus, mais le mobilier de bois clair était plutôt agréable. Un bureau jouxtait la fenêtre et une porte, un peu plus loin, ouvrait sur une salle de bains et des toilettes privatives. Dans un coin s'entassaient les quatre cartons que j'avais fait envoyer, comme des intrus au milieu de toutes ces choses si bien ordonnées.

— Est-ce que ça te convient ? m'interrogea ma mère.

— Ouais, ça va.

La vache, c'était le luxe ici !

Je déposai mon sac à main, mon trench et mon chapeau sur un fauteuil et me laissai ensuite tomber sur le matelas pour en tester la souplesse.

— Je vais passer un petit coup de fil à papa, histoire de lui dire que tout se passe bien. Je ne serai pas longue.

Ma mère hocha la tête, puis s'éclipsa.

Dix minutes plus tard, je descendis, le cœur lourd d'avoir entendu mon paternel me répéter d'une voix un peu trop chevrotante combien il était heureux pour moi, combien j'avais eu raison d'accepter l'offre de ma mère pour suivre ces cours, même si ça signifiait qu'on devait s'éloigner pour un temps, lui et moi. Je savais qu'il n'allait pas fort. Il ne s'était jamais vraiment remis du départ de ma mère. Et évoquer sa nouvelle vie avec son second mari n'arrangeait en rien les choses, j'en avais peur...

J'hésitai à aller d'abord dans la cuisine voir si Ludwig avait besoin d'un coup de main, mais j'aperçus ma mère près de lui, une main sur son bras tandis qu'il se tenait devant le plan de travail. Un peu désemparée, je me rendis au salon.

Je m'arrêtai sur le seuil, surprise de ne pas trouver la pièce vide.

Debout, nonchalamment appuyé contre le dossier d'un fauteuil, une jambe tendue devant lui et l'autre repliée, se tenait un jeune homme vêtu d'un large pull de laine noire à col roulé et d'un jean assorti. Il mâchonnait pensivement un morceau de pain, les bras à demi-croisés, lorsqu'il me vit à son tour.

Il se redressa aussitôt, s'épousseta les mains et fronça les sourcils, m'observant avec autant d'étonnement que de curiosité. Ses cheveux bruns, légèrement ondulés, à la coupe clairement négligée, effleuraient ses épaules d'une largeur peu commune, et encadraient un visage un peu trop long, taillé à la serpe, aux traits puissants et anguleux, d'une virilité presque à la limite de la dysharmonie, mais surtout troublante.

De là où je me trouvais, je n'aurais su dire s'il avait les yeux noisette ou vert foncé. En tout cas, ils n'étaient ni bleus ni clairs comme ceux de son père. D'ailleurs, il ne lui ressemblait pas du tout.

Il entrouvrit les lèvres, prêt à parler, puis son regard se perdit derrière moi et il se contenta finalement de s'éclaircir la gorge, sans rien dire.

— Ah, tu es là, constata Ludwig en arrivant à mon niveau, un plat entre les mains. Nous allons pouvoir nous mettre à table. Avant toutes choses, Violette, je te présente mon fils, Adam. Adam, voici ta nouvelle coloc, Violette.

Le dénommé Adam hocha mollement la tête en scrutant un point vague à quelques mètres de moi, puis renifla sèchement. Je décidai de calquer ses manières de rustre en ne lui rendant pas la politesse.

— Assieds-toi où tu veux Violette, m'invita Ludwig, ses lèvres fines s'étirant en un sourire franc et amical. Nous n'avons pas de place attitrée.

Je quittai enfin le pas de la porte pour avancer dans la pièce et je pris soudain conscience de la carrure d'Adam.

Ce mec était un putain de géant !

Il dépassait son père d'une tête et devait mesurer pas loin de 1,95 mètre, à vue d'œil. Si ce gars-là s'énervait après quelqu'un, à mon avis, il ne devait pas en rester grand-chose par la suite...

Et c'était d'ailleurs ce qui était arrivé. Avec son propre père, me remémorai-je brusquement.

Je passai devant lui en l'ignorant, plus impressionnée que je ne l'aurais voulu, et m'installai à table. Puis je me mis presque inconsciemment à détailler Ludwig, assis à côté de moi, cherchant sur son visage les traces des séquelles de sa dernière altercation avec son fils. Je notai une légère bosse sur son nez – comme celle qu'arborent souvent les boxeurs –, rien d'autre. Cela dit, c'était amplement suffisant pour m'empêcher d'oublier dans quelle maison de malades je venais de mettre les pieds...

— Sers-toi, ma puce, m'enjoignit ma mère après que Ludwig m'eut exposé le menu.

Mon nouveau beau-père avait fait beaucoup d'efforts pour m'être agréable, il fallait le reconnaître. Pour une fois, il n'y avait rien sur la table que je n'aimais pas.

Nous en étions quasiment au dessert, ma mère et Ludwig se chargeant de faire la conversation, qu'Adam, en face de moi, n'avait toujours pas décroché un seul mot. Le nez dans son assiette, c'était à peine s'il daignait passer les plats à son père quand celui-ci les lui réclamait.

En fait, autant Ludwig était charmant, dégageait quelque chose de chaleureux, convivial, autant son fils était... eh bien, tout l'inverse. Sombre, froid, morose... « Taciturne » aurait été un euphémisme.

Il n'empêche que plus je m'aventurais à examiner ce visage aux traits si particuliers devant moi, plus un truc étrange - au-delà de la fine cicatrice que je venais de distinguer sur sa joue - m'interpellait.

— Dis, on ne se serait pas déjà vus quelque part tous les deux ? m'enquis-je brusquement, coupant sans faire gaffe la parole à ma mère.

C'était tout moi, ça, je ne réfléchissais jamais avant d'ouvrir la bouche.

Mais j'étais pratiquement sûre d'avoir raison.

Il ne leva pas même la tête ni ne consentit à croiser mon regard. À la place, il haussa vaguement les épaules et marmonna :

— Je n'en ai pas le souvenir.

Un malaise encore plus intense m'assaillit soudain. Sa voix était tellement grave que je ne pus réprimer un battement de paupières interloqué, pas certaine d'avoir jamais entendu une telle fréquence.

— Adam a un an de plus que toi, Violette, m'apprit Ludwig. Mais il est fort probable que vous vous soyez croisés au collège, à l'époque où tu vivais à Tours. Il me semble qu'avant de partir pour le Sud, tu as fréquenté le même établissement que mon fils.

Ma mère eut tout juste le temps de confirmer qu'Adam faisait crisser sa chaise, se levant brutalement. Il s'empara de son assiette vide, rassembla ses couverts et son verre, puis quitta la table pour aller ensuite rapporter le tout à la cuisine.

Et se tirer, sans autre forme de procès.

OK, lui, on pouvait dire qu'il savait s'y prendre pour faire retomber une ambiance.

Ludwig eut une petite moue gênée, puis passa à autre chose, faisant comme s'il ne s'était rien passé d'inhabituel.

Une fois le dîner terminé et la vaisselle débarrassée, je montai m'enfermer dans ma nouvelle chambre, lessivée, physiquement *et* moralement. La journée avait été riche en émotions et, même si j'ignorais pourquoi, le comportement d'Adam – outre son passif dont m'avait parlé ma mère – m'avait sérieusement perturbée.

Ce type avait-il un problème avec moi ? Avec la nouvelle femme de son père ? Ou bien avec la terre entière ? Est-ce que j'hallucinais ou étais-je réellement à l'origine de la curieuse tension qu'il avait fait régner durant tout le repas ?

Je jetai un coup d'œil las à mes cartons et leur tournai finalement le dos. Puis je m'affalai sur le lit, les bras en croix, dans une chute que j'aurais voulu élégante, mais qui était surtout pathétique.

Je crevai d'envie d'appeler Ivy, mon ancienne meilleure amie, pour tout lui raconter. Elle, elle aurait su me réconforter et me faire rire – même si, dans l'instant, j'avais plutôt envie de pleurer. On se serait moquées ensemble de l'espèce de porte de prison armoire à glace qui me servait de coloc... que j'aurais d'ailleurs sans doute rebaptisé Grincheux – hommage ironique à sa taille hors norme. Ce qui nous aurait fait marrer comme des baleines, avec Ivy – nous étions très bon public aux blagues de l'autre.

J'extirpai mon portable de ma poche et sélectionnai son numéro dans la liste de contacts. Je suspendis mon pouce au-dessus du bouton d'appel, puis renonçai à cette idée idiote.

Ivy n'était plus mon amie, c'était fini.

Plus personne ne l'était, il fallait que je m'y fasse. J'étais seule et pour le moment, il n'y avait rien qui puisse changer cet état de fait.

Je balayai du regard les grands murs blancs de cette chambre qui ne serait jamais véritablement la mienne et sentis les larmes monter. Je m'étais juré de ne pas me laisser aller, alors je les refoulai en serrant durement les dents et fouillai dans mon sac à main pour en sortir mes écouteurs. Je les plaçai dans mes oreilles, branchai le câble à mon téléphone et lançai la playlist que j'avais sobrement intitulée « Ce qui ne te tue pas... ». C'était comme un mantra que je me répétais ces derniers temps, sans pour autant réussir à me persuader suffisamment de sa justesse pour compléter l'expression.

La voix d'Agnes Obel, interprétant *Familiar*, emplit mes tympans. Et ce que je redoutais se produisit en dépit de mes efforts pour le contrer. Les larmes que je n'avais su endiguer s'échappèrent soudainement de mes paupières closes pour glisser en fines traînées le long de mes tempes. Un petit sanglot roula ensuite dans ma gorge.

Tout à coup, j'imaginai un personnage, une fille vêtue d'un jean troué et d'un corsage en maille rouille comme les miens, ouvrant un parapluie pour se protéger des nuages noirs flottant au-dessus d'elle. Mais alors que l'objet se déployait, un torrent glacé en dévalait et l'inondait, l'obligeant à courber la tête et à arrondir le dos.

Lorsque cette image fut tout à fait claire dans mon esprit, je m'assis de nouveau sur mon lit, sortis un carnet ainsi qu'un crayon de mon sac, puis commençai à dessiner, laissant mes larmes mouiller le papier, juste pour le style…

5

Adam

Bon sang, étais-je maudit ou était-ce seulement une vue de mon esprit ?!

Je n'avais jamais souhaité la présence d'une quelconque belle-mère ici, encore moins celle de sa fille. Cependant, il n'y avait pas eu grand-chose que j'avais pu faire pour tenter de raisonner mon père et j'avais trop dangereusement usé du peu de ressources dont je disposais. Il avait donc bien fallu me résigner à accepter qu'un poids supplémentaire vienne se loger au creux de mon estomac. Accepter de nouvelles peurs – plus vicieuses encore que toutes celles avec lesquelles j'avais jusqu'à présent vécu –, troublant mes nuits.

Mais tout de même, de là à ce que le sort soit aussi cruel... De là à ce que ce soit *elle* ?!

J'inspirai profondément pour tenter d'endiguer le flot de lave incandescente en train de se répandre dans mes poumons. Assis au sol, adossé à la porte de ma chambre, j'enfonçai un peu plus les doigts dans mes cheveux, enserrant mon crâne jusqu'à ce que ça en devienne véritablement douloureux.

Ce n'était pas possible.

Je refusais que ça puisse l'être.

Même dans mes pires cauchemars, je n'avais pu concevoir de tels scénarios...

Je venais d'être victime d'hallucinations, parce que ça ne pouvait pas être *elle*. La fille de Catherine, la fameuse Lily que ma belle-mère évoquait si souvent, ne pouvait être Violette... La Violette du collège.

La Violette qui avait allumé la mèche, à l'origine de la tempête qui s'était autrefois abattue sur moi, transformant mon ultime refuge en un véritable enfer, me dépouillant d'un simple battement de cils du peu qu'il me restait alors.

Pourtant, il fallait se rendre à l'évidence : ce prénom était loin d'être commun.

Ni ces yeux, d'ailleurs.

Ni ce petit air à la fois effronté et blasé, cet infime sourire en coin, qui n'en était pas vraiment un, et qui laissait entendre qu'elle se foutait royalement de tout et de tout le monde.

Pour ça, elle était demeurée la même... mais elle finirait par perdre cette moue et cette assurance à force de vivre entre ces murs. Je pouvais d'ores et déjà le lui garantir.

Non, sans rire, quelle probabilité existait-il pour que je me retrouve à devoir cohabiter et aller en cours avec l'une des personnes que je détestais le plus au monde ? Mon coefficient de poisse ne cesserait jamais de me surprendre.

Des bruits de pas, légers, presque inaudibles, me parvinrent depuis l'escalier. Je cessai de respirer pour mieux l'entendre remonter discrètement le palier, puis fermer sèchement le verrou de sa porte, de manière beaucoup trop énergique pour que ce ne soit pas intentionnel, pour qu'il n'y ait pas là-dedans une espèce de message.

Cela m'était adressé, forcément. Une réponse à mon silence lors du dîner, sans doute.

Sa mère ne l'avait-elle donc pas prévenue à mon sujet ?

Étonnant. Mais clairement préférable. J'aurais menti si j'avais prétendu que ça ne m'arrangeait pas.

Je lâchai un soupir excédé, presque malgré moi.

Qu'est-ce que Violette s'imaginait, au juste ? Comme si je risquais réellement de venir l'importuner dans sa chambre...

Quelle connasse prétentieuse ! Je ne m'étais pas trompé, elle n'avait pas changé d'un iota depuis toutes ces années.

Elle semblait ne pas m'avoir reconnu, or je restais dubitatif. De prime abord, j'avais cru qu'elle se payait ma tête, que c'était une manière de me témoigner une nouvelle fois toute l'ampleur de son mépris. Mais, à la réflexion, j'en venais à me demander si son attitude était aussi malhonnête que je me l'étais spontanément figuré.

Peut-être était-elle sincère, en fin de compte ? Après tout, elle avait quitté le collège et la région à peine trois mois plus tard. De quoi se souvenait-elle exactement ?

De mon côté, je n'avais rien oublié. Il n'y avait même aucune chance pour que cela se produise un jour.

J'inclinai la nuque contre le battant de bois, avisant le plafond, et laissai échapper un grognement ironique.

Quel crétin je faisais, bien sûr qu'elle ne se rappelait pas de moi ! C'était tellement stupide de ma part d'avoir supposé qu'il ait pu en être autrement...

Déjà, à l'époque, elle était tout et je n'étais rien. Force était de constater que les choses n'avaient guère évolué au fil des ans...

Tout bien considéré, tant mieux si j'avais été trop insignifiant pour marquer de quelque façon que ce soit sa mémoire. La situation actuelle était déjà suffisamment compliquée sans venir y ajouter une dose de tension supplémentaire issue d'une brouille vieille de plusieurs années. Violette ignorait encore probablement qu'elle venait de commettre la pire erreur de sa vie en acceptant d'emménager ici...

Car cela se passerait mal, je pouvais en mettre ma main à couper. Mon père avait peut-être décidé de m'accorder une trêve et d'endosser le rôle du mari aimant et du beau-père parfait pour un temps, mais fatalement, ce déguisement de pacotille finirait par se déliter. Et tout reviendrait à la normale, comme avant qu'il n'épouse Catherine et que celle-ci ne s'installe avec nous, nous maintenant temporairement à distance l'un de l'autre. Si cela n'avait pas été aussi tordu, j'aurais presque pu la remercier pour ces quelques mois d'accalmie.

J'essuyai mes paumes moites sur mon jean, me tançant intérieurement pour cette panique ridicule que j'avais laissée m'envahir.

En dehors de la kyrielle de souvenirs atrocement honteux et douloureux que la présence inopinée de Violette chez moi ne manquait pas de raviver, qu'est-ce que ça pouvait bien faire, au final ? Que ce soit elle ou une autre ne changeait strictement rien au problème. En outre, je n'avais jamais eu besoin de quiconque pour ressasser continuellement le passé, j'y arrivais parfaitement tout seul.

Puis ce n'était qu'une fille. Une fille minuscule et maigrichonne. Peut-être jolie, mais...

Non !

Non, je ne devais pas penser à cela. Pas un instant. Vraiment, ça n'avait aucune espèce d'importance.

Laisser couler, me taire et serrer les dents, voilà ce que je devais faire. Ce que, du reste, j'avais toujours fait. Non pas que cela m'ait tellement réussi jusqu'à maintenant, mais j'avais appris dès mon plus jeune âge qu'il valait mieux ne pas réagir. Jamais. Que les risques encourus à répliquer étaient beaucoup trop élevés. Que se laisser aller à montrer le moindre signe de vulnérabilité ou de colère se payait au centuple. J'avais d'ailleurs pu encore une fois le vérifier dernièrement... et je l'avais amèrement regretté.

Je m'étais interdit de déroger à cette règle et plus jamais je n'oublierais cette promesse que je m'étais faite. Et puis quel autre moyen – à part garder le silence et attendre que cela passe – avais-je à ma disposition pour espérer me tirer au plus vite du sinistre marasme qu'était mon quotidien ici ?

Soudain, je pris conscience de ma position, du ridicule de mon attitude, prostré comme un abruti à essayer d'écouter ce qui se passait de l'autre côté de la porte. Je me relevai d'un bond et me dirigeai vers mon bureau. J'allumai mes écrans ainsi que ma tablette graphique d'un geste nerveux et tirai brusquement mon fauteuil pour m'y installer.

J'avais de nombreux projets en cours qui ne demandaient qu'à être développés. Je devais rester concentré, ne rien laisser me perturber. Je ne pouvais pas me permettre d'échouer durant les trois années à venir. Je devais tout mettre en œuvre pour exceller dans cette nouvelle école, décrocher mon diplôme avec les meilleures notes possibles pour ensuite partir aussi loin que me porteraient mes pas. Fuir cette vie, celui que j'avais été – celui que j'étais encore, en fait –, tous ces démons qui me hantaient, de plus en plus lourds à supporter, et peut-être enfin parvenir à abandonner le passé, à l'enterrer, une fois pour toutes.

Et juste pouvoir exister un minimum, autrement qu'en négatif... même si je n'avais pas la moindre foutue idée de ce que cela signifiait concrètement.

J'échauffai mon poignet en effectuant un premier croquis rapide d'imagination, mais mon stylet n'en fit qu'à sa tête. Le personnage esquissé se retrouva, sans que je l'aie prémédité, avec de longs cheveux blonds et de grands yeux noirs, beaucoup plus détaillé que prévu...

Pénible.

Vraiment très contrariant...

Je me rencognai dans mon fauteuil en soupirant, puis tapotai mon bureau du plat de la main, sommant mon esprit de cesser ses drôles de divagations. Pour faire bonne mesure, j'achevai mon dessin par une moustache ridicule à la Hitler. C'était nul, et cela ne me soulageait pas vraiment, mais je manquais cruellement de créativité, ce soir. En dépit de tout bon sens, je sauvegardai le dessin dans ses deux versions – avec et sans moustache – sur mon disque dur afin de le conserver.

J'avisai mon casque audio, lequel aurait pu m'aider, à grand renfort de métal hargneux, à mieux recentrer mes idées. Mais pour l'heure, je n'avais pas envie d'écouter de musique.

Je voulais pouvoir l'entendre si jamais elle quittait sa chambre... ou faisait quoi que ce soit d'autre.

Malgré toute la rancœur que je nourrissais à son égard, je ne parvenais pas à réprimer la curiosité qui m'envahissait, ne cessant de croître en moi.

Même si je voulais croire que Violette n'était pas différente de l'adolescente qui avait quitté la région au cours de son année de cinquième, il était pourtant évident qu'elle n'était plus tout à fait cette fille. Non, désormais, elle était une jeune femme. Avec un contexte familial bien particulier, un vécu qui ne semblait pas forcément idyllique et une passion pour l'art qui n'avait fait que grandir.

Jamais je ne serais allé frapper à sa porte, jamais je ne lui aurais posé la moindre question. Cependant, au fond de moi, germait cette envie aussi indésirable qu'insensée d'en découvrir ne serait-ce que quelques bribes de plus.

Peut-être était-ce parce que j'aurais pu trouver là des indices, un moyen de me venger ? Une manière de l'atteindre à mon tour, aussi gratuitement qu'elle m'avait jadis blessé – m'égratignant d'ailleurs encore aujourd'hui en ne daignant pas se souvenir de moi. Cela dit, je n'avais besoin d'aucun plan pour obtenir cette pseudo-revanche, je n'avais qu'à simplement me réjouir qu'elle ait si naïvement pénétré dans l'antre des monstres, et attendre patiemment que le temps fasse son œuvre. J'aurais pu jubiler à cette idée, rien n'aurait été plus facile, à vrai dire…

Pourtant, ce n'était pas le cas. Je ne ressentais pas la moindre satisfaction à savoir que c'était elle, la Violette du collège, et non une autre qui occupait la chambre en face de la mienne. Je n'éprouvais aucun réconfort à songer que tout cela déteindrait inévitablement sur elle et lui volerait un jour ou l'autre son sourire en coin de princesse qui flottait au-dessus du monde…

6

Adam

J'émergeai des profondeurs des ténèbres dans un puissant sursaut, me redressant d'un coup dans mon lit en cherchant désespérément à avaler une bouffée d'air. La terreur, tel un énorme morceau de plomb, lestait mon abdomen. Dans un tâtonnement tremblotant, aussi urgent que maladroit, je cherchai l'interrupteur près de mon chevet et haletai à la manière d'un marathonien venant tout juste de franchir la ligne d'arrivée.

Je pressai le bouton jusqu'à en faire craquer le plastique et chassai l'obscurité ambiante pour la remplacer par le halo jaune de ma lampe. Puis je passai la main sur mon front couvert de sueur et repoussai en arrière mes cheveux humides.

Ce n'était qu'un cauchemar. Rien de plus qu'un cauchemar.

Encore un cauchemar...

Un hoquet d'épouvante, presque un cri, m'avait échappé tandis que je luttais contre les démons qui hantaient mon inconscient.

Pourvu qu'elle ne m'ait pas entendu...

Je mourrais de honte si l'intruse, de l'autre côté du couloir – qui n'était pas n'importe quelle intruse – découvrait qu'à dix-neuf ans passés j'étais encore terrifié par de mauvais rêves.

J'avais déjà eu cette crainte lorsque, quelques mois plus tôt, Catherine avait emménagé ici. Mais mon père et elle dormaient au rez-de-chaussée alors que j'étais à l'étage, la maison était grande et les murs suffisamment épais. S'ils avaient entendu quoi que ce soit depuis lors, lui n'aurait certainement pas manqué de m'en informer.

Toujours est-il que cette fois, c'était différent. Seul un corridor de rien du tout me séparait de Violette...

— Merde, crachai-je entre mes genoux relevés, nouant les doigts sur ma nuque.

J'avais beau lutter pour recouvrer mon souffle, m'exhortant au calme, ni la peur ni la colère ne semblaient décidées à m'abandonner. Mes muscles demeuraient obstinément tétanisés et mon pouls ne cessait de marteler frénétiquement mes tempes comme pour me maintenir en état d'alerte maximum face à l'imminence d'un terrible danger.

Je détestais ces espèces de crises nocturnes, je détestais être leur proie, leur prisonnier, et je détestais mon subconscient pour ces tours cruels qu'il me jouait inlassablement. Je les subissais depuis l'enfance et rien n'avait jamais pu les faire disparaître. J'ignorais totalement comment m'en débarrasser, leur fréquence n'obéissant à aucune logique. Ces derniers mois, j'avais connu un répit plutôt inédit dans mon quotidien, pourtant les cauchemars n'avaient fait qu'empirer. Je n'aurais pas cru cela possible et cependant, ils étaient devenus plus violents encore, plus effrayants et plus réguliers également, me terrassant, me bousillant un peu plus chaque fois...

Mon impuissance face à quelque chose qui n'était jamais provoqué que par moi-même me révoltait au plus haut point. Savoir qu'en outre, dorénavant, Violette pourrait m'entendre lutter pour m'échapper de mon enfer personnel et deviner une partie de ce mal qui me rongeait, me mit totalement hors de moi.

La boule de rage continuellement tapie au fond de ma poitrine s'embrasa soudain et enfla déraisonnablement, jusqu'à bientôt diffuser sa brûlure dans chacune de mes veines. Jusqu'à ce que je ne puisse quasiment plus la contenir. Toute cette énergie sombre qui crépitait en moi menaçait soudain de se déchaîner. Elle me submergeait, me dominait entièrement, incontrôlable...

L'espace d'un bref instant, je me vis céder à son appel et me jeter sur mon bureau pour tout renverser en hurlant, puis cogner la porte et les murs, envoyer mes poings frapper tout ce qui se trouvait à ma portée dans l'unique but de m'en libérer.

Horrifié, je me levai en tremblant et serrai les dents pour ne pas craquer.

Il fallait que je stoppe cela. Il fallait que j'agisse. Immédiatement. Je ne pouvais me permettre de tout laisser exploser. Jamais de la vie. Je refusais de devenir le monstre que j'avais toujours tant redouté.

Je me précipitai dans la salle de bains et plongeai dans le placard sous le lavabo, repoussant fébrilement les serviettes et les flacons de déodorant, d'après-rasage et de parfum qui y étaient entreposés afin de mettre la main sur ce satané paquet de lames de rasoir. Je l'avais enfoui loin, sous plusieurs couches d'objets, intentionnellement. De manière à me ralentir un peu, à me permettre de réfléchir quelques secondes supplémentaires, et peut-être ainsi m'éviter de faire exactement ce que je m'apprêtais à faire.

Mais c'était impossible. J'avais besoin de ça pour apaiser le feu qui me consumait. Et quelques inspirations de plus, si profondes fussent-elles, n'y changeraient rien.

Je refermai les doigts sur l'emballage, me redressai et extirpai du plastique l'une des lames, laissant le reste tomber à mes pieds. Je m'empressai alors de tendre le bras devant moi en retenant mon souffle, les mâchoires durement contractées. Puis j'appuyai le tranchant de la lame sur ma peau et m'entaillai d'un coup sec et franc, juste sous le coude, où la chair est plus tendre et particulièrement sensible.

Le sang apparut avant la douleur, affluant lentement, puis s'écoulant le long de mon avant-bras, pour ensuite claquer sur la faïence blanche du lavabo dans une pluie de grosses gouttes vermeilles. Après seulement vint la morsure, vive, irradiante, se faisant de plus en plus aiguë... libératrice.

Je soupirai longuement et me concentrai sur la souffrance, mon unique sauf-conduit pour un retour en zone neutre. Je contemplai la colère, la rage et la terreur qui s'échappaient de mon corps en de longs filets écarlates, fluides et luisants. Puis je recommençai, lacérant la peau blafarde de mon avant-bras en lignes plus ou moins parallèles, encore et encore, jusqu'à ce qu'un brusque sifflement force la barrière de mes lèvres. La brûlure frôlait les limites du supportable mais le contrôle me revenait.

Là, je suspendis mon geste et fermai les yeux, serrant fort les paupières pour mieux encaisser.

Pour mieux refouler les larmes que la douleur provoquait. Pour mieux oublier.

Tout. Les cauchemars. La rage.

Moi-même.

Et ainsi, peut-être réussir à ne plus voir dans le miroir le reflet de ce pauvre type dégénéré en train de se scarifier dans l'espoir absurde d'échapper à ce qu'il était...

7

Adam

Le week-end me sembla durer une éternité. Heureusement, il touchait à sa fin et dès le lendemain, les cours débutaient. Après tout ce temps à demeurer enfermé dans ma chambre, je voulais bien pour une fois admettre qu'un peu d'air frais me serait profitable.

J'essayais sans succès d'achever une illustration déterminante pour mon projet – sur laquelle je travaillais depuis beaucoup trop longtemps à mon goût – lorsque je me rendis compte qu'il était déjà 20 heures. Un léger pincement me tirailla l'estomac, mais cela n'avait rien à voir avec la faim... et tout avec la nouvelle intruse.

Il ne s'agissait pas d'anxiété. Pas vraiment. À vrai dire, j'ignorais de quoi il s'agissait exactement. Toujours est-il que Violette avait tendance à me rendre légèrement plus nerveux que d'ordinaire – et Dieu savait que même si je m'efforçais de ne jamais le montrer, je l'étais de base. En fait, elle commençait à me taper sérieusement sur le système, voilà pourquoi. Il n'y avait pas à chercher plus loin que ça.

Je ne l'avais que peu croisée ces deux derniers jours. La veille, elle et Catherine étaient allées en ville pour y faire du shopping – du moins était-ce ce que j'avais cru comprendre –, me laissant déjeuner seul avec mon père. Elles n'étaient rentrées que pour le dîner, l'air ravi, heureuses de leur sortie ensemble. Cependant, une fois à table, Violette avait à plusieurs reprises adressé des remarques passablement acides à sa mère. Une attitude assez curieuse, parce qu'il était néanmoins évident qu'elle avait beaucoup d'affection pour elle. Mais qu'est-ce que je connaissais aux relations mère-fille, après tout ?

J'aurais presque pu trouver agréable de les écouter discuter entre elles dans ces moments où j'étais contraint de supporter la compagnie des autres résidents de cette maison – m'évitant de cette manière d'entendre le son de la voix de mon père –, si Violette n'avait pas, peu à peu, entrepris de tester ma patience.

Elle ne s'était pas aventurée à me poser de nouvelles questions, comme le premier soir. Non, face à mon silence, elle demeurait sur la réserve avec moi et avait accepté d'imiter nos parents en ne s'acharnant pas à essayer de me mêler aux conversations. Ce qui me convenait parfaitement.

Cependant, progressivement, Violette s'était mise à me fixer.

Cela avait commencé hier soir, sans raison, en plein milieu du repas. Je m'en étais aperçu en levant inopinément le nez de mon assiette, tandis que nos parents échangeaient entre eux. Je m'étais détourné aussi sec, comme chaque fois. Mais pas elle. J'avais ensuite senti son regard me brûler quasiment jusqu'à ce que je quitte la pièce.

Et elle n'avait rien trouvé de plus amusant que de remettre cela aujourd'hui, pendant presque tout le déjeuner.

Je ne savais pas ce qu'elle voulait et je la croyais assez maligne pour faire en sorte que ni mon père ni sa mère ne se rendent compte de son manège. Quoi qu'il en soit, j'étais décidé pour ma part à tenir mes positions et à l'ignorer autant que possible. J'étais bien plus fort à ce jeu qu'elle ne semblait le penser. Après tout, j'avais des années et des années de pratique assidue derrière moi.

Je me rendis à la cuisine et tombai sur Catherine, les doigts crispés sous le poids d'une petite pile d'assiettes et de couverts propres. Sans un mot, je tendis les mains afin de la décharger et elle transféra la vaisselle de ses bras aux miens, le tout sans me toucher – ce dont je lui fus reconnaissant. Elle me remercia d'un sourire franc, sans se formaliser que je ne lui rende pas la pareille – elle commençait à s'en accommoder, apparemment. Puis elle pivota vers le four et reporta son attention sur ce qui y cuisait.

Je terminais de mettre la table lorsque Violette entra dans le séjour.

C'était la deuxième fois que je me retrouvais seul avec elle dans une pièce et...

Et j'aurais préféré que ça n'arrive pas.

Parce que, soudain, j'oubliai ce qui m'avait retenu jusqu'à présent de soutenir son regard. Nous nous dévisageâmes durant ce qui me parut à la fois une éternité et un éclair, et je ne fis aucun effort pour masquer ma rancœur et mon exaspération à son égard – j'aurais aimé, vraiment, mais cela m'était tout à coup curieusement devenu impossible.

En fait, j'aurais aimé ne pas l'observer et continuer à lui faire croire qu'elle n'existait pas pour moi. Si je m'étais abstenu, je ne me serais pas aperçu que ses grands yeux sombres offraient un contraste plus saisissant encore qu'autrefois avec ses cheveux d'un blond sable froid. Et je ne l'aurais pas vue esquisser ce petit mouvement de recul, comme stupéfaite, voire choquée.

— Je suis sûre qu'on s'est déjà rencontrés, toi et moi, répéta-t-elle en croisant les bras, un sillon de contrariété creusant l'espace entre ses sourcils. On s'est même parlé une fois, au collège... enfin, je crois.

Eh bien, vas-y, cherche, nous verrons si cela te revient.

Elle se trompait. Dans un sens seulement. Nous ne nous étions pas véritablement parlé. Si je l'avais fait à l'époque, jamais elle ne m'aurait dit ces quelques mots stupides que j'avais alors pris pour argent comptant.

Elle plissa les paupières, sans cesser de me détailler, me mettant au défi de ne pas répondre. Mais Violette ne devait pas savoir que cela n'avait rien d'une gageure pour moi. C'était plutôt l'inverse, en vérité.

M'exprimer à haute voix me demandait des efforts considérables, que je ne fournissais qu'en de très rares occasions, uniquement lorsque les circonstances l'exigeaient. Lui répondre le premier soir m'avait d'ailleurs énormément coûté, mais il aurait été trop impoli de ne pas le faire. En revanche, présentement, ni sa mère ni mon père n'étaient là pour assister à mon incorrection et venir me le reprocher ensuite.

J'enfonçai donc les mains dans les poches de mon jean tout en m'appuyant contre la table pour mieux la toiser, puis laissai un bref instant mes yeux se promener sur elle et sa robe écrue au tissu fluide, froncé à la taille, n'en accentuant que davantage l'extrême finesse. Je ne m'arrêtai qu'un quart de seconde sur son décolleté en V, dévoilant la naissance de ses seins – petits et néanmoins très affirmés –, puis m'obligeai aussi sec à revenir à son visage, m'évertuant à rappeler à moi toute l'amertume qui était la mienne, afin que Violette comprenne une bonne fois pour toutes que ses tentatives d'échange étaient vaines, qu'elle n'obtiendrait strictement rien.

Or je fus subitement pris de court tandis qu'un profond désarroi envahissait ses traits.

Violette battit frénétiquement des paupières, visiblement déstabilisée par mon mutisme. Pendant un instant, sa belle assurance s'évapora pour révéler, nichée au fond de ses prunelles, une lueur triste, trop seule et perdue – à moins qu'il ne s'agisse d'un effet de mon imagination, ou du reflet de mes propres émotions. Je n'aurais su le dire.

Mes tympans se mirent à bourdonner et le froid se répandit brusquement dans mes veines au moment précis où je pris conscience que nous n'étions plus seuls. Mon père se tenait sur le seuil du séjour et m'étudiait d'un air lugubre, clairement désapprobateur.

Je me raclai la gorge et me retournai vivement pour replacer une fourchette qui n'avait guère besoin de l'être. Puis je m'installai à table le premier – ce qui était loin de figurer dans la liste de mes habitudes –, me demandant si la trêve qu'il avait instaurée était ou non déjà en train d'arriver à son terme.

Il ne s'en doutait certainement pas, mais je m'en fichais pas mal. Franchement, peu m'importait que cela reprenne, du moment que ça restait entre lui et moi, que personne d'autre n'en était éclaboussé, pris dans ce cycle infernal...

8

Adam

Catherine arriva dans la pièce avec le dîner qu'elle déposa devant moi, avant de s'asseoir à son tour. Mon père et Violette l'imitèrent et, à nouveau, cette dernière opta pour la place juste en face de la mienne.

Et, à nouveau, elle se mit à me guetter du coin de l'œil, peut-être avec plus de curiosité encore que lors du déjeuner. Pour quelle espèce de bête de foire devais-je passer à ses yeux ? J'avais beau avoir un seuil extrêmement élevé en matière de tolérance aux nombreuses facettes du harcèlement, elle, elle allait vraiment me rendre dingue.

— Alors, Violette, est-ce que tu commences à trouver tes marques dans la maison ? s'enquit mon père, avec ce sourire faussement charmeur qu'il ne dégainait que lorsqu'il avait un public. Comment s'est passé ton après-midi ?

— Je dirai comme une veille de rentrée, rétorqua-t-elle en haussant mollement les épaules. J'ai rangé ma chambre et préparé mes affaires pour demain. La fille modèle, en somme. Enfin, il ne faudra pas trop vous y habituer, c'est très temporaire, tout ça. J'espère avoir l'occasion de sortir davantage le week-end prochain.

— Tu as bien raison, concéda mon père dans un hochement de tête, une expression réjouie flottant sur ses traits secs. C'est important de profiter de sa jeunesse.

— Je suis sûre que tu vas te plaire dans cette ville, ma chérie, lui assura Catherine. La vie étudiante y est très agréable, paraît-il.

— Et une jeune fille comme toi ne devrait avoir aucun mal à se faire toute une ribambelle d'amis, ajouta mon père.

Il en faisait des tonnes, à tel point que ça en devenait presque risible. Personne ne semblait toutefois avoir conscience que ce n'était rien de plus qu'une vulgaire façade.

— Je n'ai pas trop d'inquiétudes non plus, repartit Violette avec une arrogance qui frôlait étrangement l'ironie.

Mon père eut un petit rire, le coin des lèvres de Violette se retroussa en réponse.

Il avait l'art et la manière de plaire en toutes circonstances, on ne pouvait pas le lui ôter. L'art et la manière d'afficher sur commande l'opposé de ce qu'il était en réalité – soit mon exact inverse, en quelque sorte. Si bien que j'en venais presque à me demander s'il n'y avait pas, contre toute attente, un fond – même ténu – de sincérité dans tout ce cirque.

Quoi qu'il en soit, il n'en demeurait pas moins que je le trouvais encore plus inquiétant depuis que Violette avait emménagé avec nous. Il déployait des trésors d'énergie pour se montrer affable et attentionné, et je ne pouvais m'empêcher de me tenir à l'affût du moindre signe trahissant son imposture, du moindre signe annonciateur de la violente dégringolade que j'appréhendais tant…

— En tout cas, j'espère que cette nouvelle école te plaira, poursuivit-il. Je dois avouer que, en ce qui me concerne, je n'étais au départ pas plus emballé que ça à l'idée qu'Adam se dirige vers un cursus artistique.

Bien évidemment. Cela m'étonnait aussi de ne rien avoir entendu de désagréable à mon sujet depuis trois jours.

— Ah bon, pourquoi ? s'étonna Violette. Maman n'a pourtant cessé de me répéter combien Adam est doué.

J'essayai de ne pas me mettre à tousser et continuer de manger comme si personne ne parlait de moi, même si cela devenait tout à coup nettement plus difficile. Non seulement Catherine avait manifestement dit au moins un truc sympa sur mon compte à sa fille, mais Violette venait d'utiliser mon prénom pour la première fois. Il sonnait dans sa bouche d'une manière particulière comme elle en articulait chaque lettre.

Ce qui le rendait étrangement... différent.

— Tu sais, tous les pères doivent rêver que leurs fils finissent par suivre leurs traces, se mit à déblatérer mon père. Enfin, j'aurais préféré qu'il fasse quelque chose de... eh bien, d'un peu plus viril, comme intégrer l'armée, par exemple.

Violette pouffa de rire avec un naturel tout à fait déconcertant. Et je compris que ce n'était pas moi, mais bien la réflexion de mon père qu'elle jugeait ridicule.

— Sauf votre respect, je ne vois pas du tout en quoi un BTS en Design Graphique pourrait discréditer la virilité de qui que ce soit. Il ne s'agit pas d'une école de danse classique. Puis nous n'y allons pas pour apprendre à dessiner des licornes à paillettes. Ces études sont censées nous préparer à un tas de métiers très différents, et je peux vous assurer qu'il y a à peu près autant d'hommes que de femmes dans ces milieux. En fait, les postes les plus importants sont majoritairement occupés par des hommes, un peu comme partout ailleurs...

Je posai mes couverts, sur le qui-vive, jetant un coup d'œil en coin à mon père. Je n'avais jamais vu personne le contredire – pas même Catherine – et encore moins lui rire au nez avec autant d'insolence.

— Écoute… commença-t-il, avant d'avaler une gorgée d'eau, s'éclaircir la gorge et finalement laisser tomber. Enfin bon, si tu le dis. J'ai tendance à être assez vieux jeu dans ce domaine, je veux bien l'admettre. N'empêche que je trouve vraiment dommage, avec une carrure comme la sienne, de ne pas utiliser à meilleur escient un tel potentiel. Ne serait-ce que pour pratiquer un sport quelconque. J'ai eu beau insister, Adam n'a jamais voulu intégrer l'équipe de rugby amateur que je coache.

Ce n'était pourtant pas faute de m'y avoir traîné de force à de multiples reprises…

— Au moins, à défaut d'autre chose, ces trois ans à bosser comme manutentionnaire lui auront un peu appris la vie, conclut-il en pointant son couteau vers moi.

Cet emploi – qu'il s'était arrangé pour me dégotter sans me consulter au préalable –, je ne l'avais accepté que parce qu'il ne m'avait pas laissé la possibilité d'en chercher un autre. Avec le recul, je ne le regrettais pas. Grâce à cela, j'avais pu économiser pour financer mon permis, m'acheter une voiture, prendre un abonnement de téléphone et m'offrir du matériel informatique de pointe. Je déplorais juste d'avoir dû démissionner un mois plus tôt, uniquement parce que mon père l'avait exigé, décrétant que je devrais dorénavant me consacrer à mes études étant donné la somme plus que conséquente qu'il s'apprêtait à investir.

Une nouvelle fois, Violette reporta son regard sur moi et ne me lâcha plus.

Cela devint subitement beaucoup plus compliqué de ne pas lever la tête. Je sentais toute sa perplexité, sa confusion. Elle ne comprenait pas que je n'intervienne pas, que je laisse mon père débiter ses âneries sans réagir.

Et elle n'avait pas à comprendre. Elle finirait par s'y faire et n'y prêterait bientôt plus attention, comme sa mère avant elle.

J'aurais bien quitté la table, là, tout de suite, tandis que Catherine proposait de rapporter les restes de la tarte aux poires qu'elle avait préparée pour le déjeuner, mais je ne voulais pas que mon père imagine que ses insinuations humiliantes m'atteignaient. Ses mots n'en avaient plus le pouvoir depuis longtemps.

Durant toutes ces années à vivre sous son toit, il n'y avait rien, pas une seule remarque blessante et dégradante, qu'il ne m'avait épargnée. Aussi n'étais-je définitivement plus l'adolescent si fragile et vulnérable que j'avais autrefois été, je m'étais blindé au fil du temps. Mon père y avait consciencieusement veillé – tout le monde d'ailleurs, mais lui plus que tout autre.

Alors certes, le fait d'avoir un public ce soir changeait quelque peu la donne, mais ce n'était pas comme si je ne m'étais pas attendu à ce que cela se produise. Puis ce n'était jamais là qu'un très sommaire avant-goût de ce dont mon père était capable…

Le plus gros drame de Ludwig Nielsen n'était ni le cancer qui avait lentement rongé ma mère quand je n'étais qu'un enfant, ni même sa mort. Ce n'était pas non plus son incapacité à accéder au grade qu'il visait dans son métier, ou encore son inaptitude à garder une femme plus d'une poignée de semaines – Catherine faisant malheureusement exception.

Non, c'était moi.

J'étais son unique enfant et j'avais commis l'irréparable en osant le priver du fils parfait qu'il aurait voulu avoir.

J'avais cessé de lutter pour essayer de me rapprocher – même de très loin – du modèle qu'il voulait m'imposer et m'étais fait une raison il y avait un bon moment de cela. Mais lui ne parvenait toujours pas à passer à autre chose… et encore moins à me pardonner.

9

Adam

Une fois le repas terminé, je rangeai dans le lave-vaisselle quelques couverts sales qui traînaient dans l'évier avant de regagner ma chambre, quand mon père fit irruption dans la cuisine. Violette avait déjà dû rejoindre l'étage et Catherine avait allumé la télévision dans le séjour pour y regarder un film en compagnie de son mari, comme quasiment chaque soir. Je m'étais cru à l'abri d'un éventuel face-à-face avec lui pour aujourd'hui, mais à l'évidence, je m'étais planté.

— Il faut que nous ayons une petite conversation, tous les deux, m'avertit-il à voix basse.

Dans sa bouche, c'était rarement bon signe.

Il s'avança vers moi en prenant cet air menaçant que je ne connaissais que trop bien et j'inspirai profondément pour ne pas laisser le froid me contaminer et s'insinuer en moi.

J'avisai une nouvelle fois le couloir, au-delà de la porte de la cuisine, craignant que Violette ou sa mère ne se trouvent encore dans les parages.

— Je ne pensais pas qu'il serait nécessaire de mettre les choses au clair à ce sujet avec toi, expliqua-t-il. Mais je commence à penser qu'une petite mise au point s'impose malgré tout.

Il tendit l'index et me l'enfonça dans le sternum pour appuyer son propos.

— Je t'ai vu regarder la fille de Catherine tout à l'heure et je ne veux pas de ça, Adam, tu m'entends ?

Je ne pus m'empêcher de froncer les sourcils. Le reproche était tout aussi gratuit qu'inédit.

Mon père n'avait jamais eu besoin de grand-chose pour s'énerver après moi, et inventer des raisons absurdes pour justifier sa colère était une de ses spécialités. Mais tout de même, de là à se figurer que...

Que quoi, d'ailleurs ? Vraiment, je n'étais pas sûr de comprendre où il voulait en venir.

Je baissai les yeux pour étudier les siens aux teintes d'acier, mais le reflet vitreux que je redoutais d'y déceler depuis des mois demeurait absent. Aucun relent d'alcool n'alourdissait son haleine et je savais, pour les inspecter chaque jour, qu'aucune nouvelle bouteille de whisky n'avait rejoint les placards depuis des lustres.

— Je sais que mon fils n'a rien d'un grand séducteur, toujours est-il que je préfère te prévenir, reprit-il à travers ses mâchoires serrées. Ne t'avise pas de tenter quoi que ce soit avec la petite Violette, quand bien même serait-elle, par un foutu miracle, intéressée par toi. C'est une gamine et sa mère est ta belle-mère, donc ce serait vraiment, vraiment très tordu. J'essaie de reconstruire ma vie, et ce mariage est la chose la plus importante que j'aie alors je ne te laisserai pas foutre la merde. Je t'ai à l'œil, fiston, si je surprends quoi que ce soit qui me déplaît, un seul regard insistant, un seul geste que je jugerai déplacé, je peux d'ores et déjà te garantir que tu le regretteras. Très amèrement. C'est bien clair ?

N'importe quoi ! C'était vraiment la mise en garde la plus farfelue que j'aie jamais entendue !

Je serrai les poings et fis légèrement rouler mon poignet gauche, cherchant à réveiller la morsure des fines entailles qui marbraient mon avant-bras dans l'espoir de me ressaisir, l'indignation prenant peu à peu le dessus malgré moi. Comme quoi, il restait finalement un peu de marge à mon père, de nouveaux biais, que je n'avais pas soupçonnés, par lesquels il pouvait encore m'atteindre.

— Limpide mais parfaitement inutile, rétorquai-je. Il n'y a. Absolument. Aucun. Risque.

Mon père m'observa un instant, puis lâcha un soupir presque amusé – comme si, en fin de compte, il n'y avait pas cru sérieusement. Il cessa de presser son doigt contre moi en hochant doucement la tête. Puis il me tapota l'épaule à la place.

Je me raidis subitement et retins mon souffle. Son contact – en fait, n'importe quel contact, mais le sien plus particulièrement – me plongeait systématiquement dans un état de profond malaise.

Je me dégageai d'un pas de côté, puis le contournai pour quitter la cuisine et me dirigeai vers le couloir, estimant que la discussion était close.

Et je manquai percuter Violette, qui s'était arrêtée sur la dernière marche de l'escalier.

Elle me dévisagea avec consternation, la bouche légèrement ouverte, mais je forçai immédiatement mon regard à dériver dans le vide derrière elle.

Étant donné sa position, je supposai qu'elle venait juste de redescendre. Néanmoins, je me demandai depuis combien de temps elle était postée là. Avait-elle pu entendre notre conversation ?

— Je... j'avais oublié de te prévenir, balbutia-t-elle en reculant de quelques centimètres. Pour demain... J'irai en cours à vélo, donc pas la peine de m'attendre pour m'y emmener, je me débrouillerai toute seule. Voilà, c'est tout.

Je lui aurais bien rappelé que l'école se trouvait à l'autre bout de la ville et qu'il allait lui falloir une heure au bas mot pour s'y rendre, mais ce n'était pas mon problème. Qu'elle fasse comme cela lui chantait. Au moins, je serais tranquille durant les trajets, sans personne pour me scruter constamment telle une bête de foire. C'était parfait.

J'acquiesçai d'un signe indifférent et la dépassai pour monter à l'étage. Elle m'emboîta le pas et décida de gravir l'escalier à mon côté.

— Hmm, et donc, « absolument aucun risque » de quoi exactement ? On peut savoir ? s'enquit-elle avec un détachement et une innocence qui sonnaient horriblement faux.

Merveilleux...

Non seulement elle avait entendu la fin de notre échange dans la cuisine, mais en plus elle s'en vantait. Pire, elle en profitait pour se payer ma tête, une fois de plus.

Je soufflai un grand coup par le nez, vraiment excédé – par mon père et ses nouvelles méthodes particulièrement vicieuses pour m'humilier, par elle et sa façon totalement incompréhensible de se comporter avec moi –, puis m'empressai de rejoindre le palier tout en continuant à l'ignorer.

— Mais sérieux, c'est quoi ton problème, à la fin ?! s'offusqua Violette.

Je me stoppai dans mon élan, la main sur la poignée de la porte de ma chambre. Puis je me retournai, plus déconcerté que je ne l'aurais voulu par son brusque changement de ton.

— Faire la gueule est ton passe-temps préféré, ou quoi ? s'emporta-t-elle, l'air en colère, ses grands yeux noirs brillant un peu trop dans la pénombre du corridor. Oh, tant que j'y suis, et puisqu'il semble important de le préciser, sache que la réciproque est vraie. Ne t'inquiète pas, Adam, moi non plus. Aucun. Putain. De risque !

Sur ces mots, elle entra dans sa chambre, claqua la porte et fit sèchement tourner son verrou.

Je restai planté comme un crétin en plein milieu du couloir, les lèvres encore entrouvertes sur une réplique que je n'avais pas et que, quand bien même, j'aurais préféré taire.

Elle avait *tout* entendu.

Et elle était... vexée ? Ou fâchée, du moins.

Pourquoi ?

Certes, je ne m'étais pas montré très agréable avec elle, mais était-ce une raison pour m'attaquer ainsi ?

Et pourquoi diable me rappeler que la réciproque était vraie ? Comme si j'avais pu avoir le moindre doute à ce sujet ! Cette allusion était tout aussi injustifiée que cruelle.

Enfin, ce n'était pas comme si j'en avais quelque chose à faire. Ce n'était pas parce qu'elle avait vaguement pris ma défense à table contre mon père que je l'en détestais moins.

Elle avait ruiné une partie de mon adolescence. Pour elle, ce n'était peut-être rien, même pas une anecdote digne de lui rester en mémoire. Mais pour moi... Sans compter que, depuis qu'elle s'était installée dans la chambre en face de la mienne, elle s'acharnait à tenter de me provoquer stupidement, compliquant un peu plus encore un quotidien qui l'était déjà bien assez comme ça.

10

Adam

Malgré quelques embouteillages, j'arrivai aux locaux d'Arte-Sup avec une bonne demi-heure d'avance et, devant la foule qui patientait aux portes de l'école, je décidai de me poster en retrait, à une vingtaine de mètres de là. Comme j'en avais pris l'habitude dans ce genre de moment, je sortis mon téléphone de ma poche de jean et passai en revue les articles récemment publiés sur les blogs et les pages que je suivais.

J'aurais probablement pu rester encore un peu dans ma voiture, garée à deux rues d'ici, histoire d'attendre plus confortablement le début des cours, mais j'étais curieux de savoir si Violette réussirait, malgré son étrange lubie de venir à bicyclette, à arriver à l'heure et sans encombre. Non pas que j'aurais trouvé réjouissant qu'elle soit en retard, ou qu'elle se perde en cours de route. Je n'étais pas amer à ce point – enfin, il ne me semblait pas. J'étais juste…

Juste curieux, voilà tout.

J'étais parvenu à me lever suffisamment tôt ce matin pour ne croiser personne au petit déjeuner et c'était parfait ainsi. Dans la mesure du possible, j'essayais la plupart du temps de faire en sorte de prendre ce repas seul, c'était toujours quelques instants de tranquillité supplémentaires de gagnés. Néanmoins, le fait de ne trouver Violette ni dans la cuisine ni dans les couloirs à l'heure où elle aurait pourtant dû quitter la maison me préoccupait légèrement.

Je savais que cette rentrée était importante pour elle. Elle avait quitté son foyer, un père et un frère qui devaient forcément l'adorer, ainsi que tout un tas d'amis, et était venue vivre avec une mère qu'elle ne voyait jusqu'ici que très peu et deux sombres inconnus, uniquement pour pouvoir suivre ce cursus. Par conséquent, cela m'aurait tout de même un peu chagriné qu'elle manque le début du tout premier cours de l'année.

Enfin, de là à dire que cela m'inquiétait vraiment, ou encore que je regrettais de ne pas avoir pris la peine de lui expliquer combien son idée de venir à vélo était inutilement risquée, il restait une certaine marge. C'était tout de même elle qui avait refusé que je l'emmène en voiture avec moi. Elle qui me cherchait depuis plusieurs jours, jusqu'à se mettre à me crier dessus, hier soir, pour des raisons qui m'échappaient toujours...

Elle était majeure et vaccinée, alors cela la regardait si elle préférait se la jouer insouciante dès le premier jour.

Quoi qu'il en soit, je ne pouvais me retenir de lever régulièrement le nez de mon écran de portable afin d'examiner les différents groupes d'étudiants sur le trottoir, à la recherche de longs cheveux blonds. Lesquels ne faisaient que s'illustrer par leur absence...

Une sonnerie résonna, provenant des bâtiments de l'école, façon ateliers, et d'un même mouvement, tout le monde s'engouffra à l'intérieur. Lentement, je me dirigeai à mon tour vers les portes.

C'est alors que je l'aperçus, perchée sur sa bicyclette, dévalant la rue à toute allure, ses mèches couleur de sable et sa large veste à motif écossais beige et noir virevoltant dans son dos.

Elle bondit de son vélo tandis qu'il roulait encore et se réceptionna gracieusement, courant sur quelques mètres à côté de l'engin. Elle s'empressa de l'abandonner près des autres deux-roues stationnés à proximité de l'entrée, le cadenassa au support métallique prévu à cet effet, puis se mêla à la file des élèves, se faufilant hâtivement entre les gens comme si elle avait déjà fait cela des centaines de fois, un petit sourire intrépide flottant sur ses lèvres.

J'étais loin d'être le seul à l'observer, mais elle semblait s'en moquer totalement. Elle avait l'air tellement désinvolte, tellement à l'aise aussi – bien plus encore qu'à l'époque du collège.

Tout ce que je n'étais pas et ne serais jamais. Et je ne pouvais m'empêcher de l'envier pour cela…

À force de guetter son arrivée, j'en avais presque oublié à quel point je détestais être coincé parmi la foule, à quel point j'étais mal à l'aise en société. J'avais en permanence cette impression d'être nulle part à ma place. De gêner, continuellement, d'occuper un espace trop important, qui n'était pas censé me revenir, d'être trop visible – de par mon gabarit, personne ne pouvait me louper. D'exister, mais en négatif…

Ce sentiment était né durant mes années de collège, les plus difficiles que j'avais connues jusqu'ici, et ne m'avait pas quitté depuis. J'avais appris à faire avec, je n'avais pas eu le choix. Je n'imaginais d'ailleurs pas pouvoir un jour être capable de m'en défaire.

Violette passa devant moi sans paraître me voir – à moins qu'elle m'ait sciemment ignoré, ce qui n'était pas à exclure – et entra dans la salle qui portait la mention « Première année, section BTS Design Graphique ». Je la suivis à distance, puis m'arrêtai devant le plan de classe – parce que oui, nous avions beau être en études supérieures, il y avait un plan de classe !

Fort heureusement, le placement ayant été organisé en fonction de l'ordre alphabétique, je me retrouvais au fond de la pièce, à l'avant-dernière rangée, à côté d'une fille prénommée Hannah. Ce qui me convenait tout à fait. À ceci près qu'une certaine Violette Lange était quant à elle placée à la table de devant, avec pour voisin Peter Langlais, un type qui ne m'était pas complètement inconnu...

Violette se retourna brièvement lorsque je m'assis, mais son regard ne croisa pas le mien.

La jeune femme aux cheveux roux frisés avec qui je partageais la table m'adressa un petit sourire amical, mais le rengaina bien vite en s'apercevant que je ne le lui retournerais pas. Juste devant moi, il y avait ce gars qui avait fréquenté le même lycée, avec ses mèches blondes savamment décoiffées et ses tatouages à l'encre noire remontant jusque dans son cou.

Je ne le connaissais pas vraiment car nous n'avions jamais été dans les mêmes sections, mais j'étais déjà certain de ne pas l'apprécier. Il observait Violette avec insistance, une moue satisfaite incurvant ses lèvres tandis qu'elle disposait tranquillement ses affaires devant elle.

Ignorant le prof sur l'estrade, qui attendait que tout le monde soit assis pour commencer son discours de présentation, Peter se pencha vers Violette pour souffler :

— Cool, l'année commence plutôt bien pour moi.

— Ah, ouais ? lui retourna-t-elle avec un haussement de sourcils amusé. Ben, tant mieux alors. En ce qui me concerne, je vais au moins attendre la fin de la journée pour me prononcer.

— Je dis ça parce que j'aurais pu tomber sur plus dégueu comme voisine de table, clarifia inutilement Peter.

Violette plissa les yeux, s'éloigna légèrement sur sa chaise, puis eut un petit rire de gorge.

— Super...

— Je veux juste dire que je te trouve mignonne.

— Super, répéta-t-elle d'un ton clairement sarcastique. Et j'imagine que maintenant, tu attends un genre de remerciement parce que tu viens de me signifier que tu approuvais mon physique et qu'il serait très impoli de ma part de ne pas te témoigner toute ma reconnaissance ?

— Waouh, tu es hargneuse, toi ! s'esclaffa-t-il en mâchonnant négligemment l'extrémité de son crayon de papier.

— Tu peux la fermer, s'il te plaît ? chuchota-t-elle, indiquant le prof d'un petit coup de menton.

Je battis des paupières, de plus en plus scotché par l'audace de cette fille et par le naturel avec lequel elle laissait tout ce qu'elle pensait sortir de sa bouche.

Devant nous, M. Dubois – si je me référais à ce qui était noté au tableau – les regardait avec impatience.

— Vous ferez connaissance plus tard, jeunes gens, si cela ne vous dérange pas trop.

— Je maintiens, cette année me plaît déjà, ricana Peter en s'inclinant plus discrètement vers Violette.

La matinée, consacrée à la présentation du programme, parut plutôt longue, mais dès l'après-midi, les choses sérieuses débutèrent avec un cours d'anatomie et un autre de croquis. Je dus me réhabituer à utiliser du papier et un crayon plutôt qu'une tablette graphique, mais dans l'ensemble, le résultat à la fin de la journée me sembla relativement satisfaisant.

Lorsque sonna la fin de la dernière leçon, j'attendis que tout le monde ait quitté la salle pour sortir à mon tour, évitant ainsi de me retrouver parmi la foule. Une fois dehors, je traçai, les mains dans les poches et le nez baissé, pour rejoindre rapidement ma voiture, longeant le trottoir sur lequel un tas d'étudiants s'étaient regroupés. Subitement, quelque chose d'inexplicable, et que j'aurais préféré pouvoir ignorer, me força à me retourner.

Je ne m'arrêtai qu'une demi-seconde, mais parmi tous les élèves entassés là, je la repérai.

Violette, avec ce type, Peter, et d'autres jeunes de notre section. Elle avait une cigarette à la main et repoussa de l'autre une mèche de ses cheveux clairs derrière son oreille. Elle riait avec ses nouveaux amis, l'air épanoui, parfaitement à sa place. Son sourire était magnifique, à la fois espiègle et gracieux, vraiment captivant. Cependant, un détail me frappa. Il y manquait un je-ne-sais-quoi, peut-être cette note d'insouciance si particulière que je lui avais connue au collège...

Lors du dîner qui suivit, elle se chargea de faire le récit de notre première journée à nos parents et ne chercha à aucun moment à me parler. Elle n'essaya pas non plus de me provoquer avec ses longs regards appuyés. C'était fini. Apparemment, ce qui s'était passé la veille au soir l'avait convaincue de cesser son manège.

Et c'était très bien ainsi. Parce que c'était exactement ce que je voulais : qu'elle me fiche la paix et m'ignore comme moi-même je m'évertuai à le faire.

Sauf qu'en réalité, et en dépit de tout ce que je mettais en œuvre pour m'en persuader, je ne l'ignorais pas du tout. Cette place, juste derrière son voisin de table en cours, me permettait de l'observer constamment sans qu'elle s'en rende compte.

Et au bout d'une simple semaine, j'avais réussi à développer ce truc aussi irrépressible qu'hyper malsain, que je ne savais même pas vraiment comment qualifier. Les rôles s'étaient inversés et, à présent, c'était moi qui l'épiais. J'ignorais totalement à quoi cela tenait, mais il y avait chez elle quelque chose qui m'intriguait.

Peut-être était-ce ce fichu contraste entre ses cheveux pâles et ses grands yeux sombres ? Peut-être était-ce ce décalage étrange entre la candeur qu'elle dégageait et l'éclat révolté brûlant perpétuellement au fond de ses prunelles ? Ou bien cette impressionnante liberté de mouvements et de paroles, tellement fascinante...

Je ne regrettais pas pour autant mon comportement des premiers jours. Agir autrement ne m'aurait valu que des ennuis, j'en avais conscience. Et cependant, il m'arrivait parfois d'imaginer comment cela aurait pu être entre nous, de me demander si nous aurions pu nous entendre, ou tout du moins échanger normalement, comme des personnes civilisées, si j'avais été quelqu'un d'autre et que les choses avaient juste été légèrement différentes…

11

Violette

Assise sur le plan de travail de la cuisine, les jambes dans le vide, je regardais ma mère préparer le dîner.

Depuis le soir de mon arrivée, je n'avais plus aperçu Ludwig derrière les fourneaux – ce qui me faisait penser que ce que j'avais pris pour une habitude plutôt cool était finalement relativement exceptionnel. J'étais encore assez étonnée de voir ma mère se démener autant pour confectionner tout un tas de bons petits plats, parce que, du temps où nous vivions avec mon père, la tendance était nettement plus aux raviolis en boîte, lasagnes et autres parmentiers surgelés bas de gamme – et surtout déjà tout prêts.

Cependant, il n'y avait pas que cela – outre un nouveau patronyme – qui était différent chez elle. Catherine – désormais épouse Nielsen – ne laissait plus passer une seule journée sans se farder entièrement le visage le matin. En fait, depuis une semaine que je vivais ici, pas une seule fois je n'avais croisé ma mère sans maquillage.

Je me rappelais pourtant qu'autrefois elle préférait le naturel et me disait souvent qu'il valait mieux ne réserver ces artifices qu'à certains événements – notamment ceux qui nécessitaient qu'on arbore des peintures de guerre pour se sentir plus forte. Elle répétait que c'était une perte de temps et que c'était la société qui avait fini par mettre dans la tête des femmes qu'elles ne pouvaient pas être jolies sans avoir recours à tout un tas de leurres absurdes. Et plus j'avais grandi, même loin d'elle, plus j'avais réalisé combien ses paroles étaient pleines de bon sens.

Aussi, je ne pouvais m'empêcher de trouver un peu dommage qu'elle ait fini par laisser tomber ses principes pour se conformer à cette espèce de norme contre laquelle elle s'était autrefois rebellée.

Cela dit, qui étais-je pour juger ?

Moi-même – et alors que je m'en étais passé toute la semaine –, je n'avais pu résister à la tentation de paraître plus à mon avantage pour la soirée où je m'apprêtais à me rendre. Ce n'était pas que je veuille être plus séduisante, pas tout à fait. Non, j'essayais simplement d'être comme avant, quand je sortais avec Ivy et notre groupe d'amis, de jouer moi aussi le jeu, au moins pour cette occasion.

J'avais donc orné mes paupières d'un fard gris foncé irisé, d'un long trait d'eye-liner et mes cils d'une bonne couche de mascara. Enfin, en réalité, j'avais surtout besoin de me sentir plus forte que je ne l'étais et de cacher mes appréhensions derrière un masque peint à même la peau.

La dernière fête de ce type à laquelle j'avais assisté remontait à presque un an et le moins qu'on puisse dire était que ça ne s'était pas très bien passé...

— Tu es sûre que tu ne veux pas un coup de main ? demandai-je par pure politesse.

Comme je ne dînais pas à la maison, ma mère en avait profité pour cuisiner tout un tas de trucs à base d'animaux morts – terrestres *et* marins. En réalité, je n'avais aucune envie d'y toucher.

— Non, ma chérie, c'est gentil, refusa-t-elle en remuant à l'aide d'une spatule le bœuf en sauce dans la marmite qui mijotait sur le feu, avant d'enfourner les cassolettes de Saint-Jacques qu'elle venait de préparer. En plus, j'ai presque terminé.

Elle se redressa, posa les maniques sur le plan de travail à côté de moi et soupira.

— Tu es sûre que tu ne veux rien manger avant de partir ? s'enquit-elle pour la troisième fois de la soirée. Il n'y aura peut-être pas de plats végétariens chez cette fille chez qui tu vas.

— Sûre. T'inquiète, des plats vegan, j'en doute, en effet, mais il y aura là-bas plein de cochonneries dont je pourrai m'empiffrer. Tu sais combien je raffole des chips. D'ailleurs, histoire de contrebalancer un peu…

Je me penchai pour attraper une pomme dans la corbeille de fruits et la croquai à pleines dents en balançant les jambes comme une gamine. J'en rajoutais un peu parce qu'en réalité je n'avais aucune idée de ce que je trouverais chez Cynthia – en dehors de nombreuses bouteilles d'alcool, cela allait de soi. Mais la vérité, c'est que je n'avais absolument pas faim.

Ce léger stress qui me taraudait depuis quelques heures avait la fâcheuse tendance à me donner la nausée. Cependant, je m'efforçais de ne pas le montrer. Je ne voulais pas que ma mère s'aperçoive de ma nervosité et commence à me poser des questions…

— Donc, c'est un certain Peter qui vient te chercher et qui te ramènera ensuite, c'est bien ça ?

J'acquiesçai d'un dodelinement de la tête un peu las. Je le lui avais déjà dit plusieurs fois.

Elle alla repousser la porte de la cuisine, puis m'interrogea, baissant subitement la voix :

— Et… Adam ne va pas à cette fête, lui ?

Malgré moi, je me rembrunis.

— Pas que je sache, non.

Je n'aimais pas penser à ce type. Je ne parvenais pas à le cerner et ça me perturbait.

Adam était clairement la personne la plus bizarre et la plus insaisissable que j'aie jamais rencontrée. Plus le temps passait, plus nous nous côtoyions – par la force des choses –, et plus il m'apparaissait comme une espèce d'énigme insoluble, une équation de maths à plusieurs inconnues qui file la migraine au premier coup d'œil.

— Tu ne lui as pas proposé de t'accompagner, n'est-ce pas ? déduisit ma mère.

— Pourquoi j'aurais fait ça ?

Sérieusement, j'avais plus ou moins rencard avec Peter ce soir. Alors non, il n'y avait véritablement aucune chance pour que j'invite Grincheux à se joindre à nous.

— De toute façon, honnêtement, je crois qu'il se fout pas mal de ce que les autres élèves de l'école fabriquent le week-end, me justifiai-je. Les soirées, ça n'a vraiment mais *vraiment pas* l'air d'être son truc, si tu vois ce que je veux dire. Tu te souviens quand tu m'as avoué être persuadée qu'il ne t'aimait pas, vu qu'il ne t'adresse jamais la parole ? Bah, je te rassure tout de suite : en cours, il est exactement le même qu'ici, il ne parle à personne. C'est bien simple, il est à la table juste derrière la mienne en classe et, en cinq jours, pas une seule fois je n'ai entendu le son de sa voix.

Une belle voix pourtant, qui me troublait déraisonnablement par son absence. L'obstination d'Adam à se murer dans le silence et à m'ignorer m'exaspérait à peu près autant que ça me déconcertait.

— Je trouve ça triste, déclara ma mère avec une petite grimace.

Moi aussi…

— Peut-être, mais contrairement à toi, je n'ai pas la fibre « assistante sociale ». Donc je m'en fiche un peu s'il préfère rester seul en cours et vivre reclus dans sa chambre le week-end. Ce n'est pas mon problème.

Je mordis d'un coup sec dans ce qui restait de ma pomme pour appuyer mon propos.

En vrai, je ne m'en fichais pas.

Les premiers jours, j'avais voulu essayer de le décoder. J'avais tenté de provoquer chez lui une réaction, n'importe laquelle, même infime, en le titillant quand il se trouvait face à moi, lors de nos fameux repas de famille. Mais j'avais cessé après avoir surpris son paternel l'engueuler pour une raison totalement injuste.

Nous avions échangé un simple regard...

Un regard intense, chargé de colère, qui m'avait évoqué ses tourments, ses douleurs, sa colère. Sa rancune envers moi, aussi. Un instant étrange, bouleversant, et puis... plus rien.

Son père était entré dans la pièce et avait aussitôt, par sa seule présence, tué toute forme d'expressivité chez son fils. Ensuite, Ludwig lui avait rivé son clou, pour être sûr.

Comme si Adam avait vraiment eu besoin qu'on lui dise de ne pas m'approcher. Bordel, ce type n'approchait jamais personne ! Et puis, de quoi se mêlait mon beau-père, à la fin ?

J'avais gardé mon avis pour moi et je n'en avais pas touché mot à ma mère, mais j'avais trouvé son intervention carrément déplacée. À partir de ce soir-là, j'avais commencé à voir Ludwig un peu différemment.

Et Adam aussi...

Parce que je commençais à sérieusement douter qu'il ait pu réellement cogner son père. Ce comportement ne collait tellement pas avec le jeune homme qui vivait dans la chambre en face de la mienne !

Je me moquais pas mal d'avoir entendu Adam insinuer que je n'étais pas du tout son genre, qu'il n'y avait « absolument aucun risque » pour qu'il soit tenté de franchir la limite que lui imposait son père. Je ne voulais être jolie aux yeux d'aucun mec. Donc, qu'Adam ne me trouve pas à son goût me passait totalement au-dessus de la tête – ce n'était pas comme s'il était mon type, de toute façon.

Mais bon, dans la mesure où je n'avais strictement rien demandé, j'avais jugé ces propos limite insultants, mine de rien. Voire très vexants quand j'avais compris qu'Adam ne chercherait même pas à inventer un prétexte pour s'en justifier auprès de moi, ou au moins essayer d'une manière ou d'une autre de désamorcer cette bombe que son père avait lâchée.

J'avais peut-être légèrement pété un câble en agressant Adam comme je l'avais fait ce jour-là. À ma décharge, je me sentais affreusement seule le week-end dernier, et son comportement à mon égard n'avait fait que m'ébranler davantage.

Voyant l'heure avancer, je sautai du plan de travail et me postai devant ma mère en me penchant pour apercevoir le bas de ma robe. Un genre de blouse noire et ample à manches longues et aux poignets resserrés, dont l'unique fantaisie était d'arriver juste sous les fesses.

— Ça va ? la questionnai-je. Je n'ai pas trop l'air d'une traînée ?

Ma mère haussa les sourcils, consternée.

— Bien sûr que non, voyons. Que vas-tu chercher, Violette ?

À cet instant, Ludwig poussa la porte de la cuisine du coude et entra pour se laver les mains. Il revenait du garage où, apparemment, il aimait bien passer son temps à bricoler sa moto et en retaper une autre, un modèle ancien de ce que j'avais compris.

Il inclina la nuque pour m'inspecter de la tête aux pieds, puis pinça les lèvres.

— Moi, je la trouve un poil courte, cette robe. Mais ce n'est que mon opinion.

Comme si quelqu'un la lui avait demandée…

— Nickel, c'était exactement ce que je voulais entendre, mentis-je avec un sourire forcé.

Ma mère aurait pu intervenir. Mais non. Elle resta muette, à me détailler, de plus en plus dubitative.

La sonnerie de l'entrée résonna soudain dans toute la maison. C'était Peter, pile à l'heure. Qui l'eût cru ?

— Tu devrais dire à ton ami d'entrer, histoire que tu puisses me le présenter, proposa ma mère, comme si rien n'était plus naturel.

— Alors là, y a pas moyen, maman ! ricanai-je en attrapant mon chapeau pour l'enfoncer sur mon crâne.

Je me sauvai le plus vite possible, sautillant jusqu'au perron, où je dévalai ensuite les marches avec une légèreté qui, je l'espérais, finirait peut-être par me gagner pour de vrai.

12

Violette

La soirée de Cynthia ressemblait à toutes celles auxquelles je m'étais rendue auparavant. Une trentaine de personnes déjà à demi alcoolisées, retenues prisonnières dans les deux cents mètres carrés de sa maison, et quelques évadés traînant dans le jardin, l'ensemble bercé par les basses vibrantes d'une musique électro très forte.

Cynthia faisait partie de la même promo que Peter et moi, et avait invité pratiquement toute notre classe, ainsi que des étudiants d'autres sections d'Arte-Sup, dans son palais de princesse. Grande, mince comme un fil, mais avec une paire de seins plutôt impressionnante au regard de la finesse de ses épaules et de ses bras, des cheveux lisses et mi-longs, d'un blond vénitien flamboyant, et... un peu pimbêche sur les bords.

Au début de la semaine, je la trouvais plutôt cool avec son look B.C.B.G. branché, ses tenues très étudiées, chaque jour différentes. Enfin c'était avant que je comprenne qu'elle allait nous citer, chaque matin que Dieu faisait, la marque et le prix de chacune de ses fringues.

Elle prétendait qu'il s'agissait d'une « déformation professionnelle », à cause du blog de mode qu'elle tenait.

Perso, j'estimais que c'était surtout de la vantardise, un étalage gratuit du blé monstre que ses parents gagnaient et lui filaient pour faire les boutiques.

J'étais en train de sautiller sur place avec Peter, Charlotte et Roch – mon nouveau cercle d'amis –, nous déchaînant ensemble sur un morceau très énervé de Going Deeper, parmi une dizaine de filles et seulement deux autres mecs de l'école, quand Cynthia vint vers nous. Brandissant son Smartphone devant elle, elle se plaça de façon à ce que Peter, elle et moi apparaissions à l'écran, puis captura cet instant curieux où je me déhanchais, les bras jetés au-dessus de la tête, les cheveux dans tous les sens, les lèvres entrouvertes.

Avec ce maquillage et cette pose, plus sensuelle que je ne l'aurais voulu, j'avais réellement l'air d'une traînée...

— Je n'arrive pas à t'identifier, me cria Cynthia, tentant de se faire entendre malgré la musique, après avoir pianoté quelques secondes sur son portable.

— Normal. Cherche pas, je ne suis pas sur les réseaux sociaux.

Peter cessa de danser pour mieux me dévisager, une moue entre étonnement et admiration incurvant ses lèvres.

— Décidément, t'es une vraie rebelle !

Je me forçai à sourire en réponse, mais le cœur n'y était pas.

C'était un mensonge éhonté parce que, en réalité, j'avais bel et bien un compte Facebook... et celui-ci disait tout autre chose de moi.

Cynthia me décocha un regard suspicieux, puis elle se pencha vers Peter.

— Et toi ? Tu as un profil, non ?

Il s'inclina vers elle pour lui indiquer son pseudo et je la vis coller son crâne au sien pour prendre *in extremis* une deuxième photo, juste d'elle et lui. Peter, un peu surpris, se mit à rire, puis fit une grimace pour un nouveau cliché. J'en profitai alors pour m'éloigner, les laissant tous les deux à leur délire.

C'était un peu bête, parce que j'avais remarqué depuis le début de la semaine que Cynthia en pinçait pour Peter. Je supposais même qu'elle ne s'était incrustée dans notre petit groupe que pour cette raison.

J'allai jusqu'à la cuisine, où je m'emparai de ma troisième bouteille de bière de la soirée – la dernière, clairement. Je la décapsulai, puis en avalai plusieurs gorgées. Que je faillis recracher lorsque je sentis deux mains s'emparer de mes hanches.

— Eh, Vi, c'est dégueulasse de m'abandonner comme ça avec Miss-balai-dans-le-cul ! me reprocha Peter, son souffle me chatouillant la nuque. Tout ça pour picoler en plus, j'y crois pas... Dois-je comprendre que tu es plus attirée par la bouteille que par moi ?

Je me retournai lentement, puis portai à nouveau le goulot à mes lèvres, afin de le laisser deviner la réponse.

— Putain de monde cruel, jura-t-il, affectant le désespoir.

Il passa les doigts dans ses cheveux blonds, légèrement humides, y ajoutant plus de désordre encore. Il était tellement sexy avec ce simple tee-shirt blanc et le jean trop délavé et troué qu'il portait ! Sur l'un de ses bras, un ange était précipité dans le vide tandis que ses congénères ailés admiraient la scène en surplomb, au-dessus de nuages sombres. Sur l'autre, une forêt obscure et la pleine lune recouvraient sa peau à l'encre noire.

J'appréciais beaucoup Peter. Il était...

En fait, il était exactement mon genre de mec.

Des manières de mauvais garçon, une flegmatique indifférence quasi permanente à tout ce qui l'entourait et un humour décapant. Il m'avait fait rire de nombreuses fois cette semaine, à se moquer sans cesse des profs comme un gamin insolent. Cela faisait si longtemps que ça ne m'était pas arrivé...

Ça n'avait pas de prix.

Sans oublier, bien sûr, ce visage aux traits fins et harmonieux et ces muscles secs et ciselés, pas trop épais, exactement comme j'aimais...

— Un seul geste de ta part, et elle *le* retire dans la seconde, le taquinai-je en m'accoudant à l'îlot central.

— Quoi donc ?

— Le balai.

Il fronça le nez et rétorqua :

— Tu te trompes sur mon compte, parce que franchement, ça me branche pas des masses, ce genre de pratiques à base de manche à balai.

Je grimaçai à mon tour, regrettant d'avoir involontairement lancé un sujet aussi graveleux.

Peter me prit la bouteille des mains pour ensuite la poser sur le plan de travail.

— Puis ce n'est certainement pas pour elle que je suis venu, ajouta-t-il en s'approchant plus encore, ses doigts m'agrippant la taille. Il y a cette petite blonde, ma voisine en cours, tu vois. Elle s'acharne à me troller depuis le début de la semaine et ne prend aucune de mes avances au sérieux. C'est très frustrant.

— Hmm, dommage. Tu devrais lâcher l'affaire. Elle a l'air beaucoup trop chiante, cette blonde.

— Mouais, je devrais, c'est clair, acquiesça-t-il en haussant les épaules. Je m'économiserais un paquet d'emmerdes, je crois.

— Tu n'as même pas idée.

Il se mordit la lèvre inférieure, son regard gris plongé dans le mien. Puis il me saisit le poignet et m'entraîna lentement dehors, où la musique et ses vibrations étaient plus ténues. Je le laissai me conduire jusqu'au fond du jardin, loin des autres, puis levai les yeux vers le ciel étoilé et complètement dégagé.

Soudain, je pensai à Adam...

Je ne savais pas grand-chose de lui, mais j'étais persuadée qu'il aurait pu me parler des constellations, qu'il s'y connaissait en astronomie et que c'était un truc qu'il aimait. J'ignorais pourquoi j'en avais l'intime conviction.

Peut-être à cause de la seule œuvre que j'avais vue de lui, au collège…

Je soupirai devant le tour ridicule que prenaient mes idées et m'obligeai à oublier tout ça pour me concentrer sur Peter.

Il s'assit dans l'herbe et je fis de même. Le gazon était dense et frais, tentateur. Alors je m'allongeai, les bras derrière la nuque, et fis semblant de me sentir parfaitement bien. Je fermai les paupières, très fatiguée tout à coup.

Ce soir, j'avais ri et dansé, et pourtant je ne parvenais pas à me défaire de cette morosité latente qui me serrait perpétuellement la poitrine. J'avais beau m'efforcer de ne pas y songer, certains mots flottaient à l'orée de ma conscience.

Des insultes en lettres noires sur un fond blanc lumineux…

13

Violette

Contrairement à ce que j'avais imaginé, Peter ne profita pas de la situation pour lancer les hostilités. Au lieu de ça, il se roula un joint en me parlant du salon de tatouage qu'il espérait pouvoir un jour créer.

Il avait fait croire à ses parents qu'il voulait bosser dans la pub afin qu'ils le prennent au sérieux et financent ses études d'art. Mais en réalité, il ne suivait ce cursus que pour parfaire sa technique en dessin et trouver son style.

Il tira plusieurs lattes, puis me tendit le pétard. Je me contentai de secouer la tête et il n'insista pas.

Il fut un temps où, même si je n'en raffolais pas, je n'aurais pas refusé pour autant. Mais c'était terminé. Il s'agissait d'une autre époque, d'une vie désormais derrière moi.

— Je verrais bien une arabesque de lierre, juste là, murmura-t-il en laissant glisser son index sur ma clavicule, repoussant le col de ma robe.

J'entrouvris un œil pour le trouver penché au-dessus de moi.

— Du lierre ?

— C'est plutôt sauvage comme plante. Élégant, aussi.

Il bascula un peu plus pour effleurer de ses lèvres la zone qu'il avait indiquée, et la seule chose à laquelle je parvins à songer était que son approche semblait particulièrement bien rodée. Il caressa ensuite ma joue et approcha sa bouche de la mienne, tandis que son autre main glissait vers mon sein pour le saisir à pleine paume.

Je me détournai, juste avant qu'il ne m'embrasse. Puis je roulai au sol pour mieux me soustraire à lui.

Peter avait-il à l'esprit les mêmes mots pour me qualifier que ceux qui ornaient mon compte Facebook depuis plusieurs mois ?

Rien ne me permettait de supposer que ce n'était pas le cas...

Je ne savais pas ce que je voulais, certes. Néanmoins, j'étais certaine de ne pas avoir envie de ça. Ce n'était pas que j'avais besoin de davantage de poésie à deux balles ou d'un peu plus de romantisme débile. Je n'avais jamais été naïve au point de me laisser influencer par ce genre de conneries, mais...

Mais non. Pas de cette manière.

Pas ici, pas maintenant.

Peter se laissa tomber dans l'herbe la tête la première avec un gémissement de frustration à peine exagéré.

— Je suis désolée, je... plus tard, peut-être, marmonnai-je.

Je me redressai pour m'asseoir et Peter se souleva sur un coude. Il ne paraissait pas fâché, c'était déjà ça.

— Plus tard... dans la soirée ? m'interrogea-t-il avec un petit sourire en coin.

— Non, plus tard *dans l'année* plutôt, corrigeai-je. Peut-être. En fait, je n'en sais rien. Il faut voir. Enfin, n'attends pas après moi, ce serait vraiment idiot... Et si en fait on oubliait ça ?

Je me remis debout et tapotai ma robe pour chasser les brins d'herbe qui s'y étaient accrochés.

— Je n'oublie rien du tout, refusa-t-il tout net. Moi aussi, j'en ai marre des plans cul. J'aimerais tester autre chose. Donc je peux attendre un peu, ça ne me dérange pas. On verra bien si nous deux ça se fait, OK ?

Je m'étais attendue à bien des réactions, mais certainement pas à celle-ci. Mon bad boy de voisin de classe, un peu lourd sur les bords, était finalement nettement plus compréhensif et sensible qu'il n'y paraissait...

— Je... j'aimerais rentrer, balbutiai-je, ne trouvant rien d'autre à lui répondre.

Il se releva d'un bond agile, passa un bras autour de mes épaules, puis nous rejoignîmes la maison sans un mot.

À l'intérieur, nous nous rendîmes jusqu'au salon, où la musique avait été baissée et où plus personne ne dansait. Nous croisâmes Cynthia, affalée sur le canapé à côté de Charlotte et d'une fille aux cheveux pratiquement de la même teinte que les siens, à qui je n'avais jamais parlé. Roch et un autre type étaient installés dans des fauteuils juste en face.

Cynthia eut un rictus dégoûté en voyant Peter me tenir contre lui mais se ressaisit presque aussitôt.

— Vous n'allez quand même pas partir si tôt ! s'exclama-t-elle en se mettant debout sur son sofa. Je ne vous ai même pas présenté Hannah, ma nouvelle super pote !

Manifestement, Cynthia avait dû y aller fort sur la Margarita pendant notre absence.

— Apparemment, on forme le « club des rousses », expliqua Hannah d'un ton entre l'incrédulité et la taquinerie, se levant à son tour, tirant aussitôt sur son haut pour qu'il couvre ses hanches. C'est elle qui l'a inventé, hein. Ça ne vient pas de moi...

Hannah paraissait assez coincée, avec ses cheveux attachés en queue-de-cheval et son gilet bleu marine à col rond fermé jusqu'au cou, qui soulignait – sans doute involontairement – ses formes voluptueuses. L'opposé quasi exact de Cynthia, en somme. Or son sourire était sincère et possédait une note d'ingénuité assez rare pour être appréciable.

— C'est parce qu'il faut se serrer les coudes entre gènes récessifs communs ! allégua Cynthia. On n'est pas nombreux, alors bon...

Hannah acquiesça d'un signe de tête un peu gêné, puis attrapa sa nouvelle amie par le bras et l'obligea à descendre de la banquette. Cynthia récupéra au passage un verre parmi ceux qui traînaient sur la table basse – le sien, espérai-je –, avala une gorgée, puis me pointa du doigt en cafouillant :

— J'allais oublier... Elle... tu vois, c'est Violette. Et lui, c'est Peter.

— Je sais, ils sont juste devant moi en cours, répondit Hannah avec amusement.

— Ah oui, je suis con, rétorqua Cynthia en se frappant le front.

Après quoi, elle se laissa lourdement retomber sur le canapé en se marrant comme une baleine.

Hannah esquissa un geste timide dans ma direction et renchérit, me prenant totalement au dépourvu :

— Tu es la fille que mon voisin de table hyper sexy n'arrête pas de mater pendant les cours.

Le bras de Peter se crispa légèrement autour de mes épaules.

— Tu trouves Adam sexy ? m'étonnai-je.

J'étais évidemment bien plus stupéfaite encore d'apprendre que le fils de mon beau-père m'observait en classe...

— Oh, oui, grave ! confirma Hannah dans un éloquent haussement de sourcils.

À la réflexion, elle devait forcément se faire des films. Parce que ça ne collait pas du tout avec l'attitude atrocement froide et distante qu'Adam adoptait depuis le début avec moi. En même temps, j'étais placée devant lui, alors il suffisait qu'il regarde le tableau en face pour donner cette fausse impression à la personne assise à son côté.

— Moi, je lui mettrais juste la moyenne, intervint Cynthia, une moue dédaigneuse incurvant ses lèvres rouges. En guise d'encouragement, parce qu'il a l'air trop bien gaulé. Mais pas plus, faut pas déconner. Cette mine lugubre et cette garde-robe uniformément noire, ça le fait pas. Il est limite… limite flippant quand même, vous ne trouvez pas ?

— Un peu, j'avoue, concéda Hannah en s'installant de nouveau sur la banquette, une lueur de dépit passant dans son regard. Il ne me répond jamais quand je lui dis bonjour le matin.

— Ce type était dans le même lycée que moi, déclara Peter d'une voix railleuse. Ce que je peux dire, c'est qu'il a bien fait de se laisser pousser un peu les cheveux. Au moins, maintenant, on ne voit plus ses oreilles démesurément grandes. Quoique, il a peut-être eu recours à la chirurgie, c'est pas impossible. Putain, Cyn, je t'assure que l'année dernière ça ne te serait pas venu à l'idée de mettre la moyenne à ce gars !

Cynthia éclata de rire et les autres l'imitèrent – Hannah aussi, malgré son flagrant embarras.

J'aurais peut-être dû dire quelque chose, parce que je trouvais ça vraiment naze de se moquer ainsi de quelqu'un n'ayant rien demandé et même pas présent. Je saisis à la place cette occasion pour m'éloigner de Peter et me défaire de son étreinte.

Décidément, il était temps de mettre les voiles, cette soirée devenait de plus en plus pourrie…

14

Violette

Finalement, je rentrai à la maison encore plus déprimée que je ne l'avais quittée.

J'aurais dû avoir envie de sortir avec Peter.

J'aurais dû avoir envie d'être embrassée par un mec aussi sexy, allongée sur une pelouse impeccable et les étoiles en toile de fond. En tout cas, avant, ça m'aurait plu.

Qu'est-ce qui ne tournait pas rond chez moi ? Pourquoi n'avais-je pas réussi à m'amuser à cette soirée comme je le faisais autrefois ?

Je retirai mes chaussures en essayant de ne pas faire de bruit, puis gravis l'escalier dans la pénombre. Marche après marche, le plus lentement possible, ne repoussant que de quelques secondes l'échéance. Parce que même si j'avais éprouvé l'urgent besoin de quitter cette fête et tous ces gens un peu plus tôt, je n'étais pour autant pas du tout impatiente à l'idée de retourner à la solitude de ma chambre…

Sur le palier, je m'arrêtai, intriguée par le rai de lumière que je distinguai, filtrant sous la porte d'Adam.

Il était près de 4 heures du matin. Que pouvait-il fabriquer qui nécessite de veiller aussi tard ?

Plusieurs fois, durant cette première semaine que j'avais passée ici, je l'avais entendu se relever en pleine nuit. Des bruits de pas lourds et précipités m'avaient tirée du sommeil en sursaut, souvent suivis du bruissement d'objets bousculés au fond d'un placard, rejetés avec fébrilité.

Ce type était tellement bizarre…

Je me rapprochai du battant de bois blanc pour essayer d'écouter ce qui se tramait de l'autre côté. Si ça se trouvait, Adam était en train de jeter des tonnes de peinture sur une toile géante, à sa mesure, et c'était la frénésie créative qui le tenait éveillé à des heures indues.

L'espace d'un instant, j'hésitai à frapper. J'en avais très envie, bien qu'ignorant pourquoi.

Peut-être que je regrettais un peu, malgré tout, de ne pas lui avoir proposé de m'accompagner à cette soirée – même si j'étais absolument certaine qu'il aurait refusé. Peut-être aussi que cette rancune qu'il semblait me porter commençait à me peser…

J'étais sûre qu'il avait menti le premier soir en prétendant ne pas se souvenir de moi. Trop de ressentiment voilait son regard lorsqu'il lui arrivait, par mégarde, de le poser sur moi, pour qu'il en soit autrement.

J'avais mis un peu de temps, mais cet infime fragment de passé commun m'était finalement progressivement revenu.

Des années auparavant, au collège, j'avais admiré une des illustrations d'Adam le jour où celle-ci avait été affichée en salle d'arts plastiques. Je m'étais pris la tête avec le prof parce que je trouvais la note trop faible par rapport à la qualité du travail, et il avait été question d'une consigne, qui n'avait soi-disant pas été respectée. Il me semblait même que ce bon vieux M. Roger m'avait présentée à Adam, au cas où j'aurais désiré glaner quelques conseils techniques.

Je me rappelais aussi que ma meilleure amie de l'époque s'était publiquement moquée d'un garçon qui avait voulu sortir avec elle. Un jeune homme très grand, à l'air triste et – déjà – entièrement vêtu de noir. Et, peut-être… *peut-être* avais-je ri avec elle, en peste insouciante que j'étais alors.

J'étais désormais convaincue que dans les deux cas il s'agissait d'Adam.

Je l'étais également par l'idée qu'il m'en voulait encore – bien plus qu'il n'aurait dû par ailleurs, compte tenu de la nature passablement anecdotique des faits et de leur ancienneté.

Ne serait-ce que parce qu'il me paraissait nécessaire – voire carrément urgent – de tirer cette affaire au clair, je décidai de frapper à sa porte.

Oui, il était 4 heures du matin et je toquais à la chambre d'Adam, ce type qui s'employait quotidiennement à m'ignorer et ne daignait même pas m'adresser la parole lorsque je prenais sur moi pour tenter de lui parler. Vraiment, je ne tournais pas rond ces derniers temps…

Quelques secondes d'un profond silence s'écoulèrent. Je réitérai alors mon geste et cognai légèrement plus fort contre le bois.

— Adam, c'est Violette, marmonnai-je, soucieuse que personne d'autre ne puisse m'entendre. Il faut que je te parle. Ouvre-moi, s'il te plaît.

Il allait sans doute me trouver complètement tarée. Ou stupide. Mais honnêtement, je m'en fichais.

Je perçus le son étouffé de ses pas, le froissement de vêtements, puis le déclic de la poignée. Enfin, la porte s'entrouvrit et l'impressionnante silhouette d'Adam apparut.

Il portait l'un de ses habituels sweats noirs et un jean de la même teinte – ce n'était pas comme si je m'étais attendue à le surprendre en caleçon, mais enfin tout de même, de là à enfiler un truc à manches longues uniquement pour discuter avec moi au beau milieu de la nuit, c'était un brin excessif…

Je dus renverser la nuque en arrière pour voir son visage et un curieux frisson me fit tressaillir comme je réalisais l'importance de notre différence de taille. Je ne mesurais que 1,57 mètre quand lui me surplombait au bas mot de quarante centimètres.

Planté dans l'embrasure, la main encore sur la poignée, Adam m'observait avec autant de perplexité que d'impatience, visiblement partagé entre son envie de m'envoyer promener et sa curiosité quant à ce que j'avais à lui dire de si capital. Je le vis ciller, très brièvement, devant le maquillage qui ombrait mes yeux.

— Tu ne m'invites pas à entrer ? fis-je mine de m'étonner.

Il fronça les sourcils et souffla un grand coup par le nez, l'air alors nettement plus mécontent qu'intrigué. Je crus une seconde qu'il allait me claquer la porte à la figure, mais non. Contre toute attente, Adam recula d'un pas et ouvrit plus grand le battant.

Et je ne sais pourquoi, mon cœur eut un léger raté.

Les mains derrière le dos, je pénétrai lentement dans l'antre d'Adam.

Je fus d'abord étonnée de constater que sa chambre était un peu plus petite que la mienne. Puis ce fut l'ordre qui y régnait qui me frappa.

La pièce était étonnamment bien rangée. Rien ne traînait, ni au sol, ce parquet de bois brun, ni sur son bureau. Sur ce dernier, tout en métal et en verre fumé, à la fois sobre et classe, trônaient deux énormes écrans, dont l'un était incliné de manière à servir également de tablette graphique. Cependant, ce ne fut pas ce matériel ultra-sophistiqué qui retint mon attention.

Partout, contre chaque mur de la pièce, s'élevaient de hautes bibliothèques emplies de livres. Plusieurs rayonnages étaient consacrés à la bande dessinée et aux comics, mais la plupart étaient occupés soit – de ce que je pouvais en voir – de romans de S-F, soit carrément de traités de sciences – ce qui, à mon sens, n'était pas très raccord avec son orientation en arts.

Je regrettais par contre de ne trouver nulle part un dessin, une illustration ou quoi que ce soit esquissé de sa main. Les seuls objets un peu personnels que j'aperçus furent une affiche encadrée de *Blade Runner* et une autre de *L'empire contre-attaque*.

Adam aimait donc les classiques et avait des références cinématographiques assez démodées. Ce qui était plutôt… charmant ? Intéressant, du moins.

Je pris mon temps pour inspecter chacune de ses bibliothèques et tirai même plusieurs bouquins de leur rayon, histoire de jeter un coup d'œil à la couverture. Bien sûr, je ne connaissais aucun de ces auteurs et je n'avais pas la moindre idée de ce que ces récits pouvaient raconter.

En vérité, j'essayais juste de gagner quelques minutes supplémentaires afin de chercher par où commencer. J'ignorais quoi lui dire. Je voulais juste…

Je ne savais pas trop. Je crois que je voulais juste lui parler un peu.

Lorsque le silence de la nuit devint trop oppressant, je me tournai vers lui. Il avait refermé la porte et était resté à l'autre bout de la pièce, demeurant à bonne distance de moi. Les bras croisés, appuyé d'une épaule contre le montant d'une étagère, il m'étudiait patiemment.

Je comprenais qu'Hannah puisse lui trouver du charme parce que je n'étais pas loin d'être d'accord. Adam avait une aura sombre mais magnétique, vraiment très étrange.

Je m'assis sur son lit, parce que je voulais qu'il me pense parfaitement à l'aise – ce qui n'était pas tout à fait vrai, dans la mesure où je me rendais parfaitement compte de l'incongruité de la situation.

— Je n'imaginais pas du tout ta chambre comme ça, lançai-je tout à trac. Je veux dire, en fait, je n'arrivais pas à l'imaginer…

Parce que tu es un putain de mystère pour moi, Adam Nielsen, tu le sais, ça ?

Il inclina légèrement la tête sur le côté, comme si ce que je disais était totalement vide de sens.

Je me mordis la lèvre, puis me jetai à l'eau.

— OK, écoute, je ne te crois pas quand tu dis que tu ne te souviens pas de m'avoir croisée au collège. Parce que, moi, je te revois très bien maintenant, dans la salle de M. Roger, venir décrocher toi-même ton illustration alors que je m'engueulais avec lui au sujet d'une consigne à la con. Et je me rappelle aussi ce truc avec Nancy.

Un petit muscle roula sous la peau un peu trop pâle de sa mâchoire. Il poussa un nouveau soupir et reporta son attention vers le mur.

— Ce... ce « truc » ? répéta-t-il sombrement.

Bon sang, je n'en revenais pas, Adam venait de me parler pour la deuxième fois en sept jours de cohabitation !

Sa voix était tellement grave, presque inquiétante... Est-ce que je devais m'inquiéter ?

Je me frottai le front, plus déstabilisée que je ne l'aurais voulu.

— Ben, ça date un peu et je ne me souviens plus exactement de ce qui s'est passé cette fois-là, juste que... enfin, tu sais combien on est stupide quand on est môme. On rit pour tout et n'importe quoi, même quand c'est nul.

— Je ne veux pas de tes excuses, lâcha-t-il en secouant quasi imperceptiblement la tête.

Son entêtement à me tenir rigueur de quelque chose d'aussi idiot me prit de court. Et comme chaque fois que ma fierté était égratignée, je réagis au quart de tour.

Je me relevai, croisai moi aussi les bras et ripostai :

— Alors ça tombe bien, parce que je ne comptais pas t'en présenter. Je ne suis pas du genre à m'excuser et ce n'est certainement pas à cause d'une histoire aussi stupide que celle-ci que je vais m'y mettre. Continue à tirer la tronche à longueur de temps si ça t'amuse, qu'est-ce que j'en ai à foutre, après tout ?!

Adam prit une grande inspiration puis, sans plus me regarder, alla ouvrir la porte de sa chambre, m'invitant clairement à dégager le plancher.

— Parfait... J'en ai... assez entendu. Va jouer les pétasses ailleurs, Violette. J'ai eu ma dose pour un bon moment.

Il se pinça l'arête du nez en fermant les yeux, serrant les paupières d'exaspération.

Dans ma poitrine, un truc se fissura douloureusement. Et la panique m'assaillit d'un coup, accélérant brusquement les pulsations de mon cœur, devenues soudain perceptibles.

Adam avait-il trouvé mon compte Facebook ?

Que ce soit le cas ou non, il était finalement exactement comme les autres... Mais qu'est-ce que j'étais allée m'imaginer, putain ?

— Pétasse ? crachai-je en me mordant l'intérieur de la joue pour ne pas craquer. Petit joueur, va ! Tellement plus de gens se sont montrés tellement plus créatifs !

Je serrai durement les dents afin de réprimer les larmes qui me montaient aux yeux tandis que l'insulte – celle de trop – venait balayer une bonne fois pour toutes le château de cartes ambulant que j'étais.

N'empêche qu'il ne l'emporterait pas. Sur Internet, je fermais peut-être les yeux, dépassée par la quantité incroyable de haine que bien involontairement je suscitais. Mais dans la vraie vie, j'étais tout sauf une fleur délicate !

Non, j'étais une guerrière et je ne laisserais plus jamais quiconque me couvrir d'injures de cette façon !

15

Adam

C'était la première fois que j'insultais une fille. Et le moins que l'on puisse dire, c'est que je n'en étais pas particulièrement fier...

Pour autant, je ne comprenais pas que Violette puisse paraître si bouleversée, si ébranlée face à un terme aussi banal et insipide – dire que j'étais loin d'être le roi de la repartie était un euphémisme, cela n'avait rien de nouveau. Pas plus que je ne comprenais qu'en réponse elle me traite de « petit joueur ».

Et bon sang, je ne comprenais pas non plus pourquoi cela me souciait à ce point !

Pourquoi lui avais-je ouvert ? Pourquoi lui avais-je permis de mettre les pieds dans ma chambre ?

Personne, en dehors de mon père – et uniquement en de rares occasions, fort heureusement –, n'y entrait jamais.

Cela avait été tellement incongru et déroutant de voir Violette et sa petite robe noire – déraisonnablement troublante en dépit de son amplitude – déambuler entre mes étagères et flâner devant ma collection ridiculement conséquente de livres, tout en faisant mine de s'y intéresser. Pour ensuite aller s'asseoir sur mon lit avec une indifférence presque blessante, comme si rien n'avait été plus normal.

Elle savait pertinemment que je ne l'y rejoindrais pas mais elle ignorait que l'image m'avait cependant traversé...

Une pensée parasite stupide et ô combien inopportune.

J'étais un vrai crétin parce que, à peine avais-je réussi à chasser de mon esprit l'idée que la laisser découvrir cette minuscule parcelle de moi n'était peut-être pas aussi désagréable que j'aurais pu le croire, Violette se mettait à me rire de nouveau au nez, me raillant comme jadis.

Non seulement elle avait fini par se souvenir des circonstances de notre rencontre ainsi que de ce qui s'était ensuivi, mais en plus, elle avait trouvé le moyen de tourner tout ça en dérision, comme si je n'avais absolument aucune raison d'en être ne serait-ce que légèrement offensé !

Et, en même temps, à quoi pouvais-je bien m'attendre ? Il était évident qu'elle ne regrettait rien. N'avait-elle pas la moindre idée du désastre engendré ? Ou n'en avait-elle juste rien à faire ?

Un savant mélange des deux, à n'en pas douter...

J'esquissai un geste en direction du couloir afin de la prier de sortir, affligé de n'avoir pas su rester suffisamment maître de moi-même pour éviter de m'emporter et de buter sur certains mots.

L'éloquence et moi...

Mais pourquoi diable avais-je même essayé de lui répondre ? Qu'est-ce qui avait pu me passer par la tête ?

Violette n'en avait toutefois pas terminé apparemment.

Elle avança vers moi, les poings serrés, ses yeux noirs luisant de colère – quoique peut-être de souffrance également, mais il était difficile de se prononcer tant son attitude ressemblait à une provocation.

Elle me toisa de la tête aux pieds avec une hauteur impressionnante pour une fille de cette taille.

— Au fond, ce n'est pas si étonnant que ça ! Après tout, les chiens ne font pas des chats. C'est la longueur de ma robe qui t'autorise à me balancer ce genre de saloperies ? Tu veux que je te dise, Adam, tu ressembles bien plus à ton connard de père que tu ne voudrais le laisser paraître !

Je battis des paupières, interdit, sidéré par la justesse avec laquelle elle venait de frapper. Il n'existait pas de coup plus bas, de pire invective, ni de comparaison plus douloureuse. Il était le monstre que je redoutais un jour de devenir…

Il n'avait fallu à Violette qu'une poignée de secondes et une seule allusion pour réveiller cette boule de rage et de terreur qui sommeillait, tapie au creux de mon ventre.

Aucun moyen de l'ignorer. Ou d'ignorer *Violette*…

Elle avait gagné.

— Ne redis jamais ça, sifflai-je entre mes dents serrées, me penchant sur elle pour la regarder bien en face.

Elle plissa les yeux et, contre toute logique, s'approcha encore de moi, jusqu'à n'être plus qu'à quelques centimètres.

— Sinon quoi ?

Violette me défiait ouvertement, le menton relevé, une moue insolente flottant sur ses lèvres.

Pourtant, le tremblement de ses mains trahissait davantage le malaise qu'elle s'évertuait à cacher que sa fureur.

— Tu crois que tu me fais peur ? continua-t-elle d'un ton regorgeant de mépris. Tu crois que, parce que tu es le genre de taré capable de défoncer la tronche de ses propres parents, je vais bien gentiment la boucler et me tenir à carreau devant toi ? Va te faire foutre, Adam !

J'ouvris la bouche, prêt à répliquer sur le même mode, à tenter de me défendre, à démêler les faits de ces insinuations immondes qu'elle me jetait à la figure. Cela dura l'espace d'un bref instant, comme la tempête faisait rage dans ma tête et que mes idées se bousculaient. Puis je refermai et contractai durement les mâchoires, m'interdisant de répondre quoi que ce soit.

Je ne pouvais me le permettre.

Jamais.

Violette connaissait une infime partie de la vérité.

Violette tremblait parce qu'elle avait peur de moi, même si elle s'acharnait à me faire croire l'inverse.

Violette me prenait pour un monstre...

Je passai nerveusement les doigts dans mes cheveux, baissai la tête et me concentrai sur une des lattes du parquet en attendant qu'elle s'en aille.

Je refusai de poursuivre cet échange stérile. Peu m'importait qu'elle ait le dernier mot. Après une telle offensive, je le lui laissais volontiers. Quand bien même n'aurais-je pas été aussi mauvais en joutes verbales, elle l'aurait mérité. Elle était capable d'aller si loin...

J'avais beau me figurer que j'étais complètement immunisé, cela me faisait mal de découvrir ce que Violette pensait à mon sujet. Il n'y avait pourtant rien que je puisse faire pour y changer quoi que ce soit.

Dans ces conditions, à quoi bon prolonger davantage cette dispute absurde ? Je ne voulais même pas lui parler, alors comment en étais-je arrivé à me quereller de cette manière avec elle, c'était insensé !

Violette demeurait plantée devant moi et je sentais son regard parcourir mon visage. Je sentais toute son impatience. Son appréhension aussi, laquelle rivalisait presque à égalité avec son envie d'en découdre. Je sentais également cette tension incroyable crépiter entre nous...

Jusqu'à ce qu'elle retombe comme un soufflé. Aussi subitement qu'elle était apparue.

J'entendis Violette avaler péniblement sa salive tandis que je me tenais obstinément immobile, puis renifler brièvement.

Après quoi, elle abandonna la partie et quitta ma chambre pour aller directement s'enfermer dans la sienne, tirant plus sèchement encore que d'ordinaire son verrou.

Violette, bon sang, je ne vais pas te poursuivre...

Je repoussai ma porte aussi calmement que possible et attendis une trentaine de secondes, m'efforçant d'inspirer profondément. Cette échéance passée, absolument pas apaisé, je frappai le mur du plat de la main, un grognement étouffé s'échappant de mes lèvres tant je crevais d'envie de hurler.

— Bordel, soufflai-je en me laissant glisser contre le battant jusqu'à m'avachir au sol, les genoux relevés.

Prostré tel le dernier des abrutis sur le seuil de ma chambre, exactement comme le soir de l'arrivée de Violette.

J'aurais dû m'en tenir à ce que je faisais de mieux, à savoir l'ignorer. L'écouter évoquer le passé comme si rien de tout cela n'était réellement important et se moquer des faits, si cela lui chantait. Et surtout, jamais je n'aurais dû l'insulter...

À l'évidence, le terme ne revêtait pas tout à fait le même sens, n'avait pas la même connotation pour elle que pour moi. Certes, cela n'avait rien de sympathique, je n'allais certainement pas prétendre le contraire. Mais en aucun cas je n'avais songé au caractère dégradant. Pourtant, c'était bien ainsi qu'elle avait pris la chose.

Mon père avait forcément dû lui faire une réflexion en ce sens pour qu'elle en vienne à faire ce rapprochement ignoble entre lui et moi.

— Bordel, murmurai-je de nouveau pour moi-même.

Il avait alors commencé. Le masque avait dû se fissurer pour qu'elle se mette à parler de lui de cette manière.

Je détestais Violette, peut-être même davantage après un tel échange – ou peut-être pas, à vrai dire je l'ignorais. Je n'avais cependant aucune envie de la voir se ternir sous la terrible influence de celui qui lui tenait désormais lieu de beau-père. J'étais sûr à présent de ne pas pouvoir demeurer indifférent si cela se produisait, sûr de ne pas vouloir qu'il l'écrabouille sous sa botte, elle aussi.

Néanmoins je ne voyais pas comment l'en protéger, quand j'avais déjà tant de mal à me débattre pour simplement survivre sous ce toit…

16

Adam

Je jetai un ultime coup d'œil au site de Météo France, puis me tournai vers ma fenêtre afin de vérifier la justesse de leurs prévisions. Après quoi, j'avisai l'horloge, au bas de mon écran, avant de l'éteindre. Si mes calculs étaient exacts, Violette devrait sortir de sa chambre dans moins de cinq minutes – sous réserve qu'elle souhaite être à l'heure en cours, bien entendu.

Cela faisait maintenant un peu plus d'une quinzaine de jours que Violette et moi avions repris nos bonnes habitudes, que nous nous ignorions, faisant comme si cette singulière discussion au beau milieu de la nuit, à son retour de soirée, n'avait jamais eu lieu. Que ses paroles et les miennes tournaient en boucle dans ma tête, sans que je parvienne à comprendre comment nous en étions arrivés là.

Par-dessus le marché, il y avait cette question qui me taraudait mais demeurait obstinément sans réponse. Pourquoi Violette était-elle venue frapper à ma porte à 4 heures du matin ? Que voulait-elle au juste ?

Tout cela était tellement obscur pour moi...

J'aurais pu m'en contreficher comme elle s'en contrefichait, elle. Cela aurait même dû être très facile. Et raisonnable. Voire sensé. Mais non. C'était plus fort que moi. J'étais incapable de ne pas y penser.

De ne pas penser à *elle*.

Et à ce malentendu, ce mot malheureux que j'avais eu et qu'elle avait si mal interprété. Pourquoi fallait-il que presque toutes les insultes employées au féminin aient cette espèce de sens tordu, ce caractère dégradant ?

Ce n'était pas ce que j'avais voulu dire. Pas du tout. À ma décharge, il s'agissait d'un registre que je ne maîtrisais absolument pas, que je n'employais jamais et auquel je n'aurais pas dû avoir recours de toute manière.

Il aurait bien entendu été, sinon pertinent, au moins assez commode d'estimer qu'après ce qu'elle avait déclenché au collège, je pouvais bien m'accorder ce genre de grossièreté stupide en guise de représailles – avec plusieurs années de retard, cependant. Mais je ne fonctionnais pas ainsi. J'avais parfaitement conscience que ma rancune ne rendait en rien cela plus légitime.

Finalement – c'était assez pénible à admettre, compte tenu de notre passif et des invectives cinglantes dont elle m'avait alors accablé –, je m'en voulais pour ce que j'avais dit à Violette.

Puis j'étais incapable de ne pas me sentir totalement minable, mortifié au souvenir de sa peur palpable ce soir-là, de ses tremblements dont j'étais le seul responsable. Je refusais de l'envisager – c'était beaucoup trop douloureux –, toutefois il était probable que Violette ait été dans un tel état de nerfs uniquement par crainte que, de colère, j'en vienne à porter la main sur elle...

De toute façon, il fallait que j'arrête de me leurrer, c'était ni plus ni moins ce qu'elle avait sous-entendu. J'étais tellement horrifié à l'idée qu'elle puisse sérieusement croire une telle chose...

En règle générale, et si cela me permettait d'avoir la paix, j'étais prêt à accepter qu'on pense n'importe quoi à mon sujet – il existait d'ailleurs assez peu d'allégations déplaisantes que je n'avais pas déjà entendues. Prêt à accepter que Violette imagine tout ce qu'elle voulait sur moi…

Tout, mais pas ça.

Et pas non plus que j'étais le genre de type à avoir une opinion sur ce qui était convenable ou non en matière de longueur de jupe ou je ne sais quelle autre considération tout aussi ridicule.

Concernant le premier point, les faits jouaient clairement en ma défaveur, et j'ignorais s'il y avait quoi que ce soit que je puisse faire pour changer cela. Concernant le second, en revanche, il ne coûtait rien d'essayer…

Posté dans le couloir, face à la porte de la chambre de Violette, j'attendais, les mains enfoncées dans les poches de mon jean – en parfait abruti –, qu'elle daigne enfin sortir.

En fait, si, cela me coûtait énormément. Mais il fallait bien en passer par là si je souhaitais régler au moins l'un de ces deux problèmes…

Dix bonnes minutes s'étaient écoulées depuis le moment où Violette aurait dû quitter la maison, lorsque j'entendis le chuintement métallique du verrou. Je la vis quitter sa chambre, un chapeau bordeaux à la main, le nez pointé vers le sol, les gestes curieusement ralentis, puis refermer le battant en bâillant.

Elle esquissa un pas dans ma direction, puis leva brusquement la tête.

Et poussa un hoquet de frayeur.

— Oh, putain, Adam ! s'exclama-t-elle en portant la main à son cœur.

J'étais sincèrement navré de l'avoir tant effrayée – pour la deuxième fois, c'est ça ? –, mais je ne voyais pas ce que j'aurais pu faire afin de l'éviter. Je m'étais contenté de patienter dans le couloir, rien de plus...

Elle reprit son souffle et secoua la tête. Puis elle me contourna et s'éloigna en traînant les pieds, lâchant d'un ton réprobateur :

— On ne t'a jamais dit que tu étais flippant ?

— Si, très souvent.

Elle se retourna, visiblement surprise, et nos regards se croisèrent.

Ses longs cheveux étaient à peine secs, encore ébouriffés par un séchage sans doute un peu trop rapide, et elle ne portait qu'un grand gilet moutarde informe sur un jean slim à revers, complètement déchiré aux genoux. Il n'y avait pas la moindre trace de maquillage sur son visage de porcelaine, ses grands yeux de biche étaient cernés, trahissant un léger manque de sommeil. Pourtant, elle était... radieuse ?

Exactement. C'était agaçant mais ainsi, Violette était radieuse. En toutes circonstances.

Je me fis violence et m'efforçai de surmonter mes barrières intérieures afin de m'en tenir à ce que j'avais prévu. Je remuai la mâchoire pour en détendre les muscles, puis l'informai :

— Il pleut.

Si je l'avais attendue, c'était uniquement pour cette raison.

— Ah ouais ?

Elle plissa les yeux, comme si elle cherchait un sens caché à mes paroles.

— À torrents, précisai-je.

— OK, c'est noté. Merci pour le bulletin météo.

Elle se détourna lentement et posa le pied sur la première marche.

Je pris une profonde inspiration, avançai vers elle et débitai d'un coup :

— Ma proposition de te conduire à l'école tient toujours, tu sais.

Elle garda le silence un instant, puis fit claquer sa langue.

— Je n'ai pas le souvenir que tu me l'aies jamais proposé, Adam.

— Est-ce que ce n'est pas, plus ou moins, ce que je viens de faire ?

Elle pivota à nouveau vers moi et cilla, manifestement perplexe.

— D'accord, on va dire ça. Non merci. Quelques gouttes de pluie ne me font pas peur, je ne suis pas en sucre. Je préfère quand même aller en cours à vélo. Au moins, moi, je ne pollue pas. Sans compter que ça m'oblige à faire de l'exercice. C'est aussi une question d'hygiène de vie, tu comprends ?

Je l'avais longuement observée, que ce soit à l'école, avec ses amis ou ici, lorsqu'elle discutait à table avec sa mère, aussi sa réponse ne me surprit guère. Je savais qu'elle n'épargnait personne de ses remarques caustiques et je me moquais pas mal de son reproche sous-jacent. Tout ce que je souhaitais, c'était pouvoir lui parler quelques minutes, rien de plus.

Je décidai alors, pour une fois, de l'imiter et laissai ce qui me passait par la tête sortir de ma bouche, sans aucun filtre.

— Je ne trouve pas ce discours particulièrement cohérent avec une addiction au tabac. Mais après tout, qu'est-ce que j'y connais en matière d'hygiène de vie ?

Violette ouvrit grande la bouche, l'air profondément outré.

Peu importait, au moins je l'avais retenue une poignée de secondes de plus...

— Incroyable, le Adam bavard est plus désagréable encore que le Adam mutique, si ce n'est pas un comble ! Et pour ta gouverne, sache que je ne souffre d'aucune addiction. Je ne fume que pour le fun. J'arrête quand je veux, d'accord ?

Je hochai mollement la tête en réaction, sans aucune conviction. Violette n'avait pas besoin que je lui rappelle combien cet argument était éculé, elle le savait déjà. Je pouvais le lire à la pointe de scepticisme troublant son regard.

Elle haussa les épaules, puis reprit son chemin. Elle descendit l'escalier et je lui emboîtai le pas en réfléchissant au meilleur moyen de la ralentir un peu plus encore. Je m'étais attendu à un refus pur et dur de sa part, cela allait sans dire. Cependant, j'étais malgré tout passablement contrarié que Violette préfère une douche froide d'une bonne heure à quinze minutes de trajet au sec en ma compagnie – encore que, quelque part, je pouvais le comprendre.

Comme je ne trouvais strictement rien susceptible de la retenir, j'avançai mon ultime argument :

— En partant maintenant, et compte tenu des intempéries, je dirai qu'il n'y a à peu près aucune chance pour que tu arrives à l'heure au cours de modèle vivant.

Elle ouvrit le placard de l'entrée pour récupérer sa paire de Converse et s'assit sur le carrelage afin de les enfiler, ignorant le fauteuil prévu à cet effet.

— Et après ? répliqua-t-elle avec une indifférence confondante. Tu te prends pour mon père, ou quoi ?

Donc si l'on ajoutait un retard significatif à des trombes d'eau glacée et à des vêtements humides pour la journée, Violette persistait et optait toujours pour la solution qui lui évitait de se retrouver coincée dans une voiture avec moi.

Normal...

Dans ce cas, tant pis pour la subtilité. De toute façon, je n'avais aucun véritable plan, aucune transition adéquate.

— Bref, je tenais juste à m'assurer que tu étais bien consciente qu'il existait plusieurs sens au qualificatif « pétasse ».

Je pianotai sur mon téléphone pour y faire s'afficher la définition du site ledictionnaire.com, attestant mon propos, puis le lui tendis. Violette fronça les sourcils mais jeta tout de même un coup d'œil à mon écran. Après quoi, elle releva la tête vers moi et eut un rire de gorge cynique.

— En gros, tu es en train de m'expliquer que l'autre soir tu ne m'as pas traitée de « sale pute », mais de...

Je cillai brièvement face à la violence des mots qu'elle utilisait tandis qu'elle avisait encore une fois mon portable pour lire à haute voix :

— De « Femme prétentieuse, péteuse » ? « Au sens moderne, populaire et péjoratif » ?

— Voilà. La nuance me semblait importante.

— Attends, carrément, ironisa-t-elle en me dévisageant avec une sorte d'incrédulité teintée d'indignation.

Elle fit une nouvelle fois claquer sa langue, clairement agacée, puis plaça son chapeau sur son crâne avant de se rendre jusqu'à la porte. Elle l'ouvrit et stoppa net dans son élan devant la pluie battante.

— Fait chier, souffla-t-elle. Ma mère m'a parlé d'un arrêt de bus pas loin, tu sais où il se trouve ?

Sérieusement ?! C'était tout de même effarant de constater à quel point Violette tenait à ne pas être vue arriver en cours avec moi.

— Il y a deux changements pour aller jusqu'à l'école. Avec le délai d'attente entre chaque bus et le nombre d'arrêts sur chaque ligne, je doute que tu sois beaucoup plus à l'heure.

— Et tu ne vas pas m'indiquer quelles sont les correspondances à prendre, j'imagine ?

— À ce compte-là, je vais finir par être en retard, moi aussi.

Plus froissé que je ne l'aurais voulu, je l'abandonnai sur le palier pour me diriger vers la porte du sous-sol et descendis jusqu'au garage. Ce n'est qu'une fois devant ma voiture que je m'aperçus qu'elle m'avait bel et bien suivi, comme j'avais osé l'espérer.

— C'est bon, je viens avec toi. Mais je te préviens, je ne veux pas de tes excuses.

Me retournait-elle intentionnellement mes propres mots ou n'était-ce qu'un simple hasard ?

— Je ne t'en ai pas présenté, clarifiai-je néanmoins.

J'aurais peut-être dû. Une partie de moi en éprouvait l'envie. Mais l'autre avait toujours en mémoire l'humiliation du collège ainsi que les rudes injures qu'elle m'avait envoyées en retour quinze jours plus tôt.

Le coin des lèvres de Violette se retroussa fugacement et je compris que c'était la réponse à laquelle elle s'était attendue.

Cela signifiait-il que nous venions d'enterrer la hache de guerre ? Car ce n'était pas ce que je voulais...

Enfin, pas vraiment. Au fond, j'ignorais ce que je désirais en forçant pratiquement Violette à faire le trajet avec moi – surtout à présent que j'avais rétabli les choses quant à ce satané malentendu.

17

Adam

Sitôt les portières refermées, seul avec Violette dans l'habitacle de ma voiture, je regrettai mon acharnement. Je n'avais absolument rien à lui dire – comme je n'avais jamais rien à dire à personne, de toute façon. Puis ce n'était pas comme si faire la conversation était quelque chose de simple et de naturel pour moi, bien au contraire...

Qu'est-ce qui m'avait pris au juste, pourquoi avais-je autant insisté ?

— Elle est cool, ta caisse, fit remarquer Violette après plusieurs minutes de silence. C'est une hybride, c'est ça ?

J'acquiesçai d'un signe de tête, m'obligeant à me concentrer sur la route.

Violette avait croisé les jambes et ma main manquait frôler son genou chaque fois que je passais une vitesse – ce que je m'appliquais à éviter, mais l'exercice rendait toutefois la conduite nettement plus compliquée. Violette ne paraissait même pas s'en rendre compte, cependant cela me perturbait sérieusement.

— Elle est toute neuve, non ? poursuivit-elle en jouant avec les boutons d'aération. Je suis sûre que tu pourrais emballer pas mal de filles en allant en soirée avec ça, tu sais ?

Je ne pus me retenir de la regarder brièvement, uniquement pour m'assurer qu'elle n'était pas en train de se payer ouvertement ma tête. Consterné devant son sérieux, je fronçai les sourcils.

— Ou bien… pas mal de mecs, corrigea-t-elle.

— Je ne suis pas gay, Violette, me sentis-je aussitôt obligé de répondre.

Cette discussion était totalement surréaliste…

— Dans ce cas, tu devrais peut-être commencer à dire bonjour à ta voisine de table en cours. Enfin, je dis ça, je dis rien, hein. Mais bon, il se pourrait que tu lui plaises, alors… Elle s'appelle Hannah, au fait.

Pas de doute, Violette s'employait à faire grandir davantage le malaise entre nous. Ou le mien du moins, étant donné son évidente désinvolture.

Était-ce un test ? Une forme étrange de vengeance ?

— Enfin, si ça se trouve, ce n'est pas trop ton genre de meuf, reprit Violette, de plus en plus bavarde. Cela dit, ça ne devrait pas t'empêcher d'être un peu plus sympa avec elle. Je crois que ça lui fait de la peine que tu te comportes de cette manière avec elle. Le mieux serait que vous puissiez faire connaissance. Il y aura bientôt la soirée d'intégration, tu devrais venir, ce serait l'occasion de…

Je m'arrêtai au feu rouge et me tournai vers elle, me demandant où exactement elle voulait en venir.

Elle s'interrompit au moment où nos yeux se rencontrèrent, puis cacha son visage entre ses mains.

Ce qui était aussi inattendu que déroutant.

— Désolée, bredouilla-t-elle. J'ai toujours tendance à raconter n'importe quoi et à me montrer super indiscrète quand je suis nerveuse.

Violette était… nerveuse. Vraiment ? Cela lui arrivait donc parfois ? Mais pour quelle raison l'était-elle ce matin ? Avais-je quelque chose à voir avec ça ?

Et enfin, mais comment diable faisait-elle pour être sans cesse plus déstabilisante encore ?

— Je croyais que tu ne t'excusais jamais, relevai-je.

Elle se redressa et grimaça.

— Dans ce cas de figure, ce n'était qu'une expression, Adam. Je ne suis pas si désolée que ça, faut pas exagérer.

— Bien sûr.

— Bien sûr, confirma-t-elle.

Le silence retomba entre nous et s'étira, de plus en plus oppressant. Jusqu'à ce que, cette fois, ce soit moi qui, n'y tenant plus, finisse par céder. Sans réfléchir, je laissai les mots se bousculer pour ensuite m'échapper :

— Écoute, par rapport à ce qui s'est passé l'autre soir et à ce que tu m'as dit, je voulais que tu saches que, quelles que soient les réflexions que mon père ait pu te faire, il ne faut pas en tenir compte. Jamais. Mieux vaudrait d'ailleurs, à l'avenir, éviter autant que possible de lui permettre de t'accabler de nouvelles remarques.

Violette poussa un long soupir et se rencogna au fond de son siège.

— Donc c'est vraiment un enfoiré, déduisit-elle.

J'aurais bien acquiescé ou cherché un autre qualificatif plus vulgaire encore mais, à la place, je me contentai de serrer les dents. J'étais allé trop loin, jamais je n'aurais dû lancer un tel sujet…

Violette se tourna vers moi, posant la main sur la boîte à gants pour me faire face, tandis que je luttais afin de me focaliser sur le véhicule devant nous. L'atmosphère changea soudain comme elle m'observait, hésitant manifestement à parler.

Puis, d'une voix douce – beaucoup trop troublante –, que je ne l'avais encore jamais entendue prendre, elle demanda :

— Adam, quel est le problème avec ton père ? Qu'est-ce qui se passe entre vous ?

Je me figeai subitement, les muscles de ma nuque et de mon dos se contractant d'un coup.

C'était exactement le genre de question que je voulais à tout prix éviter. Bordel, mais pourquoi m'étais-je senti obligé de lui parler de mon père ? Ce n'était pas possible d'être aussi abruti !

J'avalai péniblement ma salive et tentai – avec une habileté proche du néant – de feindre l'indifférence, m'évertuant sans succès à desserrer du volant mes doigts aux jointures déjà blanchies. Puis m'efforçai de clore définitivement cette conversation, d'un ton bien plus sec et tranchant que je ne l'aurais souhaité :

— Rien de spécial. On ne s'entend pas, c'est loin d'être original. Il t'a lui-même expliqué combien il est réactionnaire, donc te conseiller de ne pas l'écouter lorsqu'il s'autorise à critiquer ta tenue ou ton attitude ne me semble pas si extravagant que ça.

Elle tapota de l'index le tableau de bord, indécise. Puis choisit d'insister, usant de cette même douceur qui me retournait l'estomac :

— D'accord, mais... il me semble que vos différends dépassent un peu le cadre d'une classique mauvaise entente père-fils. Ludwig a raconté à ma mère qu'il t'arrivait d'avoir des accès de violence. Il prétend que c'est à cause de toi s'il a eu le nez et la mâchoire fracturés, que tu l'aurais frappé. Est-ce la vérité, ou ai-je eu tort de t'accuser comme je l'ai fait quand nous nous sommes disputés, toi et moi ?

L'entendre me rappeler de la sorte ce douloureux épisode avec mon père, m'interroger comme si elle doutait finalement que je puisse être capable de pareils actes, m'ébranla complètement. Je comprenais que Catherine ait ressenti le besoin de mettre sa fille en garde contre moi. Il n'empêche que j'aurais payé cher pour que Violette ne soit pas au courant de ces détails accablants...

L'air devint soudain irrespirable et la panique m'assaillit, me martelant furieusement les tempes en même temps qu'elle me prenait à la gorge.

J'avais commis une grossière erreur : Violette en savait déjà beaucoup trop. Elle ne pouvait faire exception. Personne ne le pouvait. En aucun cas je ne devais l'oublier.

Nous n'étions plus qu'à deux cents mètres de l'école, située un peu plus bas sur l'avenue. J'ignorais comment, mais il fallait que je coupe immédiatement court à tout cela.

J'enclenchai mon clignotant et m'arrêtai sur le bas-côté, contraignant les autres véhicules à s'écarter pour nous dépasser.

— Tout bien considéré, je… je préfère qu'on laisse tomber, articulai-je non sans difficulté. Oublie cela, c'était vraiment… vraiment stupide de ma part. Je t'indiquerai quelles lignes de bus prendre pour rentrer ce soir.

— Adam, tu déconnes, là ?

— Pas du tout.

J'aurais aimé continuer de fixer la rue face à moi mais ne pus me retenir de risquer un regard en biais vers elle. La stupéfaction que je lus sur son visage, l'incompréhension ainsi que la lueur de dépit qui flottait dans ses prunelles me déconcertèrent plus que je n'aurais pu l'imaginer.

— Tu préfères qu'on « laisse tomber » ? répéta-t-elle, de plus en plus abasourdie. Qu'on continue à ne pas s'adresser la parole, c'est ça ? À faire comme si nous n'existions pas l'un pour l'autre ? Et pour couronner le tout, tu me mets à la porte de ta bagnole. Tu es sérieux ?!

— L'école est juste là, précisai-je en pointant les bâtiments au loin de l'index, sans pour autant parvenir à desserrer mes autres doigts du volant. Mieux vaut que nous ne soyons pas vus ensemble.

— Quoi ?

Elle souffla brusquement et replaça nerveusement une mèche d'or pâle derrière son oreille. Après quoi, elle récupéra le sac à dos qu'elle avait déposé à l'arrière, me frôlant l'épaule de sa hanche dans sa précipitation.

— C'est mieux, c'est clair, assena-t-elle froidement en descendant. Putain de sociopathe à la con !

C'était à son tour de manquer de créativité. Cette insulte, je l'avais entendue des milliers de fois déjà... L'encaisser fut pourtant nettement plus difficile que d'ordinaire.

Là-dessus, Violette fit claquer violemment la portière et s'empressa de s'éloigner, courant presque le long de la chaussée, dédaignant sans raison apparente la sécurité du trottoir.

J'attendis qu'elle rejoigne son groupe d'amis devant les portes de l'école et remonte sagement sur l'accotement, à l'abri des autres véhicules, pour redémarrer et aller chercher une place dans l'une des avenues adjacentes.

Enfin, je pus respirer de nouveau.

Enfin, j'étais débarrassé de Violette, de son éprouvante curiosité et de son regard perçant, à la limite du supportable.

Enfin, le vide, le froid et l'éternelle morsure de la solitude remplaçaient le son feutré et délicat de sa voix ainsi que la chaleur de sa présence...

18

Adam

Je délaissai plusieurs places libres pour me garer au tout dernier moment, à plus de huit cents mètres des locaux. Puis je marchais lentement, le nez vers le sol et l'esprit encombré d'obscures réflexions.

Qu'avais-je fait ?

Je m'étais levé en espérant m'amender pour une offense que je n'avais pas vraiment voulu provoquer, et voilà qu'en l'espace de seulement quelques minutes, je recommençais…

Je me savais une vraie calamité dans tout ce qui relevait du relationnel, mais à ce point… J'avoue que je me surprenais moi-même.

Il n'empêche que j'avais beau retourner le problème dans tous les sens, je ne voyais pas comment j'aurais pu réagir autrement. Si j'avais su faire preuve de subtilité, mentir adroitement ou encore changer de sujet avec aisance, les choses auraient probablement été différentes. Mais force était de constater que je ne possédais aucune de ces aptitudes.

La seule conclusion à tirer était que je n'aurais jamais dû tenter de faire ce fichu pas vers elle. À l'évidence, j'avais présumé de mes capacités. Mais c'était fini, on ne m'y reprendrait plus.

J'arrivai le dernier en cours. Tout le monde était déjà installé et le prof s'apprêtait à fermer la porte. Ce qui m'aurait mis franchement mal à l'aise si je n'avais été aussi perturbé par mon nouvel accrochage avec Violette.

— Salut, chuchota ma voisine de table – comme presque chaque matin depuis le premier jour.

Je pris sur moi et marmonnai un bref « salut » en retour – juste parce que Violette m'avait demandé de le faire et qu'il fallait croire que j'étais suffisamment débile pour avoir envie d'accéder à sa requête malgré tout.

Devant moi, je vis cette dernière tourner légèrement la tête et froncer les sourcils, comme si elle n'était pas certaine d'avoir bien entendu. Ses yeux ne dérivèrent toutefois pas jusqu'à moi et je devinai qu'ils ne le feraient désormais plus.

Deux heures s'écoulèrent tandis que nous nous efforcions de reproduire sur papier, avec le plus d'exactitude possible, dans un exercice ridiculement barbant, une pierre de calcaire rapportée par M. Dubois. La concentration des uns et des autres commençait sérieusement à faiblir. Les rumeurs des conversations enflaient peu à peu autour de moi, aussi m'autorisai-je à relever la tête.

Violette était penchée sur son travail mais se contentait de l'examiner, les coudes encadrant sa feuille sur la table et le front appuyé sur ses mains jointes.

— Eh, ça ne va pas, ma puce ? s'enquit Peter. Tu es bizarre depuis ce matin.

Du dos des doigts, il effleura sa joue.

Mon souffle se bloqua brutalement dans ma gorge.

L'espace d'une brève seconde, tout un tas d'idées étranges me traversèrent.

D'abord, il y eut cet affreux craquement en moi, comme si un mur semblait violemment s'écrouler. Bien entendu, je n'ignorais pas que Peter avait des vues sur Violette – personne dans cette classe ne le pouvait –, en revanche, les découvrir aussi proches l'un de l'autre était assez inédit.

Et curieusement pénible, également...

Puis, sans que j'aie la possibilité d'anticiper quoi que ce soit, je me vis à la place de ce type, esquisser ce même geste et prononcer ces mêmes mots, tout en me demandant si la peau de Violette était aussi douce qu'elle le paraissait.

Merde...

J'avalai une profonde bouffée d'air et secouai la tête pour en chasser ces images totalement absurdes.

N'importe quoi !

Je fermai les paupières, les serrai fort et me massai les tempes tout en essayant de me convaincre que la fatigue me jouait des tours.

Des tours vraiment très, *très* cruels...

— Tu t'es engueulée avec ta mère ? insista Peter.

Je tendis l'oreille, les espionnant éhontément, avide d'entendre la réponse de Violette.

— Non, ça n'a rien à voir, répondit-elle. C'est juste que... Ne t'inquiète pas, ça va. Une légère baisse de forme, c'est tout.

Le temps que je me redresse, Violette s'était écartée de Peter et la main de ce dernier était suspendue dans le vide.

— OK, pas de souci, acquiesça-t-il en retournant à son travail, l'air tout de même vexé.

Je me surpris à éprouver à la fois un vif soulagement – parce que Violette venait de remettre une certaine distance entre elle et ce type, ce que je ne pouvais m'empêcher de trouver rassurant –, mais également une sorte de culpabilité...

J'étais quasiment sûr d'être à l'origine de ce malaise.

D'ordinaire, Violette était d'humeur enjouée et pleine d'entrain. Il ne se passait pas vingt minutes sans qu'elle bavarde avec son voisin et lui lance quelques piques bien senties. Mais depuis le début du cours, pas une fois elle ne s'était adressée à lui. Pas une fois elle n'avait souri, ni même ouvert la bouche.

Ce qui était parfaitement inhabituel...

Évidemment, il était aussi possible que je me trompe. Honnêtement, j'estimais passablement déraisonnable de m'autoattribuer un tel pouvoir, à plus forte raison quand Violette me donnait l'impression d'être aussi inébranlable qu'inatteignable.

Il n'empêche que cette sensation ne me quitta pas de la journée.

Et persista jusqu'au dîner, où ce fut à peine si elle accorda quelques mots à sa mère.

Le lendemain, Violette semblait finalement être redevenue elle-même et riait de nouveau aux blagues idiotes de son voisin de table. Tout était rentré dans l'ordre.

À ceci près que je ne pouvais oublier l'avoir blessée.

Et clairement, s'il y avait une chose que je détestais plus encore que cette fille – aussi paradoxal que cela puisse paraître –, c'était l'idée de lui faire du mal, de quelque façon que ce soit. Je m'en voulais d'ailleurs bien plus encore qu'après notre première dispute parce que, cette fois, rien de ce qu'elle avait dit durant notre échange ne justifiait que je la rembarre comme je l'avais fait...

L'heure de la pause déjeuner sonna et, comme chaque fois, j'attendis que tous les élèves sortent les uns après les autres, faisant mine d'être encore concentré sur le projet de la semaine.

— Je vous laisse cinq petites minutes pour un dernier coup de crayon, Adam, me lança le prof en descendant l'allée entre les tables, un paquet de cigarettes à la main. Après, je reviendrai fermer la salle, entendu ?

J'opinai d'un signe, me demandant si c'était vraiment réglementaire dans la mesure où nous étions censés disposer d'un temps limité pour chaque devoir de ce type.

C'est alors que j'aperçus le carnet de croquis de Violette, dont le bord dépassait de son sac à dos, négligemment échoué au pied de sa table. L'envie d'y jeter un œil devint soudain irrépressible.

Je ne m'étais jamais intéressé à sa production artistique jusqu'ici, sans doute parce que ce serait allé à l'encontre de mes résolutions, de cette distance qu'il fallait absolument maintenir entre nous. Tout à coup, cette préoccupation m'échappa.

Je me penchai pour récupérer le cahier et l'ouvris à la dernière page.

Au cours précédent, nous avions eu pour consigne de dessiner des mains dans diverses postures et sous différents angles. En toute logique, c'était donc l'exécution de cet exercice que j'aurais dû trouver. Mais apparemment, Violette se fichait pas mal des directives...

À la place, je tombai sur l'esquisse d'une jeune fille assise par terre, l'air profondément triste, serrant ses genoux entre ses bras. Elle était en niveaux de gris, réalisée au crayon de papier. À ses pieds cependant, il y avait une espèce de flaque aux teintes de l'arc-en-ciel. Le personnage en noir et blanc avait une main en l'air et laissait s'échapper de ses doigts, dans un geste désabusé, le liquide coloré, qui retombait en longues coulures fluides.

Les proportions n'étaient pas parfaites et l'angle aurait pu gagner en dynamisme s'il avait été légèrement différent. Mais la qualité du style était indéniable. La poésie et la mélancolie qui se dégageaient du dessin étaient vraiment époustouflantes.

Je faillis manquer la petite phrase qui figurait en bas de page :

Ce qui ne te tue pas...

J'ignorais ce que Violette entendait par là et pourquoi l'aphorisme demeurait incomplet.

Ou plutôt, je ne le savais que trop bien...

J'aurais pu tourner la feuille et utiliser un espace vierge pour lui écrire que j'étais désolé de la manière dont je l'avais traitée la veille. Cela aurait été clair, simple et efficace.

Mais non.

Au lieu de cela, je me chargeai d'achever de mes propres mots cet adage absurde.

Je n'eus même pas le loisir d'hésiter à effacer le message après coup. À peine avais-je terminé que des bruits de pas se firent entendre dans le couloir, m'obligeant à remettre en place aussi vite que possible le carnet de Violette.

Là-dessus, j'enfilai mon manteau et quittai la salle, me tançant intérieurement pour la bêtise dont je venais de faire preuve.

Bon sang, est-ce que ce n'était pas la chose la plus ridicule que j'aie jamais faite ?!

19

Violette

— Voilà ce que tu devrais porter ! lança Cynthia à l'adresse d'Hannah, brandissant un cintre duquel pendait une jupe noire en jersey stretch, droite et fendue d'un côté, à la fois hyper stricte et hyper sexy.

Dans deux semaines avait lieu la fameuse soirée d'intégration organisée par les étudiants de dernière année, lors de laquelle tous les membres de l'école seraient réunis pour faire la fête et élire la Croûte d'Or – le travail le plus laid et ignoble produit jusque-là pour l'école. J'attendais de recevoir ma note mais je savais d'avance que je pourrais largement concourir avec le caillou horrible que j'avais peint quelques jours plus tôt.

— Oui, c'est très joli, concéda Hannah avec un petit sourire embarrassé. Mais tu sais, je fuis comme la peste tout ce qui risque de me boudiner les fesses, si tu vois ce que je veux dire.

L'après-midi était ensoleillé, absolument parfait pour une séance shopping entre filles. Cette activité futile – et souvent financièrement assez déraisonnable – m'avait tellement manqué depuis qu'Ivy et mes autres amies d'Avignon avaient décidé de prendre leurs distances avec moi…

— Mais justement, insista Cynthia en fourrant l'article dans les mains d'Hannah. Avec tes rondeurs, tu pourrais te la jouer femme fatale à la *Mad Men*. Ce serait trop classe, je t'assure !

— D'accord, céda finalement Hannah. Après tout, c'est toi la reine du bon goût, ici. Je vais te faire confiance. De toute façon, je n'y connais que dalle. Enfin, je ne vous apprends rien, c'est suffisamment flagrant comme ça.

Elle baissa la tête pour indiquer le gilet vert sapin et le pantalon de flanelle gris taupe qu'elle portait.

— Tant que tu seras dans la cabine, essaie aussi ça, tu veux bien ? proposai-je.

J'avais déniché dans un coin de la boutique une petite robe en coton léger d'un rose tirant sur le mauve, à motifs floraux plus clairs.

— Avec mes cheveux, tu es sûre ? hésita Hannah.

— Fashion faux pas garanti, ma chérie, contesta Cynthia, imitant – très mal – l'accent de Cristina Córdula.

— Les règles, on les emmerde, rétorquai-je, un peu agacée. Ne sont-elles pas justement faites pour être bafouées ? Et au contraire, je trouve que cette couleur t'ira parfaitement au teint. La vraie question est de savoir si toi, tu l'aimes ou pas.

— Je ne porte jamais de robe, grimaça Hannah.

— Pas de souci, lui assurai-je. Le principal, c'est que tu sois à l'aise avec tes nouvelles fringues et surtout que ça te plaise.

— OK, opina-t-elle, me prenant finalement l'article des mains. En fait, je vais la passer. On verra bien ce que ça donne.

Elle fila vers le fond du magasin, Cynthia sur les talons.

J'ignorais si cette dernière s'amusait à jouer les connasses exprès pour embarrasser davantage Hannah ou si elle croyait honnêtement que la transformer en une réplique plus pulpeuse d'elle-même était une bonne idée.

Quoi qu'il en soit, j'aurais au moins tenté quelque chose pour empêcher ça.

Charlotte replaça une mèche aux reflets chocolat dans son chignon déstructuré et m'interrogea du regard, comme si elle aussi pensait que laisser Cynthia seule avec Hannah dans les cabines d'essayage n'était pas une bonne idée. J'opinai d'un signe et, d'un commun accord, nous décidâmes de les rejoindre.

Au bout de plusieurs minutes, Hannah finit par ouvrir le rideau, arborant le vêtement que je lui avais choisi.

— Je n'ai pas réussi à rentrer dans la jupe, expliqua-t-elle avec un froncement de nez penaud.

— Sérieux ? fit mine de s'étonner Cynthia. J'ai pris la plus grande taille, pourtant.

— Tu es magnifique, Hannah ! intervins-je, un peu navrée de ne pas avoir coupé court aux conneries de Miss-balai-dans-le-cul plus tôt – qui était donc à l'évidence passée en mode pétasse de compèt', du moins selon la définition d'Adam.

Hannah avisa le miroir en face d'elle et pivota pour essayer de voir de quoi avait l'air son postérieur dans cette robe.

— Carrément, ça te va trop bien ! s'extasia Charlotte.

Et c'était vrai. La coupe mettait en valeur sa poitrine généreuse et sa taille fine, tout en révélant une paire de jambes bien galbées, dont Hannah aurait dû être plutôt fière.

— Je trouve ça pas mal, avoua celle-ci sans cesser de détailler son reflet. Vous croyez que ça va m'aider à m'échapper du club des célibataires avant la fin de la soirée d'intégration ?

— Aucun doute, approuva Charlotte.

— Tu peux commencer tout de suite à déchirer ta carte de membre de ce foutu club, renchéris-je.

J'appréciais Hannah. Elle était très éloignée du style de filles avec qui j'avais l'habitude de traîner, mais sa gentillesse et sa sincérité étaient vraiment rafraîchissantes et agréables.

— Euh, pour le moment, à part toi peut-être, Violette, je vous signale qu'on est toutes dans ce club pourri, rappela Cynthia.

Je préférai ne pas démentir et entretenir l'illusion que Peter et moi étions plus que de simples amis. C'était un peu bête, mais ça me donnait ainsi l'impression d'être comme avant, de pouvoir flirter comme bon me semblait sans que ça porte à conséquence.

— Au fait, je ne vous l'avais pas encore dit, mais ça y est, je crois que je commence à apprivoiser le sauvage mi-rustre, mi-sexy qui me sert de voisin, déclara Hannah d'un ton plus bas, la mine réjouie. Ça fait plusieurs jours qu'il me dit bonjour le matin.

— C'est très bon signe, ça, confirma Charlotte. D'autant que c'était loin d'être gagné, vu le personnage.

Je souris à Hannah, mais un petit pincement au cœur atténua mon enthousiasme.

Ça faisait longtemps que je n'avais pas eu l'occasion de penser à Adam...

Genre, quoi ? Quelques minutes, tout au plus ?

Je n'arrivais toujours pas à comprendre ce qui s'était passé pour qu'il se braque comme il l'avait fait la fois où il m'avait déposée à l'école en voiture. Jamais je n'aurais dû poser ces questions sur ses problèmes avec son père, j'en avais conscience. Mais de là à réagir aussi vivement, à rompre si brutalement et si définitivement le peu de liens que nous nous efforcions de commencer à tisser ce matin-là...

Je ne savais pas pourquoi cette histoire m'affectait à ce point. Pourquoi, alors que j'étais foncièrement fâchée pour la rudesse avec laquelle il m'avait dégagée de sa caisse comme de sa vie, je ressentais tant de tristesse quand je songeais à lui. Ni pour quelle raison voir ce type avec lequel je ne partageais rien – si ce n'était le couloir entre nos deux chambres – toujours si seul parmi les autres, invariablement reclus dans ses pensées, me troublait au-delà de toute logique.

Puis il y avait aussi ce mot…

Hier soir, après avoir passé la journée à tenter sans grand succès de m'habituer au dessin sur tablette graphique en salle d'informatique, j'avais attendu d'être rentrée à la maison pour ressortir mon carnet de croquis et me consoler avec une esquisse à la main, tellement plus simple pour moi.

Là, je l'avais vu…

Un message laissé au crayon de papier, juste sous mon illustration. Ma phrase et ses points de suspension complétés par un inconnu à l'écriture nerveuse et abrupte, cependant élégante, qui avait préféré ne pas signer.

Je fermai les yeux et vis aussitôt apparaître ces quelques mots au bas de mon dessin.

Ce qui ne te tue pas…

Altère peu à peu ce que tu es sans aucun retour possible, te fissure jusqu'à te rendre sec, dur et imperméable en apparence, mais tellement plus friable et chancelant à l'intérieur.

C'était si juste…

L'exact reflet de mes propres pensées, sans que je n'aie jamais osé les formuler.

C'était pour cette raison que ce mantra que je m'acharnais sans cesse à me répéter restait invariablement inachevé et sans le moindre effet. La conclusion, *ma* conclusion, et la sienne, c'était celle-ci : les épreuves ne rendaient pas plus fort, ce n'était qu'un leurre. Les blessures renforçaient peut-être les armures mais ce qui se cachait derrière n'en était que plus bousillé en réalité…

Adam avait écrit cette phrase dans mon carnet.

Je n'avais pas la moindre preuve. En fait, n'importe qui, dans notre classe, aurait pu prendre l'album dans mon sac pour le feuilleter et y laisser cette note. Fouiller ainsi dans les affaires de quelqu'un d'autre en son absence et aller jusqu'à griffonner sur une feuille déjà utilisée, sur laquelle figurait une illustration, ne lui ressemblait pas du tout.

Mais, au bout du compte, en quoi étais-je apte à juger de ce qui lui ressemblait ou non ?

Parce que la vérité, c'était que je ne connaissais pas Adam.

Qui, d'ailleurs, pouvait prétendre le connaître ?

Et pourtant, j'étais absolument convaincue qu'il était l'auteur de ce message si singulier...

20

Violette

Lundi après-midi, durant la dernière heure de cours, la prof d'histoire de l'art annonça à notre classe la teneur du travail que nous aurions à fournir pour la note de ce premier trimestre dans sa matière – une note qui compterait donc dans notre moyenne générale et serait significative quant à notre passage en deuxième année. Nous devions nous mettre par groupe de deux afin de préparer et présenter un exposé documenté sur un sujet souhaité, du moment qu'il cadrait avec le thème que nous avions abordé en cours, à savoir l'Antiquité.

— Sans rire, un *exposé* ? répéta Peter, tandis que la sonnerie signalant la fin de la journée retentissait. La vache, on se croirait revenus au collège !

— Elle a dit qu'on avait jusqu'à quelle date pour décider du sujet, déjà ?

J'avais tendance à légèrement décrocher en histoire de l'art, Mme Julliard ayant une voix étonnamment fluette et plate, effet soporifique garanti.

— Le 15 octobre, je crois, répondit Peter en se levant pour ranger ses affaires. On le fait ensemble, ça va de soi ?

Un mouvement, en périphérie de mon champ de vision, me fit subitement tourner la tête.

Je me retrouvai soudain nez à nez avec Adam, qui venait de se glisser souplement dans l'allée pour s'accroupir devant moi, de façon à ce que nos visages soient quasiment au même niveau, ses grandes mains posées sur ma table pour maintenir son équilibre.

Comme pour me prendre en otage...

Sauf que, même s'il se tenait tout près, Adam veillait cependant à demeurer suffisamment éloigné pour que ni ses genoux ne frôlent mes cuisses ni ses doigts ne touchent les miens.

Je le vis faire jouer sa mâchoire, comme chaque fois qu'il s'apprêtait à parler – même si ces occasions restaient d'une exceptionnelle rareté – et s'obliger à lever les yeux pour les plonger dans les miens.

À cet instant, je sus enfin avec certitude que ses iris n'étaient ni verts ni noisette, mais entre les deux. D'une nuance très particulière, tout à fait inédite pour moi.

— Violette, s'il te plaît, fais ce devoir avec moi, marmonna-t-il, les sourcils légèrement incurvés, lui donnant l'air à la fois très mal à l'aise et vaguement suppliant. Je...

Il s'interrompit, puis soupira. Son regard dériva vers le fond de la salle et, avant que j'aie pu répondre quoi que ce soit, il reprit d'un ton faible :

— Je me chargerai d'absolument tout et nous aurons la meilleure note, je te le promets. Tu n'auras rien à faire, si ce n'est gérer la présentation orale.

Derrière lui, les élèves de notre classe quittaient la salle sans spécialement nous remarquer, tandis que d'autres discutaient avec la prof près du tableau. Seuls Hannah et Peter, à côté de nous, demeuraient immobiles, témoins involontaires de cette scène improbable.

— Je te laisse même le choix du sujet si tu le souhaites, peu m'importe, ajouta Adam.

Il pinça les lèvres, dans l'attente.

Il s'efforçait de ne pas le montrer, mais je devinais combien cela lui coûtait de me réclamer ce service, combien il était difficile pour lui de me parler devant tout le monde, comme pourtant n'importe quelle autre personne aurait pu le faire. Il ne s'était pas contenté de me tapoter l'épaule depuis sa place pour attirer mon attention. Non, Adam avait franchi le pas qui séparait nos deux tables et s'était mis à ma hauteur pour s'adresser à moi.

Et il y avait ce truc très énervant et inexplicable, qui se produisait chaque fois qu'il daignait s'approcher de moi, et qui me serrait la gorge...

Mais ce n'était pas tout à fait le but de la manœuvre, je le savais pertinemment.

Adam ne me demandait pas de faire ce devoir avec lui pour que nous nous réconciliions et tâchions de développer le lien si ténu et tout effiloché qui existait entre nous. En vérité, tout ce qu'il voulait, c'était quelqu'un qui ne poserait aucune question et accepterait sans broncher son marché. Lui, travaillant seul de son côté sur l'exposé, et un simple automate lui servant à restituer ses recherches devant le prof le jour J.

Adam faisait l'effort de venir vers moi uniquement par défaut, n'ayant aucune alternative...

Ce déplorable constat me heurta et me vexa sans doute plus qu'il n'aurait dû.

Sachant pertinemment que ça le mettrait plus mal à l'aise encore, je me rapprochai de lui. Puis, avec aigreur, je chuchotai – tâchant de rester à peu près discrète malgré tout :

— Je ne suis pas un fichu Kleenex que tu peux jeter à loisir et récupérer dès que ça te chante, Adam !

Contrairement à ce que j'aurais cru, il ne recula pas. En fait, il s'appliqua à demeurer parfaitement immobile et ses yeux revinrent même accrocher les miens, reflétant un mélange incompréhensible de colère, de dépit et de confusion.

— S'il te plaît, Violette, insista-t-il de nouveau, sa voix si grave et rauque me prenant absurdement aux tripes.

Je faillis céder – je savais que ça finirait par arriver de toute façon –, mais une bouffée d'indignation me retint d'abandonner les armes si facilement.

— Tu te fous de ma gueule ? m'insurgeai-je, montant d'un ton sans vraiment le vouloir. Après avoir dit que tu préférais qu'on ne s'adresse plus jamais la parole ?

— Je n'ai pas dit cela...

— Et maintenant, tu viens me chercher ? Uniquement parce que, tout à coup, je pourrais peut-être t'être utile ? Qu'est-ce qui t'empêche de faire cet exposé comme tout le monde, Adam ? Tu as peur de quoi ? De bafouiller ? C'est vraiment ridicule !

Quelque chose s'éteignit brusquement dans son regard et son visage devint livide. Je sentis alors mon cœur chuter jusque dans mes talons tandis que ses mains se crispaient sur le rebord de ma table. Adam ferma les paupières, serra les mâchoires et secoua doucement la tête.

— D'accord, abandonna-t-il dans un souffle.

Il se releva, se dressant de toute sa hauteur, puis récupéra sa sacoche et son manteau. Après quoi, il sortit de la salle sans se retourner, me laissant totalement désemparée.

— Eh ben, c'est super tendu entre vous, commenta prudemment Peter. Je ne savais pas que tu le connaissais.

— On ne se connaît pas du tout, protestai-je en rangeant à mon tour mes affaires.

— Pourtant, vous... vous vous êtes parlé comme s'il y avait un lourd passif entre vous, objecta timidement Hannah.

— C'est quoi le dossier ? persista Peter. Vas-y, raconte.

— Adam est le fils du type qui a épousé ma mère, finis-je par expliquer. C'est tout, il n'y a rien de plus à ajouter.

— Attends, tu plaisantes ! se récria Peter. Pourquoi tu ne nous en as pas parlé ?

— Parce qu'on se déteste.

Enfin, *lui*, car j'étais presque sûre qu'il me détestait.

— Tu l'as tué, n'empêche, se moqua Peter. C'était hyper bien envoyé, le truc sur le bafouillage. On dirait que ça s'est arrangé depuis, mais tu savais qu'au lycée il était connu pour son bégaiement ? Bon, c'était un peu injuste vu que je ne crois pas l'avoir jamais entendu l'ouvrir avant aujourd'hui...

Cette fois, ce fut à moi de blêmir.

Le sac que j'étais en train de passer sur mon épaule dégringola au sol et je mis une seconde de trop avant de réagir et me baisser pour le ramasser.

Cela expliquait tellement de choses...

C'était comme si, soudain, une petite pièce du puzzle qu'était Adam Nielsen m'apparaissait – tandis que toutes les autres restaient obstinément cachées dans l'ombre. En même temps, cette révélation rendait ma dernière repartie tellement plus vicieuse et cruelle...

21

Violette

En rentrant, ce soir-là, je n'avais qu'une idée en tête : parler à Adam.

Je ne pouvais pas vraiment m'excuser pour ce que j'avais dit. Je ne voulais pas qu'Adam sache que Peter avait lâché le morceau au sujet de son ancien problème d'élocution, ni qu'il s'imagine que je parlais de lui avec mes amis dans son dos. Mais je devais au moins lui annoncer que, tout compte fait, j'acceptais de faire l'exposé avec lui, à ses conditions – je pouvais au moins faire ça afin de tenter de m'amender pour ma sortie si maladroite et tellement méchante avec le recul.

Adam s'ingénia cependant à me rendre la tâche impossible...

Le dîner fut encore plus plombant que d'habitude. Je ne sais pas si ce n'était qu'une vue de mon esprit, mais Adam parut encore plus taciturne et ombrageux que d'ordinaire. À peine avions-nous terminé de débarrasser qu'il monta quatre à quatre les marches, me semant avant même que j'aie pu prononcer son nom.

Le lendemain matin, j'eus beau essayer de me lever un peu plus tôt, je ne parvins pas à le croiser.

Il aurait été plus évident de l'aborder pendant les cours – après tout, il se trouvait en classe à la table juste derrière la mienne –, mais je ne voulais pas que Peter et Hannah nous écoutent. En outre, Adam se serait contenté de hocher la tête sans décrocher un mot, comme toujours, et aucune discussion n'aurait alors été possible.

Il fallait que j'arrive à l'intercepter à un moment où nous serions seuls.

Mais voilà, au bout de plusieurs jours de vaines tentatives, il fallut que je me rende à l'évidence : Adam m'évitait constamment. Et le moins qu'on puisse dire c'est qu'il était particulièrement doué à ce petit jeu…

Je commençais à réfléchir à un moyen de lui voler, moi aussi, son carnet de croquis, afin de coucher sur papier les mots que je désirais lui adresser. Or, la frustration de ne pas réussir à lui parler de vive voix m'en empêchait.

La semaine de cours allait toucher à sa fin et, me sentant assez fatiguée, je me couchai exceptionnellement tôt, histoire d'être relativement en forme pour ce dernier jour avant le week-end. Une séance de modèle vivant, dont nos créations seraient relevées et notées, nous attendait le lendemain et, après le désastre qu'avaient été les premiers devoirs que j'avais rendus, j'espérais me rattraper sur celui-ci.

J'étais plongée dans un demi-sommeil plutôt désagréable lorsque, comme cela arrivait parfois, j'entendis Adam se lever précipitamment, la vibration de ses pas se répercutant jusqu'à moi. Puis il alla farfouiller comme un enragé dans ses placards.

Je me retournai dans mon lit en soupirant, agacée d'être finalement presque complètement éveillée, et jetai un œil à mon téléphone. Il était 3 h 47…

Pourquoi Adam ne dormait-il pas ? Souffrait-il d'insomnie ? Et enfin, pour quelle raison fallait-il qu'il soit aussi bruyant au beau milieu de la nuit quand il se montrait pourtant généralement si discret ? Que pouvait-il bien fabriquer à une heure pareille ?

C'était loin d'être la première fois que ça se produisait et, outre que l'agitation nocturne d'Adam avait tendance à sérieusement entamer une partie de mon temps de sommeil, cela commençait légèrement à m'inquiéter.

Je me redressai dans mon lit et hésitai.

Il était debout et j'étais désormais éveillée aussi. Est-ce que ce serait complètement dingue d'aller frapper à sa porte maintenant ?

Et depuis quand ce genre de considération m'arrêtait ?

Je me levai, prenant tout juste la peine de passer les doigts dans mes cheveux emmêlés et de rajuster les bretelles de mon débardeur, puis sortis sur le palier. Sous la porte d'Adam, un rai de lumière filtrait, confirmant qu'il était bel et bien l'auteur du raffut qui avait interrompu mon repos.

Je toquai doucement à sa porte une première fois. Là, j'entendis le tintement d'un petit objet métallique dégringolant sur le carrelage, puis plus rien. Je cognai une deuxième fois, sans recevoir aucune réponse.

Après quelques secondes, je hasardai :

— Adam, je sais que tu es réveillé. Je voudrais juste te parler deux petites minutes, rien de plus.

J'ignore si c'était un effet de mon imagination mais j'avais l'impression de percevoir son souffle derrière le battant.

— D'accord, ce n'est pas vraiment le meilleur moment, reconnus-je. Mais il faut dire que tu ne m'as pas laissé beaucoup d'autres occasions.

Avant de renoncer, je voulais tenter un dernier essai.

— Si tu me laisses entrer, je te promets de faire l'exposé avec toi. Je me chargerai seule de la présentation orale, comme tu me l'as demandé, et je ne poserai aucune question.

Alors seulement, la porte s'ouvrit.

Adam portait l'un de ses éternels sweats noirs sur un caleçon large, qui lui arrivait à mi-cuisse. Je songeai qu'il était un peu bizarre de traîner avec des manches longues, si c'était pour être pieds nus et les jambes à moitié à l'air, quand mon attention fut happée par son regard.

Il était si bizarre. Comme... hanté.

Au fond de ses prunelles semblaient danser les ombres de tourments si profonds, de fantômes si effroyables, que j'eus tout à coup l'impression de me perdre moi aussi dans tant de noirceur.

Je compris peu à peu que je n'avais pas halluciné, c'était bien la respiration puissante et anormalement agitée d'Adam que j'avais perçue un peu plus tôt.

Il semblait totalement hors d'haleine et son visage, d'une pâleur effrayante, était couvert d'un fin voile de sueur. Des mèches brunes humides lui retombaient sur le front et ses lèvres demeuraient entrouvertes, tandis qu'il tentait d'avaler l'oxygène dont il paraissait avoir si désespérément besoin.

— Qu'est-ce qui se passe ? m'alarmai-je. Tu es malade ?

Il cilla, comme déstabilisé par mon inquiétude, puis répondit par la négative d'un bref signe de tête.

— Tu n'as vraiment pas l'air bien pourtant, insistai-je. Tu veux que j'aille te chercher quelque chose ? Une bouteille d'eau ? Des médicaments ?

Il déglutit péniblement, puis fronça les sourcils. Et soudain, je repérai un truc anormal sur sa main. Il se tenait d'un bras à la porte et l'autre pendait contre son corps. Mais le long de sa paume, deux petits filets de liquide sombre sillonnaient sa peau, pour dégouliner ensuite sur ses doigts et goutter sur le parquet.

22

Violette

— Adam, tu... tu saignes... cafouillai-je en indiquant son poignet.

Il ferma les paupières, renifla, puis, sans même jeter un coup d'œil à l'endroit que je désignais, marmonna faiblement :

— Ah... Oui... Ce n'est rien... J'ai... dû me cogner quelque part.

— Te cogner ?

— Oui.

Il grimaça, contractant les mâchoires à tel point que je vis ses muscles rouler plusieurs fois sous la peau de ses joues. Adam n'était définitivement pas dans son état normal. Rien de tout ce cirque ne l'était.

Je repoussai la porte pour entrer dans sa chambre et lui saisis d'autorité la main, sans attendre qu'il m'y ait autorisée. Il se figea brutalement à mon contact et poussa un brusque soupir de stupéfaction, mais ne me repoussa pas pour autant.

J'en profitai pour remonter sa manche afin de découvrir l'origine de sa blessure tandis qu'un vertige terrible m'assaillait.

— Oh, putain… soufflai-je, le cœur battant à tout rompre devant tant de sang.

Son avant-bras était entièrement recouvert d'entailles encore toutes fraîches. Des dizaines de coupures, profondes, nettes, s'étalaient en lignes quasiment parallèles, labourant sa chair blafarde, barbouillée de rouge, du coude au poignet.

— Adam…

Je pressai le poing contre ma bouche, horrifiée, et une larme m'échappa.

Les larges épaules d'Adam s'affaissèrent en réaction et il s'efforça de se défendre :

— Ce… ce n'est pas ce que tu crois.

— Et je suis censée croire quoi, au juste ?

Il serra douloureusement les lèvres et se mit à trembler, l'air aussi abattu que déconfit.

— Pas de questions, réclama-t-il. S'il te plaît, Violette. Pas de questions et pas un mot. À personne.

Je l'observai un instant, laissant l'impressionnante souffrance peinte sur ses traits m'atteindre, me faucher de plein fouet, et acceptai sa requête.

— OK.

J'avalai ma salive, puis acquiesçai à nouveau.

— OK. Ne t'inquiète pas, ça va aller.

Je posai doucement la paume sur son abdomen afin de le pousser vers le lit et le vis baisser la tête et regarder fixement ma main, aussi hagard que perplexe.

— Viens, Adam, chuchotai-je en accentuant la pression sur des muscles d'une impressionnante fermeté. On va s'asseoir, d'accord ?

Docilement, il obéit et s'installa sur le bord du matelas.

Là, je tirai sur son autre manche, afin de vérifier qu'il ne s'était pas blessé ailleurs. Mais je ne trouvai que d'anciennes cicatrices, au tracé similaire, toutefois refermées depuis longtemps.

Adam avait donc pour habitude de se taillader les bras et cela ne datait pas d'hier...

Ce constat me dérouta à peu près autant qu'il me bouleversa.

— Je vais nettoyer tout ça, OK ? l'avertis-je.

J'attrapai son sweat et le lui retirai lentement, lui laissant la possibilité de refuser s'il le souhaitait. Mais Adam n'opposa aucune résistance et leva même mollement les bras pour me seconder dans la manœuvre. Il semblait comme sonné, trop choqué par ce qui venait de se passer pour réagir.

Sous le vêtement, il portait un tee-shirt noir légèrement plus ajusté, qui révélait des épaules et des pectoraux étonnamment ciselés.

Je reportai mon attention sur une rangée de livres non loin, parce que c'était tout sauf le moment de songer à ce genre de choses.

— Tu as une armoire à pharmacie ici ou je dois descendre au rez-de-chaussée pour trouver ce qu'il faut ? m'enquis-je.

Il secoua la tête, les coudes posés sur ses genoux et le regard perdu dans le vague.

— Ne bouge pas, lui ordonnai-je. Je reviens tout de suite.

Aussi discrètement que possible, je dévalai l'escalier. Je me rendis à la salle de bains de nos parents, juste à côté de leur chambre, et fouillai dans les placards. J'y dénichai tout le nécessaire de premiers secours, puis m'empressai de remonter.

Ainsi que je le lui avais demandé, Adam était resté dans l'exacte position où je l'avais abandonné.

Je refermai la porte et posai près de lui le matériel que j'avais piqué en bas. Je sortis quelques compresses de leur paquet et me dirigeai vers ce qui devait être sa salle de bains privée.

— Tu… tu n'es vraiment pas obligée de faire ça, objecta-t-il à l'instant où j'allumai le plafonnier de la petite pièce.

— Je sais.

La faïence blanche du lavabo était barbouillée de longues traînées sanguinolentes et, gisait sur le carrelage parmi tout un tas d'objets épars, la lame de rasoir ensanglantée qui lui avait servi à s'entailler la peau.

Je la ramassai et la jetai dans la poubelle.

Je fis couler l'eau pour rincer l'évier et me lavai les mains. Je mouillai ensuite une poignée de compresses et revins dans la chambre pour m'asseoir à même le parquet devant Adam.

Après quoi, je saisis son poignet pour qu'il tende le bras vers moi et passai avec autant de délicatesse que possible le tissu humide sur sa chair, afin de la débarrasser dans un premier temps de toutes les traces rouges et poisseuses qui la souillaient.

— Je ne cherche pas à me suicider, tint-il finalement à préciser.

J'interceptai son regard, tellement grave et intense. Tellement troublant…

— Je sais.

J'ignorais que dire d'autre. Il m'avait interdit de poser des questions.

Je pris un morceau de coton et l'enduisis de désinfectant.

— Ça risque de piquer un peu, le prévins-je – parce que c'est ce qu'on disait toujours dans de pareilles circonstances, même si ça sonnait présentement un peu bizarre, étant donné qu'Adam s'était volontairement infligé bien plus de douleur qu'un peu d'alcool ne saurait le faire.

Je tapotai précautionneusement ses plaies avec le petit carré blanc et il serra durement le poing. Ce fut le seul signe qui le trahit, rien d'autre dans son attitude ne permettant de penser qu'il souffrait.

— Désolée, murmurai-je.

— Ne le sois pas, c'est idiot, m'intima-t-il d'un ton un peu plus sec.

Je terminai en enroulant une bande stérile autour de son avant-bras, coinçai l'extrémité au bas de son poignet, mais ne parvins pas à lâcher sa main. Je m'attardai peut-être une seconde de trop, voire davantage.

Adam referma alors brusquement les doigts sur les miens et se mit à les presser fébrilement, jusqu'à presque me faire mal. Je ne fis rien pour me libérer de sa poigne. Je demeurai immobile, médusée par la chaleur qui se dégageait de lui et se communiquait à moi, par la douleur, l'urgence, le désespoir et la gratitude émanant de ce simple geste.

— Tu devrais te reposer un peu maintenant, hasardai-je au bout d'un moment, lorsque la tension entre nous devint trop forte pour moi.

— D'accord.

Il me lâcha aussitôt.

Je me relevai lentement et compris peu à peu que je ne pouvais me résoudre à l'abandonner.

Je ne savais pas ce qu'il s'était passé, pourquoi, en pleine nuit, Adam avait éprouvé le besoin de se faire du mal. Mais ce dont j'étais sûre en revanche, c'est que je refusais que cela recommence…

— Tu sais quoi, je vais rester là pour la fin de la nuit, proposai-je en m'asseyant à côté de lui sur le lit. Ton réveil devrait sonner dans pas très longtemps, alors autant essayer de dormir un peu. Tu n'y vois pas d'inconvénient, au moins ?

Adam se levait toujours avant tout le monde. Au pire, dans deux heures max il serait debout, alors autant passer ce temps avec lui.

— Non, se contenta-t-il de répondre.

Je me glissai sous la couette avec autant de naturel que possible, parfaitement consciente de l'incongruité de la chose. Parfaitement consciente du froncement de sourcils circonspect d'Adam et de son terrible épuisement qui, de toute façon, l'aurait fait accepter n'importe quoi.

Il m'imita et s'étendit à mon côté, sans chercher à se rapprocher ni à tirer avantage d'une quelconque manière de la situation.

Pour ça, je pouvais lui faire confiance. Adam avait beau être sauvage et parfois rustre, il était un gentleman tout ce qu'il y a de plus exemplaire. Ce qui était aussi apaisant qu'agréable, finalement…

23

Adam

J'émergeais peu à peu d'un sommeil profond et sans rêves, happé vers la réalité par une curieuse sensation d'anormalité. L'aube se levait à peine, permettant tout juste de distinguer le contour des rayonnages de livres encombrant les murs de ma chambre. Subitement, je remarquai que je n'étais pas allongé au centre du matelas comme d'ordinaire, mais sur le bord, et surtout, que je n'étais pas seul…

Soudain, les événements de la nuit me revinrent en mémoire, me percutant tel un violent coup à l'estomac.

Oh, non…

Merde ! Non, non, non !

Qu'avais-je fait ?!

Lentement, pour ne pas réveiller Violette étendue à côté de moi, je levai le bras pour me pincer la base du nez face à mon incommensurable imbécillité. Je serrai fort les paupières et les dents, jusqu'à en avoir presque mal.

Comment avais-je pu être assez stupide pour ouvrir la porte à Violette dans un moment pareil ? Comment avais-je pu la laisser remonter ma manche de la sorte, sans même chercher à l'en empêcher, trop atterré et paralysé par quelque chose que je n'arrivais toujours pas à comprendre ?!

Bordel, comment avais-je pu la laisser découvrir...

Découvrir l'un de mes plus obscurs secrets. L'une de mes plus répugnantes faiblesses. Probablement la pire de mes défaillances. Ma déviance...

Découvrir à quel point j'étais désaxé et tordu. Dangereux, sans l'ombre d'un doute – si ce n'était pour les autres, en tout cas pour moi-même.

Je ne voulais pas... Il n'était pas question qu'elle sache cela, combien je pouvais être violent, combien j'avais besoin de la douleur pour canaliser le feu noir de la rage et de la terreur qui me consumait...

Il était trop tard désormais...

Quel abruti !

Je soupirai de désarroi, les paumes plaquées sur le front, appelant de tous mes vœux la terre à m'engloutir sur-le-champ, à me recouvrir pour que jamais je n'aie à affronter le regard de Violette, maintenant qu'elle connaissait cette part sombre et dégoûtante de moi.

J'avais souvent souhaité disparaître, mais cette fois, j'aurais donné n'importe quoi pour que cela arrive réellement...

Tandis que je réfléchissais à comment pouvoir survivre à cela, le ventre déchiré par l'angoisse, Violette dormait paisiblement à quelques centimètres de moi, aussi sereine que j'étais accablé et torturé par la morsure de la panique mêlée à la honte.

Son souffle régulier me chatouillait doucement l'épaule et, sous la couette, l'intense chaleur provoquée par la proximité de nos deux corps s'employait à tenter progressivement de dévier le cours de mes pensées. Je pris une longue bouffée d'air et l'arôme de vanille émanant de ses cheveux étalés en éventail sur son visage devint tout à coup plus prégnant... Tout comme sa présence à mon côté.

Contre toute attente, l'étau qui compressait mes entrailles se desserra. Puis se disloqua.

Pour disparaître complètement dès l'instant où je me tournai vers elle.

L'ancien collégien en moi peinait à réaliser que Violette Lange se trouvait endormie dans son lit, avec rien d'autre sur le dos qu'un mini-short et un débardeur de coton fin. Bien entendu, celui que j'étais à présent était encore plus dubitatif.

Tout cela était tellement bizarre…

Pourquoi Violette s'était-elle comportée de cette manière, cette nuit ? Pour quelle absurde raison s'était-elle sentie concernée ? Pourquoi avoir accepté de ne poser aucune question ? Et, bon sang, pourquoi s'être donné autant de mal pour prendre soin de mes blessures quand elle savait pertinemment que j'en étais volontairement l'auteur ?

C'était ridicule. Tout ce que j'aurais mérité, c'était de nouvelles insultes, qu'elle me crie dessus ou bien qu'elle s'en moque. Mais non, Violette n'avait rien fait de tout cela…

Elle avait été bouleversée, une larme avait même roulé sur sa joue. Elle s'était montrée compréhensive, bienveillante et… si douce.

Déraisonnablement douce.

Elle n'aurait pas dû me traiter de cette façon, cela n'avait aucun sens.

Je me souvenais à présent quelle était la cause de mon absence de réaction, quand Violette avait saisi ma main pour la première fois. Pourquoi je m'étais retrouvé bêtement figé, incapable de me soustraire à elle…

Je détestais que l'on me touche. D'aussi loin que je me souvienne, cela avait toujours été ainsi. Je ne le supportais pas et je fuyais comme la peste toute situation susceptible de provoquer en moi cet horrible malaise.

Mais pas cette fois.

Du soulagement…

J'avais éprouvé un immense et incomparable sentiment de soulagement.

Voilà ce qui m'avait empêché de la repousser et de la mettre à la porte de ma chambre, comme j'aurais dû le faire si j'avais eu un peu plus de plomb dans la tête. Violette m'avait offert une trêve et rompu cette lancinante sensation d'infinie solitude qui cognait constamment au fond de mon crâne.

Une trêve de quelques minutes… une partie de la nuit… une trêve qui perdurait maintenant encore…

Le seul fait de pouvoir l'observer d'aussi près, ses longs cils clairs ombrant délicatement ses pommettes à travers les mèches de vermeil répandues sur son visage, terminant élégamment leur course sur l'oreiller, de pouvoir sentir son odeur si subtile, entre effluves de shampooing et parfum au jasmin, légèrement caféiné, me plongeait dans un état étrange, où la honte et la peur n'avaient plus vraiment leur place.

Violette avait promis de ne parler à personne de mon problème et, même si rien ne m'y autorisait, je savais qu'elle s'y tiendrait, que je pouvais lui faire confiance pour garder mon secret. Elle avait été là pour moi quand j'étais au plus mal, m'avait apporté son aide alors que j'ignorais que c'était précisément ce dont j'avais besoin, et c'était tout ce qui comptait.

Peu importait le douloureux sentiment d'embarras que j'éprouvais à l'idée qu'elle soit désormais au courant. Je n'avais pas le droit de regretter ce qui s'était passé.

Est-ce que je pouvais encore seulement prétendre la détester ? Rien n'était moins sûr…

Non, en vérité, je n'en étais décemment plus capable.

Avant même que je m'en sois rendu compte, mon bras s'était élevé au-dessus des draps et mes doigts flottaient à quelques centimètres de la mâchoire de Violette, prêts à repousser ses cheveux en arrière pour mieux admirer ses traits parfaits, un brin enfantins. Je m'arrêtai net dans mon élan, abasourdi par mon propre geste, puis fermai le poing. Puis je laissai retomber ma main entre nous, sur le matelas.

Une pression aussi soudaine que familière se manifesta alors au creux de mon bas-ventre, me prenant totalement au dépourvu…

Je me mordis âprement l'intérieur des joues pour ravaler le grognement de consternation qui montait dans ma gorge. Puis je roulai dans le lit afin de m'en échapper d'un bond que j'espérai suffisamment souple pour ne pas alerter Violette, surtout guidé par l'urgence.

Qu'est-ce qui me prenait, bordel ?!

Je me ruai vers la salle de bains sans un regard en arrière. Une fois la porte refermée, je me débarrassai de mes vêtements et fonçai sous la douche. Là, je réglai le thermostat sur la température la plus froide et actionnai le jet.

Je laissai échapper un hoquet de saisissement lorsque l'eau gelée, affreusement cinglante, atteignit ma nuque, glissant le long de mon dos en m'arrachant un puissant tremblement, tandis que je m'appuyais des deux mains contre la faïence de la cabine.

En temps normal, j'aurais réglé le problème tout à fait autrement.

Néanmoins, j'avais l'esprit saturé d'images de Violette impossibles à chasser. Du souvenir de la vue plongeante sur son décolleté qu'elle m'avait involontairement offerte cette nuit, tandis qu'elle se tenait à genoux devant moi. De son corps à peine couvert, lorsque je lui avais ouvert la porte. De la délicatesse avec laquelle elle m'avait touché pour nettoyer mes plaies, de sa façon de respirer et de se pelotonner sous mes draps…

Je ne pouvais pas me permettre – même fugacement – de fantasmer sur Violette ! C'était tellement déplacé…

Et malsain, bon sang !

En outre, elle se trouvait encore dans la pièce à côté. Seule une fine cloison nous séparait. Jamais je n'aurais dû songer à faire autre chose dans cette cabine que d'y prendre une douche glacée.

Je restai une bonne dizaine de minutes sous le jet, jusqu'à ce que mes muscles s'habituent au froid et que toute trace de ce trouble idiot ait disparu.

J'étais un jeune homme dans la force de l'âge, je savais donc qu'il n'y avait rien de franchement anormal là-dedans, au contraire. Mais il s'agissait tout de même de Violette...

D'une vraie personne. Et pas n'importe laquelle.

Je m'étais toujours interdit de penser à quiconque de cette façon et jusqu'ici, cela n'avait jamais posé problème.

En aucun cas cela ne devait changer...

24

Adam

Je sortis de la salle de bains en espérant que Violette se serait entre-temps réveillée et qu'elle aurait fini par quitter ma chambre sans que nous ayons à évoquer ce qui s'était passé. Mais cela aurait sans doute été trop facile…

Elle était toujours étendue sur mon lit, profondément assoupie, et mon radio-réveil s'apprêtait à sonner, ne manquant pas de l'arracher à la douce torpeur dans laquelle elle semblait plongée.

Je coupai l'alarme avant qu'elle ne retentisse et m'installai sans bruit à mon bureau, me persuadant que, puisque j'étais incapable pour l'instant d'avaler quoi que ce soit, j'allais profiter du temps libre dont je disposais pour travailler un peu. Je me berçais toutefois d'illusions, et c'est sans surprise que je me retrouvais tourné dans sa direction – sans l'avoir vraiment décidé –, à épier depuis mon fauteuil, tel une espèce de pervers, la jeune fille couchée dans mon lit…

À ma décharge, c'était bien la première fois qu'une tierce personne se glissait sous mes draps. En fait, c'était même la première fois que je contemplais quelqu'un dormir.

J'entendis mon père et Catherine se lever, au rez-de-chaussée, mais cela ne parut pas le moins du monde troubler le repos de Violette.

J'attendis que l'heure tourne, profitant de ce spectacle incongru jusqu'à la dernière minute – tout en redoutant qu'elle se réveille et m'aperçoive ainsi. Puis, quand il fut presque trop tard, je me forçai à abandonner mon poste d'observation pour m'approcher d'elle.

— Violette, murmurai-je. Eh... Violette...

Ma première tentative se soldant par un échec, je m'accroupis près du lit et chuchotai encore :

— Nous avons cours aujourd'hui, tu te souviens ?

Elle enfonça davantage la tête dans l'oreiller et poussa un vague grognement de mécontentement.

Je me résolus à m'asseoir à côté d'elle et posai la main sur son épaule pour la presser légèrement, tâchant d'ignorer autant que possible la texture veloutée de sa peau sous mes doigts.

— Violette, s'il te plaît, réveille-toi...

— C'est bon, la ferme, Corentin, marmonna-t-elle d'un ton aussi épuisé qu'irrité.

Je la relâchai immédiatement, fronçant les sourcils de dépit.

Voilà qui, après une douche froide en règle, achevait une bonne fois pour toutes de me ramener à la réalité.

— Moi, c'est Adam. Je ne suis pas ton petit ami, Violette.

Elle roula mollement sur le dos et cala le poignet sur son front pour me regarder, les yeux plissés, encore emplis de sommeil.

— Pardon, balbutia-t-elle. Corentin, c'est mon frangin.

Je ne savais pas trop pourquoi, mais j'appréciai le fait qu'elle prenne la peine de le préciser.

Elle repoussa la couette jusqu'à ses cuisses, puis étira les bras au-dessus de sa tête en soupirant, son débardeur remontant pour révéler une partie de son ventre lisse et plat.

Et je me détournai, me focalisant sur un point vague près de mon bureau.

— Il me faisait souvent des blagues le matin, expliqua-t-elle d'une voix pâteuse. Enfin, quand on était plus jeunes. Ça fait des années que ce n'est plus arrivé...

Violette laissa lourdement retomber ses mains sur le matelas, puis fit des yeux le tour de la pièce, l'air un peu étonné. Après quoi, elle revint à moi et remarqua :

— La vache, Adam, je rêve ou tu es déjà lavé, habillé et prêt à décoller ?

Mes cheveux étaient encore humides et je portais un pull et un jean, aussi la réponse était-elle évidente.

Elle se redressa en se frottant le visage et me demanda :

— Tu as dormi un peu, au moins ?

— Oui, bien sûr. Cela ne fait pas si longtemps que je suis debout.

— C'est ça, ouais, soupira-t-elle. S'il te plaît, montre-moi tes bras.

Je verrouillai mon regard au sien, me demandant si elle était sérieuse.

— S'il te plaît, Adam...

Son timbre était si doux, la lueur au fond de ses prunelles si grave et inquiète, que je ne pus le lui refuser. Je serrai les dents pour surmonter la honte terrible qui se diluait en moi et relevai mes manches l'une après l'autre.

J'avais ôté le bandage trempé en sortant de la douche, et les marques de ce combat perdu d'avance que j'avais livré contre moi-même durant la nuit étaient encore bien visibles. Rouges et légèrement tuméfiées, détonnant de manière choquante sur ma peau trop pâle.

Plus nerveusement que je ne l'aurais voulu, je rabaissai mon pull sur mes poignets.

— Comment te sens-tu ? s'enquit-elle en serrant ses jambes contre elle, le menton appuyé sur son genou.

— Mieux, merci.

C'était la vérité. Je n'aurais su le déterminer avec précision, mais quelque chose avait changé au cours des dernières heures.

Quelqu'un connaissait dorénavant l'un de mes pires secrets. Quelqu'un semblait désormais se soucier de mes errements au fond des limbes, dans ces ténèbres contre lesquelles je luttais sans succès.

C'était sans doute absurde et j'aurais probablement dû ne concevoir rien d'autre que de l'humiliation, mais ce n'était pas tout à fait le cas. En réalité, et malgré l'épouvantable gêne tiraillant mon estomac, je ressentais toujours cette espèce de soulagement diffus et chaud, tellement étrange et nouveau...

— Ce n'était pas... Je ne suis pas...

Je soufflai puissamment, regrettant de ne pas trouver les mots justes pour expliquer mon geste.

— Tu n'es ni dingue ni véritablement suicidaire, se chargea-t-elle de compléter. Je sais, Adam, je t'ai promis de ne pas te poser de questions et je ne le ferai pas. Mais si tu souhaites un jour te confier, sache que je serai là.

Je hochai la tête, même s'il me paraissait absolument inconcevable de lui en dévoiler davantage que ce qu'elle connaissait déjà.

— Tu peux me promettre que tu ne recommenceras pas ? me pria-t-elle, un pli préoccupé marquant son front.

J'aurais dû mentir, cela aurait été nettement préférable. Pourtant, je m'entendis répondre :

— Non, je ne peux pas. Je suis navré.

J'avisai l'heure sur le radio-réveil, cette conversation commençant à devenir beaucoup trop dangereuse pour moi.

— Tu vas être en retard si tu ne te lèves pas, l'avertis-je.

Violette suivit mon regard et s'exclama :

— Ah, merde ! Tu as raison. En plus, on est notés aujourd'hui, ça craint. Il me faut toujours trois plombes pour émerger le matin, c'est terrible...

Elle rejeta vivement l'édredon, qui atterrit au pied du lit, et me contourna en rampant comme un enfant pour descendre du matelas. Puis elle se précipita hors de ma chambre, sans avoir l'air de se rendre compte que son mini-short était légèrement remonté sur l'une de ses fesses et que la bretelle droite de son débardeur avait glissé le long de son épaule.

— Violette, l'interpellai-je subitement.

Elle s'interrompit sur le pas de la porte et pivota pour me faire face. Je dus déployer des efforts considérables pour soutenir son regard et ne pas laisser mes yeux se promener davantage sur son corps.

— Prends ton temps, je vais t'attendre pour partir. Si cela te convient, je te déposerai ce matin et te ramènerai ce soir. Tous les autres jours également. Enfin, si tu le souhaites, bien sûr, à présent qu'il est établi que mon bilan carbone reste acceptable. Et je te demande pardon pour la dernière fois, je me suis montré affreusement grossier. Je le regrette. Cela n'arrivera plus, je te le promets.

Malgré ses sourcils arqués de stupéfaction, un petit sourire se dessina sur ses lèvres…

Et bloqua mon souffle dans ma gorge.

— Je te demande pardon, moi aussi, pour tout, me retourna-t-elle. Je n'ai jamais pensé aucune des saloperies que je t'ai balancées, sache-le.

Là-dessus, elle s'éclipsa, me laissant plus perplexe que jamais.

25

Adam

Ce jour-là, le trajet aller comme retour fut excessivement silencieux.

Le week-end qui suivit fut très ordinaire pour moi. Je demeurais enfermé dans ma chambre, à bosser les cours ainsi que mes projets personnels. En revanche, il le fut un peu moins pour Violette qui, pour une fois, m'imita et ne mit quasiment pas le nez dehors. J'étais pourtant pratiquement sûr d'avoir entendu Cynthia lui proposer de venir chez elle pour une nouvelle fête et Peter insister lourdement. Néanmoins, Violette passa toute sa soirée du samedi à la maison, sans sortir ni même téléphoner à qui que ce soit.

En général, je n'entendais pas la teneur exacte de ses conversations – il y avait tout de même un couloir entre nous – mais je savais lorsqu'elle appelait son père. Et, de coups de fil quotidiens, ses échanges avec lui étaient devenus nettement plus rares ces derniers temps. Je me demandais quelle en était la raison… mais ce n'était pas comme si cela me concernait vraiment.

La semaine démarra sur les chapeaux de roues, avec de nouveaux devoirs, toujours plus exigeants, et une quantité astronomique de travail à fournir en dehors des heures de classe. Violette et moi avions pris l'habitude de nous retrouver le matin dans l'entrée pour nous rendre à l'école en voiture et de rentrer ensemble le soir.

Ses amis avaient tendance à nous regarder un peu curieusement quand nous arrivions quelques minutes avant la sonnerie, ou lorsqu'elle m'attendait près des portes, en fin d'après-midi, pour repartir avec moi. Mais cela s'arrêtait là.

Violette avait promis de ne plus me poser de questions et, à mon grand désarroi, elle s'y tenait, respectant même au pied de la lettre son engagement…

Non pas qu'elle ait paru me faire la tête ou voulu se montrer ouvertement hostile, loin de là. Seulement, on aurait dit qu'elle ne savait plus comment s'adresser à moi et que, faute de mieux, elle s'était finalement résolue à ne quasiment plus rien dire, de crainte que je ne me braque encore et l'oblige à descendre prématurément du véhicule.

Peut-être imaginait-elle que j'avais besoin d'un maximum de concentration pour conduire, ou que son bagou coutumier me déplaisait… ou encore que j'appréciais pardessus tout le silence ?

C'était vrai en soi, je n'allais pas le nier. Mais le sien était différent. Anormal. Et un peu douloureux…

J'ignorais pour quelle raison Violette changeait si radicalement d'attitude lorsque nous nous trouvions seuls, enfermés dans l'espace restreint de l'habitacle de ma voiture. Mais plus le temps passait, plus cela me contrariait. Je n'avais aucune idée de la façon dont je devais procéder pour lui faire comprendre que je n'avais rien contre le fait de l'écouter parler – quand bien même serait-ce à tort et à travers comme la première fois que nous avions fait le trajet jusqu'à l'école. Que c'était en fait précisément ce dont j'avais envie, en dépit de mon trop flagrant manque d'aisance et de talent pour la conversation.

En dépit de ce maudit handicap social qui me retenait chaque fois de briser cette espèce de silence tranquille mais insidieux qui s'était installé entre nous...

Ces moments, je les redoutais, parce que mille pensées tourbillonnaient dans mon esprit lorsque j'étais si près d'elle. Mille questions que moi, j'aurais aimé lui poser, sans jamais réussir à m'aventurer sur ce terrain, de peur qu'elle décide finalement de rompre sa promesse et de me retourner toutes mes interrogations.

Et, en même temps, ces instants si particuliers étaient devenus mes préférés de la journée, sans que je puisse en déterminer la raison, étant donné l'état de nervosité insensée dans lequel cela ne manquait jamais de me plonger.

La seule liberté que Violette prenait depuis cette fameuse nuit où elle m'avait surpris en si mauvaise posture, c'était de me demander presque quotidiennement de lui montrer mes bras. Et je m'exécutais, comme un parfait crétin, attendant qu'elle me murmure ce mot d'approbation si doux à mon oreille face à la cicatrisation progressive de mes plaies – tout en me demandant comment je me sortirais de ce guêpier dans lequel je ne cessais de m'enfoncer quand de nouvelles lacérations viendraient à apparaître sur ma peau.

Ce matin, cela faisait une semaine jour pour jour que je m'étais réveillé au côté de Violette et que depuis, plus rien ne semblait tout à fait à sa place.

Comme chaque vendredi, nous démarrions avec une séance de modèle vivant. L'organisation des tables était légèrement modifiée pour que tous les élèves puissent voir le type en slip ridiculement moulant que nous devions dessiner. Je me retrouvai cependant à nouveau derrière Violette et Peter, particulièrement peu concentrés aujourd'hui.

— J'hallucine, putain, maugréa ce dernier en s'acharnant à grands coups de crayons sur sa feuille.

— Tu ne vas pas en faire une maladie, c'est n'importe quoi, rétorqua Violette, l'air particulièrement mécontent.

— Donc, si j'ai bien tout saisi, mademoiselle m'annonce en toute décontraction qu'elle me laisse tomber comme une vieille merde pour l'exposé ?

— Je n'ai jamais dit que j'acceptais de le faire avec toi, je te signale. Tu es en train de virer *drama queen*, là. Tu t'en rends compte ?

Peter arracha de son carnet la page qu'il était en train de noircir, en fit une boule compacte, puis la jeta au sol.

— Un problème, monsieur Langlais ? intervint le prof.

— Ouais. Qui aurait idée de prendre des positions pareilles dans la vie de tous les jours ? Je veux dire, j'ai du mal à voir l'intérêt de faire le croquis d'un gars à moitié à genoux, le dos tordu de cette façon. Même pour lui, c'est pas agréable. Ah, et aussi, quand est-ce qu'on passe à un sujet féminin ?

Questions pertinentes s'il en était, je voulais bien lui reconnaître au moins cela.

— Vous devez apprendre à tout dessiner, monsieur Langlais, même les postures les plus improbables. Et par égard pour notre modèle, vous feriez mieux de vous dépêcher de croquer cette pose en effet très compliquée à tenir. Quant au corps féminin, cela viendra. Ne vous inquiétez pas.

Violette pouffa de rire discrètement, puis se remit plus sérieusement au travail, s'activant sur son carnet.

Quelques minutes plus tard à peine, Peter se penchait de nouveau vers elle pour lui chuchoter :

— Donc tu vas faire cette connerie d'exposé avec lui, comme il te l'a demandé ? Qu'est-ce que je dois comprendre, il se passe un truc entre vous, ou quoi ?

Violette se raidit sur sa chaise et je m'efforçai de ne pas avoir l'air d'écouter, quand pourtant tous deux devaient nécessairement se douter que je pouvais parfaitement les entendre. Enfin, je n'étais pas franchement dépaysé, j'avais l'habitude qu'on parle de moi comme si j'étais absent. J'avais l'habitude d'ignorer ce genre de choses, même si cela s'avérait à présent légèrement plus pénible.

— Ça ne te regarde pas, se contenta-t-elle de répondre.

Je m'en voulus soudain d'avoir mis Violette dans cette situation. Je n'aimais pas voir Peter lui tourner autour comme il le faisait. Cela étant, c'était moi que cela ne regardait pas. En outre, je n'avais aucune envie d'être à l'origine de leur dispute et encore moins de risquer de ruiner une relation à laquelle Violette tenait probablement...

— Si, ça me concerne un peu, je regrette, protesta-t-il. Je suis là à t'attendre et toi, tu me lâches à la première occasion.

— Je ne t'ai rien demandé, souffla-t-elle. Et je ne t'ai rien promis non plus. Mais peut-être estimes-tu que je te dois quelque chose ? Dans ce cas, il serait intéressant de me tenir au courant.

Peter la dévisagea un instant, puis marmonna :

— OK, laisse tomber, ça ne fait rien. Ce n'est qu'un devoir, après tout. Je m'en tape. Je trouverai bien quelqu'un d'autre.

Ils gardèrent le silence pendant le reste du cours et, quelques minutes avant la sonnerie annonçant la pause déjeuner, M. Dubois nous rendit notre étude documentaire sur la pierre de calcaire. Si je n'avais pas particulièrement été à l'aise avec l'aquarelle qui nous avait été imposée, je ne m'en sortais au final pas si mal.

26

Adam

J'étais en train de refermer ma pochette, songeant qu'il était peut-être temps d'envisager de libérer Violette de sa promesse pour qu'elle puisse faire ce satané exposé avec la personne de son choix, lorsqu'elle se retourna vers Hannah et moi.

— J'ai eu quatre, soupira Hannah, clairement dépitée.

— Excellent, moi aussi ! s'exclama Violette avec un enthousiasme absolument déconcertant. En route pour la Croûte d'Or ! Regarde-moi cette immondice...

Elle tendit sa feuille à Hannah et elles se mirent à rire toutes deux.

Autour de nous, tout le monde rangeait ses affaires et discutait tandis que l'homme qui nous avait servi de modèle quittait la salle en peignoir, se dirigeant vers les vestiaires pour aller se rhabiller.

— Et toi, Adam, combien as-tu eu ? me demanda Violette.

Elle me prenait de court parce que, si elle ne me parlait quasiment pas en voiture, elle semblait carrément oublier mon existence dès lors que nous franchissions les portes de l'école – ce que je ne pouvais lui reprocher dans la mesure où, si quelqu'un avait tout fait pour qu'il en soit ainsi, c'était bien moi.

— Les notes d'Adam sont toujours déprimantes, je te préviens, lança Hannah. S'il ne finit pas premier de la promo, je ne comprendrai pas.

— Allez, fais-moi voir, s'il te plaît, insista Violette.

Je n'en avais pas spécialement envie, ce n'était après tout que la représentation sans intérêt d'un caillou gris. Mais refuser aurait pu être mal interprété et je ne tenais pas particulièrement à contrarier Violette. Je rouvris alors ma pochette et fis glisser la feuille vers elle.

Violette l'attrapa et l'approcha de son visage en écarquillant les yeux.

— C'est incroyable ce niveau de détails, on dirait une photo, commenta-t-elle. Et pourquoi seulement dix-neuf ? C'est complètement idiot. Quand un travail est parfait, il faut lui attribuer la note maximale.

Je l'avais déjà entendue dire ce genre de choses, des années auparavant...

— Rassure-moi, tu ne vas pas encore incendier le prof, n'est-ce pas ?

Je ne plaisantais qu'à moitié, parce que je l'en savais tout à fait capable. Elle était si imprévisible qu'on ne pouvait jamais deviner lorsqu'elle allait ou non s'emporter et monter au créneau.

Sans cesser de scruter mon devoir, le coin de sa bouche se retroussa dans un petit sourire, entre nostalgie et amusement, prouvant qu'elle avait saisi la référence à ce qui n'était pour elle qu'un épisode très anecdotique de notre passé commun – très anecdotique, lui aussi.

— De toute façon, à mon sens, rien n'est jamais parfait, objectai-je en m'obligeant à détacher mon regard de son visage.

Puis ce n'était qu'une étude documentaire, rien qu'une démonstration technique et rigoureuse sans aucune âme ni profondeur. C'était loin d'égaler la richesse et la poésie d'une illustration comme celle que j'avais pu voir dans le carnet de Violette.

Elle me rendit mon dessin en pinçant les lèvres, prenant une expression plus sérieuse, puis me tendit le sien.

— Selon toi, qu'est-ce qui cloche le plus ? Sois franc, ne prends pas de gants, s'il te plaît.

J'examinai quelques secondes sa feuille, ne pouvant m'empêcher de trouver à mon tour sa note plutôt sévère.

— Ce n'est pas terminé, voilà tout.

Je m'emparai de mon critérium, comme par réflexe, puis m'arrêtai, la mine au-dessus du papier.

— Je peux ?

— Oui, bien sûr. Mais je vais probablement devoir gommer tes ajouts après parce que, vois-tu, cette petite merveille va à coup sûr me faire remporter le concours de demain, à la soirée d'intégration.

J'en avais vaguement entendu parler. À mon avis, elle se trompait. J'avais vu passer tellement de devoirs autrement plus désastreux que le sien depuis la rentrée…

— Tu as oublié l'ombre portée et, pour cet exercice, avec un objet comme celui-ci tout en nuances gris-beige sur fond blanc, c'est primordial si tu souhaites un rendu réaliste, expliquai-je tout en dessinant par-dessus ses traits de pinceau.

J'apportai à la hâte davantage de contraste à certaines aspérités et corrigeai plusieurs autres problèmes, tâchant de justifier à voix haute chacun de mes coups de crayon.

Quand je relevai le nez, Violette était accoudée l'air absorbé à ma table, tout près de moi, le menton posé sur ses mains et le regard encore rivé à mes doigts. Hannah était restée pour écouter et Peter attendait debout devant notre table, son blouson de cuir dans les bras. Presque tous les élèves avaient quitté la salle, et seule une poignée d'entre eux échangeait encore près du tableau avec

M. Dubois. La sonnerie avait-elle retenti ? Parce que je n'étais pas sûr de l'avoir entendue...

— Eh, le débile, m'interpella Peter. C'est bientôt fini le cours de rattrapage, qu'on puisse aller au self ? Non, parce qu'il y en a qui ont la dalle ici.

Je m'étais plus ou moins attendu à ce genre d'attaque de la part de ce type et j'avais un entraînement à toute épreuve face aux insultes. Aussi ne sourcillai-je même pas. Violette, en revanche, eut un brusque mouvement de recul.

— Mais ça va pas ?! s'indigna-t-elle. Qu'est-ce qui te prend ?

— C'est bon, il s'en fout, argua Peter, esquissant un geste vague de la main pour me désigner tandis que je remballais machinalement mes affaires. Il est habitué, c'était son surnom au lycée. J'ai pas raison ?

Je ne voulais pas que Violette continue de prendre ainsi ma défense. C'était vraiment gênant. Alors, avant qu'elle ait pu ouvrir la bouche, je répliquai la première chose qui me vint à l'esprit, juste histoire d'essayer de mettre un terme à cette situation :

— Ça, et un tas d'autres qualificatifs du même acabit. En dresser une liste exhaustive risquerait de prendre un peu de temps et je doute que ce soit compatible avec tes projets, puisqu'il se trouve que tu es plutôt pressé d'aller déjeuner.

— Je déconnais, c'est tout, se justifia Peter.

— Tu veux vraiment jouer au jeu des surnoms ? siffla Violette en croisant les bras d'un mouvement brusque. Parce que je peux t'en trouver un, moi aussi. Minus, ça t'irait bien, par exemple.

— Chérie, si tu arrêtais un peu de te défiler chaque fois que j'essaie de passer à la vitesse supérieure, tu saurais qu'il n'y a absolument rien de minuscule chez moi.

Là-dessus, Peter sortit de la salle, sans laisser à Violette le loisir de répondre. Un instant, ses traits reflétèrent un profond malaise qui, il me semblait, n'avait pas grand-chose à voir avec moi. Elle se ressaisit presque immédiatement et secoua la tête avec humeur.

Je n'attendis pas davantage et franchis la porte, moi aussi. J'étais dans le couloir, m'apprêtant à quitter les locaux, quand Violette m'interrompit :

— Adam, je... Tu ne veux pas venir déjeuner avec nous ? Je ne pense pas que Peter se joindra à notre groupe aujourd'hui. Pas après ce qui... Bref, ce serait cool que tu te joignes au groupe.

— Je confirme, ce serait chouette, renchérit Hannah.

Je fronçai les sourcils, plus tenté que je ne l'aurais voulu par l'idée de partager un repas avec Violette dans un autre contexte que sous l'œil de nos parents. Je revins cependant rapidement à la réalité.

— Merci, mais non. Le self, ce n'est pas vraiment mon truc.

Les étudiants de plusieurs écoles alentour se retrouvaient chaque midi dans ce restaurant universitaire. Il était toujours plein à craquer. Typiquement le genre d'endroit où je ne mettais jamais les pieds...

Au lieu de cela, en général, je préférais acheter un sandwich à la première boulangerie située sur mon chemin et passer l'heure et demie de pause à déambuler dans les rues, marchant aussi vite que possible pour tâcher de me dépenser un peu.

— Dommage, déclara Hannah, me forçant à me détourner de Violette pour reporter mon attention sur elle. Dis, tu viendras à la soirée d'intégration demain ?

— Non plus.

Violette s'abstint de commenter, sans doute peu surprise.

Hannah arqua quant à elle les sourcils, manifestement déconcertée, puis balbutia :

— Mais... Tu ne peux pas ne pas venir. Il y aura tout le monde. Toute l'école sera là.

— Peut-être, mais pas moi.

Je haussai les épaules, puis franchis les portes et remontai l'avenue, m'éloignant promptement des bâtiments, de Violette et d'Hannah.

Je ne parcourus que quelques dizaines de mètres avant d'apercevoir Peter, qui semblait m'attendre, posté au croisement, dans la direction opposée à celle du restaurant universitaire. J'hésitai quant à la marche à suivre. J'ignorais ce qu'il pouvait bien avoir à me dire qui nécessite de nous retrouver seuls.

Quoi qu'il en soit, peu importait. S'il souhaitait m'intimider ou me menacer, il tombait mal. Cela n'avait plus aucune prise sur moi depuis bien longtemps.

Sans compter que, s'il s'agissait de cette histoire d'exposé, j'étais prêt à déclarer forfait sans discuter. Cela n'aurait jamais dû prendre de telles proportions. À la réflexion, je me moquais bien de récolter une sale note à ce devoir. Je n'aurais qu'à me rattraper sur les autres moyennes, ce n'était pas si dramatique...

— Je peux te parler deux minutes ? commença-t-il en m'emboîtant le pas.

Je lui jetai un regard en biais en guise de réponse.

— Écoute, pour tout à l'heure, je suis désolé, reprit-il. C'était pas marrant et même carrément nul. Je suis à cran en ce moment et je peux être assez con quand c'est comme ça. Ça m'a mis les nerfs que Violette te choisisse pour ce truc en histoire de l'art. Je suis raide dingue de cette fille et... tu sais... Enfin, non, tu ne le sais sans doute pas, mais elle est plutôt du genre inaccessible et je ne suis pas vraiment tout seul sur le coup, si tu vois ce que je veux dire. Je galère avec elle et je comptais pas mal sur cet exposé pour sortir de cette saloperie de *friend zone*. Alors, c'est pas que je sois jaloux du fait que vous le fassiez ensemble, hein. Je ne pense pas que tu sois le style de mec à avoir des vues sur une fille comme elle, c'est clair. Mais bon, j'ai réagi de façon stupide, voilà.

Il soupira, visiblement dépité, puis s'arrêta.

Je fis de même et, à défaut de trouver autre chose de plus pertinent, marmonnai un simple « OK ».

Après quoi, je repris ma route sans me retourner, serrant les poings au fond des poches de ma veste.

Pourquoi, alors que l'insulte de Peter m'avait laissé de marbre, ses excuses et ses explications me mettaient-elles soudain hors de moi ? Pourquoi, tout à coup, n'était-il plus question que je m'incline pour lui céder la place et lui donner l'opportunité tant désirée de se rapprocher de Violette ?

27

Adam

Après avoir passé une partie de mon samedi à chercher des idées de thématiques pour ce maudit devoir d'histoire de l'art, je quittai ma chambre afin d'aller dîner. Et me stoppai sur le palier tandis que Violette, assise juste en face de ma porte sur le sol du couloir, se relevait hâtivement.

— Je t'attendais, expliqua-t-elle.

Ses paupières étaient assombries par un fard cuivré et un fin trait noir rehaussait le coin de ses yeux. Elle portait une robe bleu-gris de coton fluide, discrètement ajouré par trois bandes de dentelle à la taille. Je mis quelques secondes avant de me rappeler qu'elle avait, de toute évidence, quelque chose à me dire.

— Je suis déçue, la dernière fois que tu as fait ça, j'ai bien failli avoir une crise cardiaque, plaisanta-t-elle.

— On partage l'étage. Alors, je ne suis pas très étonné de t'y croiser parfois.

— Ça se tient.

En revanche, si j'avais été pleinement honnête, j'aurais avoué que j'étais vraiment surpris qu'elle fasse le pied de grue devant ma porte juste pour pouvoir me parler...

Elle cala une mèche derrière son oreille et retraça du pied la rainure d'une des lattes du parquet.

— Tu veux que nous commencions à discuter des sujets potentiels pour l'exposé ? hasardai-je. Parce que j'ai fait quelques recherches et j'ai peut-être déjà plusieurs propositions à te soumettre.

Violette grimaça, affichant presque ce qui ressemblait à de la gêne.

— Non... Enfin, si, on pourra, bien sûr. En fait, je voulais te demander un service.

— Je t'écoute.

Ma curiosité piquée au vif, je m'appuyai contre le montant de la porte de ma chambre et croisai les bras.

— Tu ne voudrais pas m'accompagner à la soirée, tout à l'heure ?

Interloqué, je me penchai vers elle.

— Quoi ?

— La soirée d'intégration, Adam. Tu sais, la fête que Hannah a évoquée, hier. Celle dont tout le monde parle en cours depuis quelque temps et qui a lieu dans moins de deux heures.

— Oui, j'avais compris. Mais... tu n'es pas sérieuse ? Pour quelle raison ? Tu as besoin d'un chauffeur ?

— Voilà, c'est ça, confirma-t-elle en contemplant le sol. Peter devait passer me prendre et me ramener ensuite, mais à la réflexion, je préférerais éviter.

Bon sang, moi aussi, je le préférais, mais cela ne justifiait pas pour autant que j'assiste à cet événement dont le simple nom me rebutait.

— Je peux te prêter un peu d'argent pour prendre un taxi, si tu veux, proposai-je à la place.

Si Violette n'osait pas demander à sa mère la somme nécessaire, je pouvais très bien la lui donner. Du moment qu'elle ne passait pas trop de temps seule avec Peter, j'étais prêt à faire pas mal de concessions...

— Adam, tu le fais exprès, ou quoi ? s'énerva-t-elle en relevant vivement le menton. Ce n'est pas d'un taxi que j'ai besoin. Je voudrais que tu m'accompagnes. Qu'on aille là-bas *ensemble*, qu'on reste *ensemble* à la soirée et qu'on rentre *ensemble*. C'est plus clair maintenant ?

Je cillai, pas encore tout à fait certain de voir où elle voulait en venir.

Puis je tendis le poignet devant moi et protestai :

— Ce n'est pas parce que tu vas t'absenter ce soir que je vais en profiter pour... pour recommencer.

Je laissai ensuite mollement retomber mon bras le long de mon corps, abasourdi que Violette soit prête à aller jusque-là pour s'assurer que je ne cède pas à certains de mes travers. Abasourdi qu'une personne se fasse autant de souci pour moi...

— Ce n'est pas de cette façon que cela fonctionne, me crus-je obligé de préciser. Je ne prémédite jamais rien.

Son regard se fit plus intense, beaucoup plus troublant, et j'eus toutes les peines du monde à le soutenir.

— D'accord. Mais ce n'est pas uniquement pour cette raison que je te demande ça. J'aimerais juste que tu viennes avec moi. S'il te plaît, Adam. Je voudrais passer cette soirée avec un ami, un vrai. Pas un pote avec qui déconner mais quelqu'un en qui je puisse avoir véritablement confiance.

Et j'étais cela, moi ? C'était plutôt difficile à concevoir...

Un voile de tristesse et d'appréhension mêlées vint tout à coup ternir ses prunelles sombres et je sus que je ne pourrais refuser, qu'il était déjà trop tard.

Violette semblait redouter quelque chose. Elle avait besoin de moi, comme j'avais eu besoin d'elle cette nuit-là. Peu importait ce que cela me coûtait, je devais lui rendre la pareille.

— Très bien. Mais je te préviens, au cas où tu ne t'en serais pas un peu doutée, je ne suis pas vraiment quelqu'un qui aime faire la fête et avec qui on peut s'amuser.

Violette me répondit par un éclat de rire, sa mélancolie latente se dissipant d'un coup. Un truc étrange me chatouilla subitement l'estomac…

— Je ne bois pas, continuai-je, espérant finir par la dissuader. Jamais. Pas une goutte. Je ne danse pas non plus. Sous aucun prétexte. Et je n'adresserai pas la parole aux autres. Donc, la probabilité pour que tu passes une soirée des plus abominables en ma compagnie est assez élevée, mais tu ne pourras pas prétendre ne pas avoir été mise en garde.

— On peut dire que tu sais t'y prendre pour vendre du rêve, beau parleur ! plaisanta-t-elle.

Elle pinça les lèvres, comme si elle regrettait la spontanéité de sa repartie.

Ce qui était dommage, parce que j'aimais qu'elle me taquine de cette manière. J'aimais le naturel avec lequel elle s'exprimait et je ne voulais pas la voir adopter un autre comportement avec moi seulement.

— On se retrouve sur le palier vers 22 heures ? s'enquit-elle. Ah, et si tu peux passer une chemise, plutôt que l'un de tes grands pulls habituels, ça t'évitera de crever de chaud une fois là-bas.

Un conseil assez avisé, dans la mesure où je ne pouvais jamais relever les manches de mes vêtements, ni même porter un simple tee-shirt en dehors de ma chambre…

Le dîner fut assez expéditif, nos parents ayant apparemment eux aussi des projets pour ce soir. Je le passai le nez dans mon assiette, à me demander dans quelle galère je m'étais engagé, pourquoi j'avais si facilement cédé alors qu'en vérité j'exécrais ce genre de fêtes et qu'y assister était l'une des dernières choses que je souhaitais…

J'aurais aimé que Violette n'en parle pas, mais sa mère finit par l'interroger – comme chaque fois qu'elle sortait – à propos de la personne qui viendrait la chercher. Puisqu'elle n'avait aucune raison de s'en cacher, Violette expliqua que nous étions convenus de nous rendre ensemble à cette soirée organisée par des élèves de l'école.

Je sentis dès lors le regard acéré de mon père s'abattre sur moi.

Je compris soudain que j'avais commis une erreur…

28

Adam

— Adam, j'ai deux mots à te dire, lança mon père en fin de repas, tandis que je terminais de débarrasser mes couverts.

Violette, déjà dans l'escalier pour se rendre à l'étage, me jeta un coup d'œil intrigué que j'ignorai. Je fis comme si tout était parfaitement normal, comme si j'étais un jeune homme classique disposé à avoir une conversation des plus banales avec son père. Comme si j'avais envie d'écouter quoi que ce soit qui sortirait de sa bouche. Comme si je n'étais pas vide à l'intérieur, froid comme la glace, depuis le moment où j'avais réalisé l'ampleur de mon erreur…

Mon père attendit que Violette soit partie, Catherine encore dans la cuisine, le bruit de la télé du salon en arrière-plan, pour m'ordonner d'un signe de le suivre dans la pénombre, au bout du couloir.

Je le rejoignis machinalement, parce que j'avais appris avec le temps qu'il valait mieux lui obéir. Chercher à lui échapper était vain et se révélait au bout du compte bien pire.

Je m'attendais à ce que cela se passe mal, mais il trouva malgré tout le moyen de me surprendre en m'envoyant directement son poing dans l'estomac, frappant de toutes ses forces, sans préambule. Je me pliai en deux sous la puissance du coup, le souffle bloqué dans ma gorge, et luttai pour ne pas vomir en plein milieu du couloir.

La douleur irradia dans tout mon abdomen, faisant danser de petits éclairs blancs en périphérie de mon champ de vision. Je passai outre et m'obligeai à demeurer immobile, attendant la suite.

Mon père m'empoigna les cheveux et me tira violemment la tête en arrière – un geste devenu habituel depuis que j'avais eu le malheur de les laisser pousser, ce qu'il détestait –, pour ensuite me cogner rageusement au plexus, tirant avantage de ma position.

Je ne cherchai pas à esquiver, ça aussi, j'avais appris à mes dépens que c'était vain... et surtout plus dangereux encore.

Les mouches lumineuses devant mes yeux se multiplièrent et s'agitèrent de plus belle. J'étouffai, la respiration à nouveau bloquée par le choc, mais ne paniquais pas. Cette sensation était beaucoup trop familière pour que je m'en inquiète.

Je fermai les yeux pour mieux ignorer ce phénomène, pour ne plus avoir à soutenir son regard et à affronter l'étincelle de haine et de dégoût qui y brûlait.

C'était désormais certain : mon répit était définitivement terminé. Ni la présence de Catherine ni celle de Violette n'empêcherait mon père de continuer...

— Qu'est-ce que tu essaies de faire, on peut savoir ? murmura-t-il à mon oreille, tout en resserrant sa prise sur les mèches à l'arrière de mon crâne pour y imprimer une brusque secousse. Je t'avais dit que je ne voulais pas de problème, Adam. Et qu'est-ce que j'apprends ? Tu fais un exposé avec la fille de Catherine et maintenant tu l'emmènes en soirée ? Je t'avais dit de garder tes distances, putain ! Je te l'ai dit ou non ?!

— Tu l'as dit, marmonnai-je, bataillant pour reprendre haleine sans laisser s'échapper de mes lèvres un quelconque son me compromettant.

Sans gémir. Sans soupirer. Sans faire de bruit. Pas le moindre.

Non seulement parce qu'il en aurait été beaucoup trop satisfait, mais aussi parce que, cette fois, nous n'étions pas seuls dans la maison...

Là-dessus, il m'envoya un coup au flanc, juste au bas des côtes.

Mon père détestait quand je lui répondais, il m'avait toujours ordonné de la boucler.

Toujours. En toutes circonstances.

J'encaissais sans broncher. Sans réagir.

Il ne fallait pas réagir.

Jamais...

Ce n'était pas si difficile, il suffisait de serrer fort les dents et de laisser les griffes du froid se refermer sur moi pour m'engloutir, me maintenant dans cet état quasi léthargique où toute sensibilité m'abandonnait et où les mots comme les coups me devenaient indifférents.

J'avais anticipé en contractant mes muscles, mais ce n'était guère suffisant pour parer à la brûlure qui éclata dans mes reins.

Néanmoins, je tins bon. Je ne cillai pas.

Pas de réaction. Pas de bruit.

À l'exception des quelques fois où il perdait totalement le contrôle, mon père évitait systématiquement le visage et, quelque part, je lui en étais reconnaissant...

— Qu'est-ce que tu imagines ? reprit-il. Une fille comme elle ne voudra jamais d'une pauvre lopette dans ton genre ! Tout ce qu'elle va faire, c'est se plaindre de toi auprès de sa mère et que va-t-il se passer, Adam, hein ? Je te le donne en mille ! Tu tiens vraiment à ce que je me dispute avec Catherine à cause de tes conneries ?

Non, je n'y tenais pas.

Outre le chantage aux études, si je n'avais pas quitté cette maison après l'obtention de mon Bac, c'était précisément parce qu'il avait entre-temps décidé de se marier et que j'avais trop peur qu'il finisse par s'en prendre à sa femme plutôt qu'à moi – même si je me doutais que, dans son métier de policier, il ne devait pas vraiment se priver pour avoir la main leste dès que l'occasion se présentait.

Il me relâcha subitement et je parvins tant bien que mal à garder l'équilibre. Je le vis serrer les poings, se retenant à grand-peine de m'envoyer valser contre le mur – ce qui aurait à coup sûr alerté ma belle-mère.

— Il faut toujours que tu me pourrisses la vie, sale petite merde ! conclut-il dans un souffle hargneux, pointant un index menaçant dans ma direction.

Sur ces mots, il remonta le couloir et retourna à la cuisine.

Alors seulement, j'appuyai une main au mur, m'y cramponnant pour essayer de me redresser. Me tenant le ventre de l'autre bras, je tâchai d'avaler une bouffée d'oxygène tout en demeurant discret. Je devais attendre de pouvoir me tenir droit, attendre quelques secondes que les tremblements qui secouaient mon corps s'estompent, avant de passer devant la cuisine et risquer de croiser quelqu'un.

Il n'avait pourtant pas bu ce soir…

Pas une once d'alcool n'avait émané de son haleine. Juste sa rage et sa terrible aversion pour moi, qu'il ne pouvait plus contenir.

J'avançai de quelques pas, puis m'arrêtai, encore trop étourdi pour me déplacer normalement.

— J'ai mis les choses au clair avec Adam, entendis-je mon père annoncer à Catherine, à travers le bruissement de l'eau qui s'écoulait dans l'évier. Tu n'as pas à t'inquiéter pour ce soir, tout se passera bien.

— Ce n'était pas utile, Lou, lui répondit-elle. Ce n'est pas comme si ton fils était du genre à faire les quatre cents coups. Au contraire, je trouve ça plutôt bien que lui et Violette aillent ensemble à cette fête. Adam saura peut-être tempérer un peu ma fille, tu sais, faire en sorte qu'elle ne boive pas trop. Je suis sûre qu'ils auront une influence positive l'un sur l'autre.

— Oui, si tu le dis, conclut mon père d'un ton un peu sec.

Je laissai passer encore un instant, pour être certain que cette discussion entre eux ne virerait pas à la discorde. Puis, comme le silence retombait, je me dirigeai vers l'escalier.

Je gravis lentement les marches, le haut du corps complètement endolori, et me réfugiai dans ma chambre, m'allongeant sur mon lit pour tenter de récupérer.

Gisant amorphe en travers de mon matelas, je contemplai le plafond, tâchant de détendre les muscles de mon abdomen encore douloureusement contractés, et transformai les larmes que je sentais affluer dans ma gorge en air, en soupirs légers et silencieux.

Parce que c'était là la seule bataille que je pouvais remporter. Parce que ne pas lui faire le plaisir de pleurer comme la dernière des mauviettes était mon unique victoire sur lui.

Je ne pleurais plus depuis l'âge de huit ans, depuis que j'avais compris que c'était précisément ce qu'il attendait.

Pas un sanglot. Pas une larme. Rien, durant toutes ces années.

J'aurais aimé croire que, quelque part, cela m'avait endurci. Mais la vérité c'est que j'étais chaque fois un peu plus vide à l'intérieur, chaque fois un peu plus fissuré, détruit...

Éteint.

Et si près de basculer. De m'effondrer, définitivement.

D'aussi loin que remontaient mes souvenirs, mon père m'avait frappé. Je ne me rappelais même plus comment cela avait commencé. Tout ce que je savais, c'était que, petit, plus je parlais, plus je bégayais tel un demeuré, incapable de m'exprimer correctement comme n'importe quel autre enfant, plus les coups pleuvaient.

Il prétendait qu'à force de ce traitement, cela finirait par faire passer ce qu'il considérait comme une répugnante et odieuse tare.

Un changement d'orthophoniste en arrivant au lycée et des méthodes nouvelles – après des années de thérapies totalement inutiles – et le problème s'était bel et bien finalement estompé. Pas la colère de mon père ni sa haine envers moi cependant...

Avant le décès de ma mère, avant mes huit ans, cela se manifestait surtout sous forme de gifles et de bousculades. Mais ensuite, cela s'était intensifié. Au fur et à mesure que je grandissais et que sa déception enflait, le peu de pitié qui le retenait d'user de toute sa force l'avait abandonné.

Ce n'était qu'une fois adolescent que j'avais compris que c'était anormal. Mais il était déjà trop tard. Je n'avais pas d'autre proche, pas la moindre personne à qui parler, j'étais isolé partout où j'allais et...

Et de toute façon, j'étais devenu son complice.

Parce que, après tout, je le laissais faire.

L'espace d'une seconde, j'hésitai à dire à Violette que j'avais changé d'avis au sujet de cette stupide soirée. La simple perspective de me relever et de demeurer debout plusieurs heures, alors que je me sentais tellement lessivé, me paraissait presque insurmontable.

Mais je m'étais engagé envers elle et cela n'aurait pas été correct, aussi y renonçai-je aussitôt.

Mon père avait tort de croire que j'espérais tirer profit de la situation. Je ne me faisais absolument aucune illusion concernant Violette. Comment aurais-je pu ?

Elle était tout et je n'étais rien, cela n'avait pas changé...

En outre, c'était à peine si nous arrivions à communiquer tous les deux – et j'étais parfaitement conscient que le souci ne venait pas d'elle.

Pourtant, aussi étrange et insignifiant puisse-t-il être, je tenais à ce lien entre nous. Mon père pouvait me cogner et me menacer autant qu'il le souhaitait, me répéter encore et encore combien j'étais minable et pathétique, je ne m'éloignerais pas d'elle. Je ne renoncerais pour rien au monde au fragile petit fil qui avait commencé à se tisser entre elle et moi.

29
Violette

Assise dans la voiture au côté d'Adam, je me demandai si je devais continuer à garder le silence comme j'avais pris l'habitude de le faire avec lui depuis quelque temps. Je craignais toujours d'avoir un mot malheureux, de poser une question inappropriée et de le mettre mal à l'aise ou de l'importuner, alors j'essayais de m'adapter. Ce garçon était si étrange, si différent de moi… Parler n'était pas son truc, je l'avais bien compris.

Il avait toutefois accepté de m'accompagner à la soirée d'intégration et c'était un énorme pas en avant. Je n'aurais pas cru cela possible et pourtant, avec une poignée d'arguments plus ou moins improvisés, j'étais parvenue à le convaincre. Cela devait forcément signifier quelque chose. Peut-être, après tout, que lui et moi étions réellement en train de devenir amis.

De vrais amis. Le genre sur lequel on peut compter. Le genre, en réalité, que je n'avais jamais eu.

En tout cas, je me plaisais à le penser…

Puis il y avait sans doute un compromis, un terrain d'entente à trouver, entre son mutisme habituel et ma tendance au verbiage intempestif.

— Je suppose que ton père voulait te parler de la soirée, non ? hasardai-je subitement.

Je me mordis la lèvre, me rappelant soudain que son père était justement l'un des sujets les plus sensibles qui soient. En même temps, leur relation était tellement bizarre ! Pourquoi Ludwig avait-il paru si fâché à l'idée qu'Adam et moi nous rendions ensemble à cette fête ?

Un petit muscle roula sous la peau de la joue d'Adam et un pli creusa son front, comme il demeurait concentré sur la route.

— Je veux dire, j'espère qu'il ne t'a pas trop soûlé, tentai-je maladroitement pour me rattraper. Il a l'air si sévère avec toi...

— Il l'est, oui, finit-il par admettre, la mine sombre. Mais cela n'a pas d'importance. Je ne l'écoute plus depuis longtemps.

Je cillai, un peu déstabilisée. Adam m'avait répondu, avait même lâché une petite information au sujet de son paternel, ce qui était assez exceptionnel. Il n'empêche qu'il semblait plus absent que d'ordinaire. Ses traits étaient tirés et il paraissait à la fois tendu et épuisé.

— Tu es sûr que ça va ? l'interrogeai-je. On peut faire demi-tour et rentrer si tu veux. Je ne t'en voudrais pas, tu sais.

Il se tourna vers moi, le regard encore troublé par les obscures réflexions qui saturaient manifestement son esprit.

— Non. Je vais très bien, je t'assure.

Il mentait, c'était évident.

Comme nous arrivions sur place – une maison gigantesque, de style ferme ancienne, perdue au milieu des champs et louée par les organisateurs –, je n'insistai pas.

J'attendis qu'Adam soit en train de garer la voiture pour lui demander :

— Au fait, je voulais savoir : tu es déjà allé à ce genre de fête, n'est-ce pas ?

Il avisa avec circonspection les baies vitrées, d'où l'on apercevait nos camarades entassés les uns sur les autres sur la piste de danse, remuant au son d'un des hits du moment, leurs corps baignés par une flopée de rayons lumineux multicolores.

Adam pinça les lèvres, puis avoua :

— Jamais.

— OK. Il est donc temps de faire un vœu !

Je sortis du véhicule avec entrain, espérant qu'il n'allait pas me fausser compagnie.

Mais non. Adam descendit à son tour et me rejoignit sur la terrasse.

Il m'étudia avec prudence, aussi méfiant que dubitatif, et je lui adressai un petit sourire, même si je savais d'avance qu'il ne me le rendrait pas – jamais, depuis que je le connaissais, je n'avais vu Adam sourire.

Il avait suivi mes conseils et portait une chemise à manches longues – noire, bien sûr –, à la coupe sobre mais classe. Elle accentuait le modelé étonnamment ciselé des muscles de ses bras et de ses pectoraux et mettait en valeur ses épaules, rendant leur largeur plus impressionnante encore, contrastant d'autant plus avec l'étroitesse de ses hanches. Ses cheveux bruns très légèrement ondulés retombaient sur son col et frôlaient à peine le haut de ses clavicules, une mèche plus épaisse masquant l'une de ses tempes pour mieux révéler l'autre, encadrant son visage dans un mouvement naturel.

Hannah avait raison, Adam était terriblement sexy.

En fait, il était plus que ça. Les traits un peu âpres et anguleux de son visage m'étaient devenus familiers et, à présent que j'en discernais toute la subtilité, je le trouvais beau, tout simplement. Il émanait de lui une aura particulière et sombre, pourtant magnétique, qui me fascinait de plus en plus. Son charme était singulier, mais il m'apparaissait désormais tellement évident…

J'ignorais pourquoi il semblait toujours si triste, seul, préoccupé et mal dans sa peau, pour quelle raison il souffrait au point d'éprouver le besoin de se causer de nouvelles douleurs afin d'oublier les anciennes. Or j'avais envie que cela cesse.

Qu'Adam assiste à cette soirée, au même titre que tous les autres membres de notre école. De passer ce moment avec lui, sans trop savoir pourquoi.

Ce soir, je me sentais enfin le cœur plus léger, enfin libre d'être moi-même, d'agir comme je l'entendais, sans craindre un quelconque retour de bâton.

Plusieurs personnes, qui fumaient et discutaient dehors, aux abords de la maison, nous saluèrent. Je fus la seule de nous deux à leur répondre. Je me faufilai ensuite à travers la foule, me retournant tous les deux pas pour vérifier qu'Adam me suivait. Et remarquai peu à peu que plus nous nous enfoncions dans le bâtiment, plus il devenait livide.

— On est vraiment nombreux dans cette école, c'est dingue ! lui criai-je, espérant que ma voix lui parvienne malgré la musique beaucoup trop forte.

Il se pencha vers moi, puis opina vaguement.

Adam était-il agoraphobe ? En tout cas, il en avait l'air.

À quelques mètres de là, une assemblée encore plus compacte se massait autour du bar.

Je changeai de plan et décidai de bifurquer vers une des terrasses moins encombrée que l'intérieur. Là, je tombai sur Hannah – magnifique dans sa nouvelle robe –, Peter, Roch, Charlotte et Cynthia, tous déjà un gobelet à la main.

— Tu es venu, finalement ? lança Hannah à Adam, la mine réjouie.

— J'ai dû m'y résoudre, précisa ce dernier, rompant sa promesse de n'adresser la parole à personne. Je me suis retrouvé comme qui dirait enrôlé de force.

J'aimais bien l'humour d'Adam. Il était spécial, extrêmement rare – plus encore que ses paroles, c'était dire –, si sarcastique et pince-sans-rire qu'il était toujours très difficile de savoir s'il était sérieux ou non. Je commençais cependant à comprendre comment il fonctionnait.

Je pouffai de rire, levai les yeux au ciel et me défendis :

— N'importe quoi ! Tu sais que, compte tenu de nos gabarits respectifs, ça n'a rien de plausible ?

Il haussa les épaules, l'air frais l'aidant apparemment à retrouver des couleurs.

— Pour la Croûte d'Or, il faut déposer ton œuvre au bureau des inscriptions, là où il y a l'expo, au fond à droite, m'indiqua Peter.

— Merci, mais je renonce finalement à concourir, répondis-je, avant de pivoter vers Adam. Je n'ai pas pu effacer tes corrections.

Il fronça les sourcils, puis s'inclina dans ma direction pour ne s'adresser qu'à moi seule :

— Ce n'était que du crayon de papier. J'aurais tout gommé si tu me l'avais demandé.

— Non. Ça a beau n'être qu'une saleté de caillou, le dessin est maintenant trop chouette pour que j'y touche. Tant pis pour le concours.

— Tu n'aurais pas gagné, de toute façon, trancha-t-il. Tu n'avais pas la moindre chance.

Curieusement, c'était l'un des trucs les plus gentils qu'Adam m'ait dits jusque-là.

— Attendez, ça ne va pas du tout, vous n'avez rien à boire ! s'exclama Cynthia.

— C'est vrai, ça, renchérit Peter. Je vais te chercher quelque chose, ma belle. Tu m'accompagnes, Adam ?

— Non ! protestai-je aussitôt. On vient juste d'arriver. Et je ne suis pas une demoiselle en détresse, mon vieux. Si j'ai soif, j'irai me prendre une boisson au bar comme une grande.

Peter cligna les yeux, un peu surpris, puis ricana.

Je ne voulais plus que les autres nous imaginent en couple, c'était terminé. Ce petit jeu m'agaçait et la façon dont Peter s'était récemment adressé à Adam en classe m'avait fait réaliser que je n'avais absolument aucune envie qu'il y ait quoi que ce soit entre ce type et moi.

— Est-ce que vous êtes allés jeter un œil aux dessins des concurrents, au moins ? demanda Charlotte. Parmi les deuxième année, il y a un autoportrait qui ressemble à un des frères Bogdanov, et personne ne sait qui l'a peint ! L'auteur ne se dévoilera probablement qu'au moment de la remise de prix.

— Il faut absolument qu'on voie ça ! assurai-je à Adam.

— Sûrement, convint-il, l'air moyennement convaincu.

Il m'emboîta néanmoins le pas et me suivit à travers les couloirs saturés de monde. Une fois dans la salle du fond, où l'atmosphère était légèrement plus respirable, nous pûmes admirer les pires productions des élèves de notre école.

30

Violette

J'éclatai de rire devant le mouvement de recul d'Adam lorsqu'il s'aperçut que la toile sous ses yeux – une espèce d'amas de chair très insolite de prime abord – était en fait un cadrage des plus particuliers sur un nu. Je vis alors le coin de ses lèvres frémir en réponse à mon hilarité, comme s'il se retenait de sourire.

— Intéressant, observa-t-il en arquant un sourcil, les mains enfoncées dans les poches de son jean.

— Tu as raison, je vais voter pour celui-ci.

— Pitié, tu ne peux raisonnablement pas encourager ça, feignit-il de s'indigner. Puis ce n'est pas si raté que cela, si tu regardes bien. La technique reste acceptable et les détails sont, disons... relativement réalistes.

— Ne m'oblige pas à mater ce truc de plus près, Adam. Et ma décision est prise. En ce qui me concerne, c'est incontestablement le vainqueur de l'expo.

— Oui, mais dans ce cas, que fais-tu du sosie d'Igor Bogdanov ? Il n'y a rien qui va dans les proportions de ce visage. Ça, c'est un naufrage en règle, si tu veux mon opinion.

— J'opte quand même pour le dessin le plus laid et c'est celui-ci, tu ne me feras pas changer d'avis.

— Il ne me viendrait pas à l'idée d'essayer.

Là-dessus, j'allai au bureau pour faire enregistrer mon vote. Adam, lui, préféra s'abstenir.

— Bon, et maintenant, tu as peut-être soif, non ? me demanda-t-il en quittant la salle.

J'acquiesçai, un peu étonnée qu'il suggère de lui-même de nous rendre au bar, où la densité de la foule était la plus importante.

Je me retrouvai finalement à le suivre pour pouvoir approcher de l'endroit où l'on récupérait les boissons. Adam ne semblait pas particulièrement apprécier de frôler d'aussi près autant de personnes. Je le vis se raidir à plusieurs reprises chaque fois qu'un bras ou une épaule entrait en contact avec sa chemise, mais il s'efforçait de donner le change. Il était évident que les gens s'écartaient bien plus facilement devant lui que devant moi, aussi eut-il l'amabilité de prendre les choses en main sans que j'aie à le lui réclamer.

Lorsque nous fûmes devant le bar, Adam se posta carrément derrière moi pour faire barrage de son corps et planta les bras de part et d'autre du comptoir, m'encadrant de ses grandes mains, pour empêcher les gens de me bousculer.

Ce qui était aussi curieux que gentil. Attentionné et…

Touchant, en fait.

J'échangeai un de mes tickets achetés au préalable en cours contre une bière, mais le serveur tenta de m'en refiler une déjà décapsulée.

— Non, non, je veux la bouteille fermée et le décapsuleur avec ! m'égosillai-je pour me faire entendre.

— Eh, tu es la petite Violette, non ? plaisanta le jeune homme chargé du service. Tu sais que certains mecs de ma promo m'ont parlé de toi ? Julien te cherche, d'ailleurs. Ah, et moi, c'est Marc, quatrième année. Enchanté.

— De même. Je peux avoir ma bière, du coup ?

— Donc, tu es une maniaque de l'hygiène, c'est ça ? plaisanta-t-il.

— Ouais, c'est ça.

Si le type me ramena finalement ce que j'avais demandé, je sentis Adam me regarder bizarrement.

— Tu veux quelque chose ? lui proposai-je, l'obligeant une nouvelle fois à se baisser vers moi.

J'ignorais quelle en était la raison, mais j'adorais qu'il se tienne ainsi, penché sur moi, le visage tout près du mien.

Il refusa malgré mon insistance, puis nous rejoignîmes notre petit groupe resté sur la terrasse. Une banquette et des chaises longues s'étaient libérées et nous en profitâmes pour nous y installer.

Les discussions s'enchaînèrent à bâtons rompus, les rires aussi, mais Adam redevint quant à lui silencieux.

— Oh, Violette ! s'écria Charlotte en pointant le doigt en l'air lorsqu'un de nos titres favoris retentit dans les baffles. On ne peut pas ne pas aller danser !

Cynthia, qui avait largement eu le temps d'abuser des cocktails, bondit de son fauteuil et leva les bras au-dessus de sa tête.

— En piste, les grognasses ! Il est temps qu'on remue nos petits culs avant qu'ils deviennent flasques !

J'allais refuser, j'avais promis de passer tout mon temps avec Adam. Or il se leva du sofa au même instant qu'Hannah et fit mine de s'étonner :

— Eh bien, qu'est-ce que tu attends ?

— Tu viens aussi, le grand ténébreux ? s'enquit Cynthia en commençant à balancer les hanches.

Adam plissa les yeux et secoua la tête, comme si celle-ci venait d'émettre la théorie la plus farfelue de toute l'histoire des théories farfelues.

— Moi non plus, je n'aime pas trop danser, déclara Hannah. On n'aura qu'à rester tous les deux au bord de la piste pour vous regarder.

Avant que j'aie pu y réfléchir, Charlotte et Cynthia me tiraient par les bras, m'entraînant parmi la foule agitée.

Nous nous déchaînâmes un bon moment, les filles étant infatigables. Plusieurs mecs se collèrent à nous, ce qui ne parut gêner ni Cynthia ni Charlotte, lesquelles semblaient apprécier leurs partenaires – quand bien même s'étaient-ils lourdement imposés. Je ne voulais pas casser l'ambiance, elles avaient l'air de beaucoup s'amuser mais, pour ma part, cela commençait sérieusement à m'agacer.

Après plusieurs titres à essayer de repousser plus ou moins subtilement Roch, devenu soudain très pénible, et un autre élève de notre classe dont je ne me rappelais plus le prénom, je décidai de les laisser en plan pour aller retrouver Adam. Mais la terrasse où nous étions un peu plus tôt était squattée par d'autres personnes.

Un peu désemparée, je demandai à une fille aux cheveux roses où étaient les toilettes.

— Il faut que tu montes à l'étage, celles du rez-de-chaussée sont inutilisables, m'apprit-elle avec un rictus dégoûté des plus évocateurs.

J'écoutai sa recommandation et gravis les marches… pour atterrir dans un endroit totalement différent.

La musique était assourdie et seule la lumière provenant de l'ampoule nue de l'escalier éclairait un vaste couloir où deux couples se pelotaient à seulement quelques mètres d'intervalle. Des éclats de rires éméchés me parvinrent de derrière une porte close, et un type dormait par terre, manifestement ivre, la joue collée au linoléum.

Tout au bout du corridor, une fille sortit de la salle de bains et je m'empressai de prendre sa place. Quand je revins sur le palier, le gars qui avait tenté de m'aborder sur la piste de danse – Baptiste, finis-je par me souvenir – m'attendait.

— Les rencontres à la sortie des chiottes, mes préférées, ironisai-je, en espérant qu'il finirait par comprendre.

— Comme moi, Blondie, articula-t-il d'une voix pâteuse. Exactement comme moi.

OK, soit ce gars était trop bourré pour saisir un sarcasme, soit il était franchement débile.

Il prit une gorgée à son gobelet, puis le jeta par terre, achevant de confirmer ma première théorie. Je me hâtai de le dépasser mais il me saisit par le bras.

— Tu es trop jolie pour ne pas avoir le sourire, tu le sais, ça ? Fais-moi juste un petit bisou et je te laisse passer.

— Sérieux, c'est ta grand-mère qui t'a appris à draguer, ou quoi ?

— Allez, j'ai entendu dire que tu es une vraie chaudasse, me susurra-t-il à l'oreille. Ça te dirait qu'on se trouve un coin tranquille, tous les deux ? J'ai plein de trucs fun en tête.

— Carrément ! J'attendais que ça en fait, connard !

Je lui envoyai ma main en pleine figure, le giflant aussi violemment que possible. Je profitai de sa stupéfaction hagarde pour libérer mon poignet et filai vers l'escalier. Autour de nous, personne n'avait réagi, tous étant trop occupés à se rouler des pelles de malade pour relever la tête.

À peine avais-je descendu une volée de marches que je perçus le bruit des pas de Baptiste derrière moi, pas prêt à laisser tomber si facilement. Je fis l'erreur de me retourner et le trouvai tout près.

— Salope ! s'écria-t-il en saisissant au niveau de mes reins un pan de ma robe. Tout le monde est au courant que t'écartes les cuisses sur commande et que Peter et Roch te baisent à tour de rôle ! Retourne les sucer, sale pute !

Je me figeai comme un vacarme assourdissant, qui n'avait rien à voir avec la musique, éclatait sous mon crâne.

C'était exactement ce style de saloperies qui s'amoncelaient sans fin sur mon mur Facebook depuis quelque temps.

Exactement le style de saloperies que j'entendais sans cesse chuchoter dans mon dos durant ma dernière année de lycée à Avignon.

Exactement ce que je ne parvenais plus à endurer.

Et ça recommençait ici ?

Je n'en pouvais plus...

Je n'en pouvais juste plus.

31

Violette

Me défendre devint tout à coup impossible. Je n'arrivais plus à sortir de cette horrible torpeur qui m'engourdissait pour repousser cet abruti comme il se devait et lui renvoyer ses insultes à la tronche – ce n'était pas faute de matière, pourtant. Mon champ de vision se brouilla soudain et de terribles larmes s'écoulèrent le long de mes joues pour rouler jusqu'à mon menton, sans que j'aie pu faire quoi que ce soit pour les retenir.

Entre-temps, l'un des couples du couloir s'était interrompu pour se pencher à la rambarde et admirer la scène, d'autres personnes, sans doute provenant des chambres, s'attroupant peu à peu autour d'eux.

Ils avaient tout écouté, c'était certain…

L'horreur.

L'horreur totale.

— Tu fais moins la maligne maintenant, dis donc, railla Baptiste, me voir craquer si lamentablement le réjouissant. Tu ne voulais pas que tes petits secrets s'ébruitent, dommage.

— Lâche-la tout de suite ! aboya quelqu'un dans mon dos.

Une voix grave que je reconnus d'emblée, même si je ne l'avais encore jamais entendue atteindre un tel volume.

Adam n'attendit pas de savoir si Baptiste obéirait ou non à sa sommation. Il le repoussa en arrière avec une brusquerie inattendue, d'un geste d'une force si impressionnante que Baptiste en perdit l'équilibre. Il parut presque décoller du sol et retomba lourdement sur les fesses, contraint de se retenir maladroitement au bord d'une marche pour ne pas s'étaler de tout son long.

J'aurais souhaité disparaître sur-le-champ, accablée par la scène se déroulant devant moi et les regards, toujours plus nombreux centrés sur nous.

Je n'avais pas besoin qu'un homme vole à mon secours. Ni qu'on joue les chevaliers servants avec moi et qu'on lave mon prétendu honneur de femme bafouée. Je n'étais pas ce genre de filles, je n'étais pas de celles qui aiment qu'on se batte pour elles. J'étais plutôt leur opposé...

N'empêche que j'avais présentement bel et bien besoin qu'un ami prenne ma défense et m'aide à sortir de ce trou noir dans lequel j'avais été malencontreusement aspirée.

Et Adam était là.

Il avait répondu présent, en dépit des efforts terribles que cela devait sans aucun doute lui coûter, obligé de se faire ainsi remarquer, lui d'ordinaire si calme et effacé...

— J'espère que tu déconnes, Nielsen ! cracha Baptiste en se remettant péniblement debout.

Effrayée, je me plaquai par réflexe dos au mur.

Adam gravit en un éclair les degrés qui le séparaient de Baptiste pour le toiser, l'écraser de toute sa hauteur, la tête baissée vers lui, plus menaçant et dangereux que jamais. Baptiste, trop ivre probablement pour avoir conscience de sa bêtise, ne se laissa pas démonter et tenta de pousser Adam à son tour d'une main sur le torse.

Adam ne bougea pas d'un millimètre mais je le vis se raidir de tout son corps.

Puis les choses s'emballèrent...

La rage envahit brusquement les traits d'Adam, le transformant. Il se rua sur Baptiste et lui jeta son poing en pleine figure, dans un coup d'une violence époustouflante. À nouveau projeté en arrière, l'autre se rattrapa à une marche, puis y prit appui afin de s'élancer de toutes ses forces vers son adversaire et répliquer. Mais Adam l'évita avec adresse et en profita pour le frapper à l'estomac. Baptiste se courba en deux et cria de douleur, les mains plaquées sur son abdomen, pris d'une déchirante quinte de toux. Adam n'eut toutefois aucune pitié et l'empoigna par le col pour le balancer contre le mur, lui cognant sourdement l'arrière du crâne au passage.

— Oh, putain ! s'exclama quelqu'un à côté de moi, tandis qu'Adam continuait de tabasser Baptiste, désormais en pleurs et incapable de se défendre.

— Une baston ! claironna joyeusement un autre type. Venez tous, vite !

— Mais il est complètement malade, ce mec ! s'affola une fille. Il va le massacrer !

Soudain, à cet instant précis, je parvins à me ressaisir. Tout le monde semblait médusé par la hargne avec laquelle Adam se déchaînait contre Baptiste, or personne ne faisait mine d'intervenir.

— Adam ! hurlai-je en gravissant quelques marches afin de me rapprocher. Adam, stop !

Je le saisis par la taille et m'efforçai de l'attirer en arrière, me pressant contre son dos si large.

Sous mes mains, je sentis son ventre se contracter durement, douloureusement, protestant vivement. J'étais terrifiée à l'idée qu'il se retourne contre moi et me brutalise aussi, vu l'état de rage aveugle dans lequel il se trouvait.

Il s'immobilisa aussitôt, les muscles tendus à l'extrême, le poing encore en l'air.

— Adam, s'il te plaît, lui murmurai-je. S'il te plaît…

Il abandonna lentement sa prise sur le col de Baptiste et se redressa, prenant une longue inspiration tremblante, comme s'il venait juste de revenir à lui.

Baptiste glissa au sol en sanglotant et geignant, dérapant gauchement sur les marches, la lèvre éclatée et du sang s'écoulant de son nez. Personne ne vint l'aider à se relever. Toute l'assemblée paraissait encore trop effarée, craignant probablement qu'Adam ne s'en prenne à quelqu'un d'autre.

— Merde, souffla-t-il faiblement, comme encore sous le choc, lui aussi.

— Viens, on rentre, lui intimai-je en le prenant par la main.

Il poussa un nouveau soupir abasourdi et obtempéra sans opposer la moindre résistance. Puis il me suivit docilement tandis que je le tirais par le bras pour fendre la foule, laquelle s'écartait comme la mer Rouge sur notre passage.

Je le libérai dès que j'aperçus Hannah. Elle se précipita vers nous, Peter sur les talons, tous deux affichant le même air ahuri.

— Qu'est-ce qui s'est passé ? me demanda celui-ci. Il paraît qu'il y a eu une bagarre. Vous avez vu quelque chose ?

Adam ne portait aucun stigmate de son affrontement avec Baptiste. Après tout, c'était logique, il avait été le seul à donner des coups…

Je décidai que ce n'était pas à moi d'expliquer quoi que ce soit. Je mentis, pertinemment consciente qu'Adam était encore moins en état de s'exprimer que d'habitude :

— Je ne me sens pas bien, je dois partir tout de suite. Adam va me raccompagner. On se voit lundi, OK ?

Le volume de la musique semblait avoir curieusement diminué et j'avais l'impression que toute l'attention était braquée sur nous. En temps normal, cela m'aurait été égal, mais après les ignominies que je venais d'essuyer, je me surpris à y être nettement plus sensible. Puis je savais qu'Adam avait horreur de ça. Un tel moment devait être vraiment atroce pour lui...

Nous reprîmes la voiture sans un mot et il se focalisa sur la route, sans desserrer les mâchoires.

Ce n'est qu'une fois qu'il eut coupé le moteur, la voiture à l'intérieur du garage, qu'il lâcha d'une voix sans timbre, aux accents exténués, les yeux rivés sur un point dans le vague :

— Je te demande pardon.

— Non. Tu n'as pas à le faire. Ce type t'a provoqué et cherché la merde. Ça lui apprendra à vivre. Clairement, il méritait que quelqu'un lui casse la gueule. J'aurais bien aimé m'en charger moi-même, mais bon...

Adam me jeta un bref coup d'œil en biais, le premier depuis l'incident.

— Maintenant, tu as d'excellentes raisons d'avoir peur de moi, affirma-t-il, une moue écœurée tordant ses lèvres.

— Je n'ai pas peur de toi.

Il secoua la tête comme pour nier mes protestations et passa les doigts dans ses cheveux. Je me rendis alors compte que sa main tremblait encore un peu et que les ombres orageuses dans son regard étaient revenues, nettement plus tangibles qu'avant la soirée.

Il s'apprêtait à me dire autre chose, mais finalement s'abstint, referma la bouche et renifla à la place. Puis il sortit du véhicule.

Sur le palier, chacun devant la porte de nos chambres, j'attendis qu'il ait la main sur la poignée, me tournant le dos, pour lui avouer :

— Adam, avant que ce gars vienne me prendre la tête, je passais une très bonne soirée. C'était bien... que tu sois là.

Il ne pivota pas complètement, m'offrant son profil, et fit jouer sa mâchoire, une expression plus que sceptique peignant ses traits.

— Et ce que Baptiste a dit, c'était... c'était des conneries, balbutiai-je, ignorant pourquoi j'éprouvais le besoin de m'en défendre.

Cette fois, Adam me fit face et plongea les yeux dans les miens, les sourcils froncés.

— Je sais.

— Je n'ai jamais couché avec Roch, ni même avec Peter, poursuivis-je, incapable de m'arrêter. Lui et moi, on ne s'est même pas embrassés... Il a bien essayé, plusieurs fois, mais je... Il n'y a rien eu entre nous. Rien du tout, je t'assure. Je voudrais juste que tu me croies.

Je haussai les épaules, mortifiée par ce que je venais d'admettre.

Je devais être si pathétique à vouloir absolument qu'une personne au monde, au moins une, accepte de ne pas me cataloguer dans la catégorie « traînée de service ».

— Bien sûr que je te crois. Violette, enfin...

— Tant mieux, le coupai-je, craignant que de nouvelles larmes viennent trahir ma détresse.

J'ouvris ma porte, entrai dans ma chambre, et Adam fit de même. Mais juste avant de nous séparer complètement, j'ajoutai à travers l'embrasure :

— Si jamais ça se reproduit, si jamais tu ressens encore le besoin de te faire du mal, je veux que tu viennes me voir avant, peu importe l'heure.

Ses yeux me fuirent aussitôt et il se racla la gorge.

— Fais-le, Adam, persistai-je, éprouvant un mauvais pressentiment après les événements de la soirée. Je serai là, je te le promets.

Il opina pensivement, avec moins de conviction que je ne l'aurais souhaité, puis referma le battant.

32

Violette

J'avais la sensation de n'être endormie que depuis quelques minutes quand je sursautai dans mon lit, des bruits de pas me tirant brusquement du sommeil. Je jetai un coup d'œil à mon téléphone, me demandant s'il y avait une chance pour qu'il s'agisse de ma mère et de Ludwig, qui seraient tombés du lit en ce dimanche matin. Mais il n'était que 5 h 12.

Adam était debout…

Adam était anormalement agité, ce qui n'était pas bon signe.

Je savais que cette nuit cela le reprendrait. Je savais qu'il n'allait pas bien, que ses tourments – quels qu'ils puissent être – étaient trop affleurants pour le laisser en paix. Aussi me levai-je en hâte et me précipitai-je vers le palier. J'eus un petit hoquet de surprise en le trouvant sur le seuil, les mains appuyées aux montants de ma porte et le visage tourné vers le sol.

Il n'avait pas frappé. Mais peut-être n'en avait-il pas eu le temps. Ou bien n'avait-il pas encore osé, tout simplement ?

Il était cependant venu, comme je le lui avais demandé. Il ne portait cette fois qu'un caleçon et un tee-shirt noir à manches courtes, ayant probablement jugé qu'à présent, il n'était plus nécessaire de cacher ses marques devant moi.

Ses bras étaient d'ailleurs intacts, dépourvus de nouvelles blessures. Seules les zébrures encore légèrement rouges marbraient le gauche et de fines cicatrices blanchâtres le droit.

En revanche, il semblait plongé dans un état second, en pleine attaque de panique. Il s'agrippait au bois de l'encadrement de ma porte comme s'il risquait de s'effondrer d'une seconde à l'autre, ses jointures blanchies à l'extrême par la crispation. Et il était complètement hors d'haleine, son torse se soulevant à un rythme alarmant, tandis qu'il luttait péniblement pour avaler de l'air.

Les muscles de ses bras saillaient déraisonnablement sous sa peau pâle, âprement contractés, à l'instar du reste de son corps. Et il tremblait fiévreusement, vibrant de tous ses membres.

— Adam, chuchotai-je. Que se passe-t-il ?

— Je n'aurais pas dû... haleta-t-il. Dé... désolé... je ne peux pas...

Il se plia soudain en deux et empoigna sa tête des deux mains, refusant de me laisser le voir. Un long grognement de frustration lui échappa, regorgeant d'angoisse et de désespoir, absolument déchirant.

Je ne savais pas ce que je devais dire ou non, comment me comporter. Mais j'étais sûre en revanche que je devais à tout prix le tenir loin de sa salle de bains et des lames de rasoir qui y étaient entreposées.

— Si, tu as bien fait, murmurai-je en posant tout doucement la main sur son épaule. On va trouver une solution ensemble, tu verras.

— Je... je ne peux... pas, siffla-t-il de nouveau entre ses mâchoires serrées.

— Fais-moi confiance, Adam, d'accord ?

Très lentement, je le repoussai vers sa chambre.

La lumière du chevet était restée allumée. Sur son lit, sa couette était complètement ramassée sur le côté et son radio-réveil gisait au sol, comme si Adam les avait tous deux violemment rejetés dans sa crise.

Une fois dans la pièce, je refermai la porte derrière nous. Je n'avais rompu le contact qu'un bref instant, mais Adam s'écarta d'un pas brusque et s'arrêta devant la salle de bains en gémissant, l'air de plus en plus mal.

— Eh, Adam, l'appelai-je alors, hésitant à me placer sur le seuil pour m'interposer. Je t'en prie, pas ça...

Il retomba soudain accroupi, complètement prostré, ses doigts s'enfonçant plus nerveusement dans ses cheveux. Jusqu'à ce que ses ongles se mettent à racler durement la peau de ses phalanges.

Là, je m'agenouillai et saisis ses poignets pour lui faire lâcher prise, mais il s'obstina à résister.

Il me faisait peur. Maintenant, il me faisait vraiment très peur...

— Je t'en supplie, Adam. Reste avec moi.

Une nouvelle plainte rauque s'échappa de ses lèvres, encore plus bouleversante.

J'ignorais quoi faire pour apaiser ses souffrances. C'était tellement horrible de le voir comme ça...

Je passai une main légère dans son dos, caressant ses épaules douloureusement nouées, aux muscles d'une dureté préoccupante, frémissant anormalement sous ma paume, et m'alarmai de trouver le coton de son tee-shirt complètement trempé de sueur.

Alors seulement, Adam consentit à cesser de se griffer les doigts.

— Reste avec moi, répétai-je en tentant de l'inciter à se redresser.

Progressivement, Adam s'exécuta et, pas après pas, tandis qu'il se tenait toujours le visage caché entre ses bras, je parvins à le ramener près du lit.

— On va se reposer un peu, d'accord ? proposai-je en m'asseyant sur le rebord. Tu restes avec moi, surtout.

J'attirai délicatement son coude à moi et il suivit mon impulsion. En quelques mouvements subtils, j'arrivai à le faire s'étendre à mon côté au centre du matelas et nous recouvris de la couette. Adam, recroquevillé face à moi, tremblait toujours et haletait sous l'emprise de ses démons, incapable de revenir tout à fait à lui.

Si son comportement m'avait tout de même effrayée lors de son altercation avec Baptiste – bien que je m'en sois par la suite défendue –, c'était maintenant, en vérité, qu'il me terrifiait le plus. Ses difficultés à recouvrer une respiration normale, la tension épouvantable dans laquelle la panique le plongeait et sa vulnérabilité terriblement inquiétante me retournaient l'estomac.

— Adam, soufflai-je, totalement démunie face à l'ampleur de son malaise. C'est fini...

Je me rapprochai peu à peu de lui, à grand renfort de gestes lents, infimes, parce que je ne voulais pas faire quoi que ce soit qui lui aurait déplu ou qui aurait aggravé la situation. Et je l'enlaçai, m'arrangeant pour caler son visage dans mon cou.

— C'est fini, lui susurrai-je. Tu n'es plus seul. Je suis là.

J'ignorais quel sens revêtait exactement ces mots dans un tel contexte. Pourtant, je les pensais.

Je ne voulais plus qu'Adam soit seul.

Jamais.

Soudain, comme si finalement c'était précisément ce dont il avait besoin, il referma les bras sur moi et cessa de lutter contre le mal qui le rongeait. Le nez plaqué à ma clavicule, il me pressa farouchement contre lui, avec une urgence époustouflante qui me dépassa.

Me heurta.

M'ébranla comme jamais...

C'était une étreinte brutale, frénétique et désespérée. Un peu douloureuse, compte tenu de la force avec laquelle

Adam me retenait contre lui, mais je m'en moquais. Il était en train de revenir à lui et c'était tout ce qui comptait.

Je sentis sous mes paumes ses épaules tressauter et sa respiration se bloqua dans sa poitrine, cessant de réchauffer ma peau.

— Tu n'es plus seul, Adam, lui promis-je encore.

Il souffla puissamment et se laissa enfin aller à pleurer contre moi, dans un silence aussi surprenant qu'assourdissant.

Au bout d'un moment, éperdue, frappée par la puissance de sa détresse, je lui caressai le dos, puis les cheveux. Des sanglots roulèrent alors dans sa gorge, lui échappant malgré lui, et le secouèrent tout entier, jusqu'à ce qu'il ne puisse plus rien contrôler.

Je savais qu'Adam cachait quelque chose d'effroyable, qu'il portait un fardeau que jamais je n'aurais été capable de surmonter. Songer qu'ensuite je devrais me taire, que je n'aurais pas le droit de reparler de cette nuit ou de poser la moindre question à ce sujet était déjà un véritable supplice.

Les larmes d'Adam mouillaient encore ma peau entre mon cou et mon épaule lorsque l'aube se leva, emplissant sa chambre d'une timide lueur grise à travers les persiennes.

J'étais mal, si mal pour lui… et en même temps, j'étais bien.

Là où je devais être.

Entre ses grands bras puissants, lovée tout contre lui.

Plus que tout, je voulais l'aider et il me semblait que j'y étais parvenue, ne serait-ce qu'un tout petit peu. Que lâcher prise et donner libre cours à sa peine, cette douleur inouïe si profondément ancrée en lui, était une sorte de délivrance, un premier pas sur la voie de la cicatrisation, qui lui était absolument nécessaire.

J'étais déjà dans le brouillard quand je perçus le changement subtil dans la régularité de son souffle, prouvant qu'il avait fini par s'endormir. J'étouffais un peu sous le poids de son corps et la chaleur incroyable qu'il dégageait, mais pour rien au monde je n'aurais changé de position.

Adam était serein, enfin apaisé. J'avais réussi à l'aider à canaliser son trouble et à l'empêcher de se faire du mal, alors le monde pouvait bien désormais s'écrouler autour de nous, je m'en moquais…

33

Adam

J'errais dans un monde étrange, où douleur et soulagement ne cessaient de livrer bataille pour savoir qui des deux l'emporterait, où la chaleur était trop intense pour être vraiment supportable, tout en se révélant pourtant absolument nécessaire, salutaire…

Ce fut d'abord l'odeur tiède et vanillée de son cou ainsi que le fin coton de son débardeur sous mes doigts que je perçus, me faisant aussitôt réaliser où et dans quelle position je me tenais, avant même que je n'aie ouvert les yeux.

Chaque réveil avec Violette me plongeait dans une confusion plus profonde. Cependant, il me fallut moins de temps que la dernière fois pour me remémorer de quelle manière elle et moi avions atterri dans mon lit, comment nous en étions venus à nous endormir ainsi, également…

Aussi proches l'un de l'autre.

J'avais fait ce qu'elle m'avait demandé. J'étais allé la trouver au beau milieu de la nuit après m'être réveillé en proie à cette panique délirante et stupide que ne manquaient jamais de déclencher ces maudits cauchemars. Et je m'étais montré à elle dans l'état le plus lamentable qui soit, en pleine crise d'angoisse…

Ce n'était pourtant pas le pire.

J'ignorais comment j'avais pu en arriver là, mais je me souvenais parfaitement d'avoir pleuré.

Longuement. Ridiculement. Comme...

Eh bien, exactement comme cette sale mauviette que mon père m'imaginait être.

Au bout du compte, il m'avait véritablement tout pris.

Cette fois-ci, il avait fini par gagner : je m'étais écroulé.

J'avais mangé la poussière, me traînant plus bas que terre, et plus jamais je ne pourrais me relever d'une telle chute. Si j'avais eu un doute à ce sujet, c'était terminé, j'étais officiellement devenu ce dont il ne cessait de me traiter. J'étais cette loque dont il se moquait, ce minable qu'il méprisait plus que tout.

Il ne me restait plus une once de dignité. Les quelques grains de poussière que je pensais encore posséder m'avaient quitté durant la nuit, se diluant dans les larmes sans fin que j'avais versées sur l'épaule de Violette.

Et ma relation avec elle, si dérisoire fût-elle, mourait à son apogée. Parce que je tenais dans mes bras une jeune femme qui avait eu trop pitié du type misérable que j'étais pour me repousser. Une jeune femme qui ne pouvait plus à présent nourrir pour moi qu'un abject mélange de dégoût et de dédain...

Je ne comprenais pas comment j'avais pu perdre pied de cette façon. J'avais beau y réfléchir, tenter d'analyser sous tous les angles chaque souvenir brumeux que je gardais de ce moment, je ne parvenais pas à identifier l'élément déclencheur. Comment j'avais pu passer de ce répugnant besoin de tourner contre moi-même la violence bouillonnant dans mes veines à...

À quelque chose de plus répugnant encore. De carrément révoltant.

À une insupportable, une ignoble et pathétique crise de sanglots...

Cette fois, la proximité de Violette ne saurait me détourner de la honte aussi cuisante qu'infâme, de l'humiliation létale qui me dévorait les entrailles. Cette fois, rien ne pourrait venir à bout de cet urgent besoin que j'éprouvais de me retrouver seul et de ne plus jamais ni regarder ni parler à qui que ce soit pour le restant de mes jours.

Bien entendu, sauf si...

Sauf si les doigts de Violette se mettaient à remuer tout doucement pour effleurer mes cheveux comme ils étaient en train de le faire, une vague de chaleur étrange repoussant le brouillard noir qui saturait mon âme.

Avais-je soudainement basculé dans une réalité parallèle ?

Parce que si ce n'était pas le cas, alors il me faudrait une preuve. Là, tout de suite.

— Il est 13 heures passées, murmura Violette, son souffle agitant les mèches sur le dessus de mon crâne.

Me faisant frissonner brusquement. Absurdement...

J'avais la tête enfouie contre sa gorge et je réalisai subitement combien ma bouche se trouvait près de la naissance de sa poitrine. Mes bras ceignaient son buste, une de mes mains était arrimée à sa taille et l'autre plaquée sur ses reins, la maintenant résolument contre moi. J'avais même été jusqu'à passer une jambe par-dessus les siennes, la retenant totalement captive de mon corps.

Je demeurai aussi parfaitement immobile que possible, trop scotché par l'audace dont j'avais manifestement dû faire preuve quelques heures plus tôt pour réagir.

Moi, j'avais fait ça ?

J'avais enlacé Violette, vraiment ?

Donc, si toucher le fond devait présenter au moins un avantage dans mon cas, il fallait croire que c'était bien celui de me rendre prodigieusement téméraire...

— Tu as dormi longtemps, ajouta-t-elle, la voix teintée de tristesse.

Son contact s'affermit et la pression de ses doigts dans ma chevelure se fit plus assurée. Certaines zones, à l'arrière de ma tête, étaient encore douloureuses, après que mon père s'était acharné dessus la veille. Mais les caresses de Violette étaient tel un baume effaçant la souffrance comme le souvenir de ce qui l'avait causée.

Et c'était tellement, tellement agréable...

Tellement indispensable.

Apaisant. Et... troublant aussi.

J'avais également l'abdomen et le flanc meurtris, une brûlure cuisante m'élançant aux endroits où j'avais pris les coups. Et je me surpris à imaginer, l'espace d'un très bref instant, l'effet que cela me procurerait si Violette venait à gommer de ses mains ces contusions-là...

Cette attention, ce petit geste qu'elle avait, n'était motivée que par l'amitié et la compassion – ou plus probablement une incommensurable pitié –, je le savais pertinemment. Mais pour moi, dans les profondeurs de mon esprit tordu, cela avait une tout autre résonance...

Pour ma défense, jusque-là, personne encore ne m'avait jamais touché de cette façon.

34

Adam

— Adam, je sais que tu es réveillé, chuchota-t-elle. Dis quelque chose, s'il te plaît.

Un grognement dépité m'échappa. Puis, sans pouvoir me résoudre à bouger, je me décidai à articuler :

— Je suis désolé.

Je l'étais à un point qu'elle ne saurait concevoir.

D'abord parce que j'avais perdu les pédales devant elle et que, pour la seconde fois de ma vie, j'avais renié tous mes principes pour libérer l'épouvantable rage tapie au fond de moi et frapper quelqu'un d'autre. Ensuite, parce que, non content de lui offrir le ridicule spectacle de mes crises, j'avais également fondu en larmes dans ses bras comme le dernier des attardés, lui imposant une étreinte qu'elle n'avait pu refuser. Et pour finir, parce que je sentais ma perception de notre position se modifier progressivement, mes sens devenir plus aiguisés et le contrôle de ce qui se passait dans mon corps m'échapper peu à peu.

Je devais livrer un combat effroyable contre moi-même pour ne pas me mettre, moi aussi, à remuer les doigts et apprécier ses courbes affleurant sous mes paumes, tirant odieusement parti de la situation.

— Tout va bien, susurra-t-elle. Tu n'as pas à t'excuser. Tu n'as absolument rien fait de mal.

Elle se trompait...

Elle se trompait parce que cette fois je n'étais pas surpris de ressentir ces fourmillements de plus en plus intenses au creux de mes reins, cette tension étourdissante qui s'accumulait pour se concentrer dans mon bas-ventre. Toutes ces sensations, très, très malvenues...

Il me suffisait de fermer les paupières pour la revoir parmi la foule, danser comme personne d'autre ne le faisait, totalement libre, ses mouvements si gracieux et sensuels, uniquement guidés par le savant mélange de la musique et de l'instinct. Hier soir, j'avais compris qu'il ne servait à rien de lutter, que je pouvais me raconter toutes les histoires que je voulais, en vérité je fantasmais sur elle. Quand bien même me l'étais-je dès le premier jour résolument interdit, je pensais à Violette de cette manière depuis l'instant où elle avait posé le pied chez moi.

Cela m'était douloureux de devoir l'admettre, mais mon père avait raison. Il l'avait compris bien avant moi. Mes intentions envers Violette étaient incontestablement déplacées et il m'était désormais aussi impossible de le nier que de changer cet état de fait.

Elle glissa la main sous mon menton pour m'obliger à relever la tête et affronter son regard. Je la laissai faire, songeant qu'au moment où je lirais la pitié et le mépris sur son visage, toutes ces élucubrations inopportunes s'évanouiraient automatiquement. Mais je ne vis au fond de ses grands yeux noirs que de l'inquiétude et...

Et une chose indescriptible, qui ne ressemblait en rien à ce à quoi je m'attendais.

— On a réussi, affirma-t-elle. On a traversé cette nuit difficile sans que tu aies à recourir à ces cochonneries de lames de rasoir. C'est une bonne chose, non ? Pas de sang. Pas de blessure.

Mais à quel prix, Violette ?

J'opinai en pinçant les lèvres, tâchant d'éviter de fixer les siennes tandis qu'elle se tenait tout près, la joue posée sur mon oreiller.

Je ne voulais pas la relâcher, pas si tôt, pas alors qu'elle paraissait ne voir aucune objection à prolonger ce rapprochement incongru. J'avais encore trop besoin de ce contact, de la chaleur de sa peau sous la mienne, pour m'y résigner. Je fus néanmoins contraint de reculer légèrement, comme l'évidence de mon attirance pour elle se manifestait de plus en plus crûment.

Jamais je ne pourrais sortir de ce lit et du couvert de la couette...

Je me pris subitement à le regretter, parce qu'une bonne douche glacée m'aurait clairement sauvé la mise – à défaut de me remettre pour de bon les idées en place.

Violette fronça les sourcils sans cesser de me dévisager, puis demanda :

— Toujours pas de questions, je suppose ?

— Je suis désolé.

— Arrête un peu de t'excuser, ce n'est pas grave. C'était le deal, je ne l'ai pas oublié.

Elle fit à nouveau glisser ses doigts dans mes cheveux, l'air songeur, et je guettai chacun de ses gestes, la plus infime variation dans ses caresses, littéralement hypnotisé.

Puis, brusquement, à mon grand regret, elle s'interrompit. Elle se mordit la lèvre et ramena la main sur le matelas entre nous, me laissant soudain plus morose, comme dépouillé de quelque chose que je n'étais pourtant pas censé recevoir.

Après quoi, elle se racla la gorge et déclara :

— Je ne sais pas si tu te souviens de ce que je t'ai dit cette nuit, mais j'aimerais que tu saches que ce n'était pas des paroles en l'air. Tu n'es plus seul, Adam. Je veux être là pour toi chaque fois que tu en auras besoin.

Je cillai, encore plus déstabilisé par ses mots que par les bouffées de convoitise sidérantes que sa proximité faisait monter en moi.

— Alors je voudrais l'être également, lui retournai-je spontanément. Je ne suis probablement pas la personne la plus compétente qui soit pour cela, mais à l'avenir, je m'efforcerai de faire ce qu'il faut. Je serai présent, moi aussi, chaque fois que tu en auras besoin, d'accord ?

— Tu n'as pas à t'inquiéter, tu t'es montré extrêmement compétent hier soir, quand ce sale type s'en est pris à moi. Peut-être un peu zélé, certes, il est clair qu'il vaut mieux ne pas trop te chercher des noises, tout le monde le saura dorénavant, mais je... j'ai apprécié que tu prennes ma défense quand je n'ai plus été en mesure de le faire moi-même.

Je n'avais pas vraiment considéré les choses sous cet angle – sur le moment, en vérité, je n'avais guère réfléchi. Quand j'avais vu Baptiste la retenir ainsi, la main cramponnée à sa robe, lorsque j'avais entendu les insultes ignobles dont il l'abreuvait et aperçu les larmes de Violette, je n'avais plus été capable de réfléchir.

Ce qui s'était passé ensuite, je ne l'avais pas véritablement voulu. C'était arrivé, voilà tout...

Violette me fit l'honneur d'un sourire un peu timide, empreint d'une certaine douleur, mais si délicat et tendre, si empli de reconnaissance qu'un petit pincement me serra l'estomac.

Jamais je ne l'avais vue adresser ce genre de sourire à qui que ce soit. Celui-ci était pour moi. Pour moi uniquement...

Elle m'observait avec plus de douceur et d'égards que jamais, comme personne ne l'avait fait. Et c'était si bon...

Si nouveau. Si réconfortant. Et tellement vivifiant.

Violette n'avait pas pitié de moi et de mes crises idiotes, ni même de mes sanglots pathétiques.

Elle n'éprouvait pas de dégoût. Pas de mépris.

À la place, nous venions de nous promettre... En vérité, je ne savais pas trop ce que nous nous étions promis, mais j'eus l'impression que soudain, tout avait changé.

Un poids dont je n'avais pas conscience venait tout juste de disparaître et une brise de soulagement se mit à souffler en moi, balayant une partie des cendres charbonneuses qui encombraient mon cœur.

Et, sans que j'aie prémédité quoi que ce soit, je me retrouvai à contempler les lèvres de poupée à l'ourlet si délicat de Violette...

Cela devint alors trop prégnant pour que je puisse continuer à l'ignorer.

Je crevais d'envie de l'embrasser, là, maintenant...

J'en étais si près.

Et si loin à la fois.

Je savais que jamais je ne me permettrais ce genre de geste, jamais je n'aurais ni le cran ni l'impudence nécessaires. Je savais qu'il n'y avait absolument aucune chance pour qu'un tel élan de ma part soit bien reçu. Que, d'une façon ou d'une autre, cela se solderait par un véritable désastre et viendrait gâcher ce petit truc entre nous auquel je tenais de plus en plus.

Il n'empêche que, dans le secret de mes pensées, c'était ainsi. Je ne pouvais me retenir d'y songer.

C'était à présent certain, j'avais perdu tout sens commun. J'étais en très mauvaise posture et ne donnais pas cher de celui que je serais dans quelques semaines si cela continuait à ce rythme.

Violette et moi nous regardions sans un mot depuis déjà plus longtemps qu'il n'était normal lorsque la voix de Catherine, au bas de l'escalier, nous parvint.

— Violette, tu es réveillée ? Ma puce, on va bientôt passer à table. Est-ce que tu m'entends ?

Violette s'élança subitement hors du lit, me glissant des mains à une vitesse ahurissante, bondit comme un cabri et se plaça tout près de la porte pour crier :

— C'est bon, j'arrive dans quelques minutes !

— OK. Tant que tu y es, tu peux prévenir Adam, s'il te plaît ?

— Ça marche, je vais lui dire !

Je me redressai sur un coude, totalement paniqué – veillant néanmoins à demeurer sous le couvert de l'édredon jusqu'à la taille. J'avais refusé d'y penser jusque-là, mais les conséquences, si l'on nous découvrait ainsi, seraient dramatiques – et peut-être pas uniquement pour moi…

Violette, loin d'être alarmée quant à elle, m'informa d'un air amusé :

— Adam, c'est l'heure du déjeuner. Je te conseille de passer un pantalon et de ramener fissa tes miches dans le séjour, nous sommes apparemment attendus…

Elle leva les yeux au ciel en feignant l'agacement, puis s'éclipsa, quittant ma chambre dans une envolée de cheveux blonds ébouriffés et de jambes nues, débraillée, le corps à peine couvert par son mini-short et son débardeur.

Je me laissai retomber sur le dos en soupirant, les mains plaquées sur mon visage, totalement hagard et désorienté…

35

Adam

Lors du repas qui suivit, Catherine posa quelques questions à sa fille au sujet de la soirée d'intégration et Violette eut la délicatesse de rester suffisamment évasive pour ne pas évoquer mon éclat et le malaise que j'avais provoqué là-bas – ce dont je lui fus extrêmement reconnaissant.

J'ignorai comment mon père aurait réagi en apprenant que j'étais capable d'agir comme la pire des brutes et de frapper un type ivre – quasiment sans défense et pleurant tout son soûl sous mes coups – sans plus pouvoir m'arrêter. Enfin, j'en avais néanmoins une petite idée...

Il ne faisait presque aucun doute que, pour une fois – peut-être la seule et unique –, ma conduite, ce moment de total égarement, l'aurait ravi. Il ne faisait presque aucun doute que, pour une fois, il aurait oublié sa crainte obsessionnelle de me voir créer des problèmes pour savourer sa victoire, trop heureux de me découvrir *un peu plus* comme lui – un homme, un vrai, dur et impitoyable, pour qui la violence était un art – et *un peu moins*...

Un peu moins moi-même.

Cette source intarissable de déception que j'étais pour lui en temps ordinaire mais que, mille fois, je préférais à celui qu'il aurait aimé que je sois.

J'avais pourtant beau résister de toutes mes forces, il ne suffisait que d'une étincelle pour révéler cette part d'ombre qui m'habitait, la plus effrayante et abjecte de mes facettes...

Une légère bousculade, la main de Baptiste me repoussant, pressant malencontreusement mon abdomen endolori, à l'endroit exact où je venais d'essuyer des coups, pour que je devienne soudain ce même monstre, pour que cette même rage qui animait mon père explose à son tour en moi.

Après tout, un sang identique coulait dans nos veines. Un mal identique nous rongeait tous deux. Des pulsions brutales, malsaines, que ni l'un ni l'autre ne parvenions à contrôler décemment...

De ce que j'en savais, mon grand-père avait lui aussi possédé cette tare. Du peu que je connaissais de notre historique familial, c'était de lui que mon père tenait ses méthodes particulières d'éducation. Les brimades que j'avais endurées ne sortaient pas de nulle part, on les lui avait apprises.

Pour autant, je refusais de m'inquiéter du sort de ma future hypothétique progéniture. En fait, je me refusais formellement à me demander si j'étais déjà trop atteint pour ne pas reproduire malgré moi ce terrible schéma. J'avais tranché la question des années auparavant, me jurant que jamais je ne transmettrais ces gènes détraqués, dont j'étais porteur, à des innocents.

En outre, étant donné mon absence totale de vie sociale, combinée à mes compétences proches du néant dans ce domaine et aux probabilités ridiculement faibles pour qu'une fille s'intéresse un jour à moi en dépit de tout cela, ne pas déroger à cette règle ne se révélerait probablement pas bien compliqué...

L'appétit coupé par une violente nausée – le seul fait de songer aux commentaires que mon père aurait pu me servir concernant mon altercation avec Baptiste, au plaisir que mon craquage en règle lui aurait procuré, me retournant l'estomac –, je ne pus réussir à terminer mon assiette. Je sortis de table le premier et montai aussi sec m'enfermer dans ma chambre.

Violette et moi avions pas mal de travail pour les prochains cours, aussi ne fus-je pas étonné qu'elle fasse de même. Je ne pus toutefois ignorer le tiraillement de déception à ne pas la recroiser, que je ressentis de plus en plus nettement au fur et à mesure de l'après-midi.

Le lendemain matin, ce fut avec une tension nouvelle, déraisonnablement accrue, que j'attendis Violette pour notre habituel trajet ensemble jusqu'à l'école. Je ne savais plus du tout quelle attitude adopter avec elle. Je ne voulais définitivement plus laisser flotter entre nous ce silence oppressant qui m'avait tant perturbé la semaine précédente. Je désirais me comporter avec elle comme une personne normale.

Je souhaitais être, juste pour elle, une personne normale.

Ou à peu près... Disons un substitut relativement acceptable. Enfin, encore aurait-il fallu que je possède quelques bases et, clairement, elles me faisaient défaut.

Violette dévala l'escalier du garage à toute allure, son sac sur l'épaule, puis ralentit au bas des marches pour passer devant moi.

— Promis, demain je serai à l'heure, me lança-t-elle avec une moue à la fois navrée et gênée.

— Aucun souci.

Je prévoyais toujours pas mal d'avance sur l'horaire, ce qui permettait régulièrement d'amortir le léger retard de Violette.

Cela faisait déjà cinq bonnes minutes que nous nous trouvions en voiture que j'en étais encore à me demander comment entamer la conversation – fichu handicap social...

Heureusement, tandis que les premiers embouteillages de la journée m'obligeaient à ralentir, Violette choisit de couper court à mes tergiversations sans fin et me demanda tout naturellement :

— As-tu bien dormi ?

Je lui jetai un coup d'œil, ne pouvant me retenir de songer à la dernière nuit que nous avions passée ensemble, ainsi qu'à la raison de ce rapprochement momentané.

— On ne peut mieux, assurai-je, optant pour la sincérité, puisqu'elle connaissait déjà cette partie de moi. Pas de cauchemar. Pas de crise d'angoisse. Un sommeil de plomb, particulièrement réparateur. De fait, toi aussi, je suppose, non ?

Puisque cette fois, je ne l'avais pas réveillée.

Violette se tourna un peu plus vers moi pour mieux m'examiner.

— Alors ce sont des cauchemars qui te mettent dans cet état.

Le formuler à voix haute, puis l'entendre ainsi répété sans moquerie ni dédain, mais au contraire avec la plus grande gravité, était très bizarre. Tout aussi embarrassant que... eh bien, libérateur, en quelque sorte.

Coûteux. Excessivement coûteux, mais assurément libérateur.

— Je sais de quoi ça a l'air, m'obligeai-je à admettre. Je sais que je devrais consulter, j'en suis parfaitement conscient. Je le ferai un jour, plus tard.

Quand tout cela serait très loin derrière moi. Qu'une dizaine d'années minimum m'aurait séparé de lui. Enfin, peut-être, si tant est que je parvienne, dans cet hypothétique et très incertain futur, à me débarrasser de ces inébranlables chaînes qui me muselaient et m'emprisonnaient. Mais rien n'était en fait moins sûr.

— Est-ce que... est-ce que cela fait longtemps que tu en souffres ? hasarda prudemment Violette. Est-ce que tu en as déjà parlé à quelqu'un, au moins ?

Elle semblait plus nerveuse tout à coup. Sans doute parce qu'elle se rendait compte qu'elle outrepassait les règles que j'avais fixées en me posant ces questions. Mais c'était ma faute si nous nous retrouvions à aborder ce sujet, aussi préférai-je assumer.

— J'étais encore enfant quand cela a commencé, mais à l'époque, je... j'y réagissais différemment, faute de rasoir sous la main, probablement. Et non, à personne. Ce n'est pas... ce n'est pas... possible pour le moment.

Je déglutis péniblement, exaspéré de buter sur les mots comme un débile, comme du temps où je n'arrivais pas à en aligner trois à la suite.

Cependant, Violette ne parut guère remarquer mes difficultés à m'exprimer.

— Tu m'as fait peur l'autre nuit, Adam.

— Ça, je veux bien le croire. J'en suis vraiment navré.

— Mais tu reviendras me chercher, la prochaine fois, n'est-ce pas ?

— Je le ferai, confirmai-je en haussant les épaules – tout ce qu'elle voulait du moment qu'elle m'accordait de nouveau le privilège de respirer l'odeur de son cou... C'est plus ou moins ce que je t'ai promis hier, de toute façon. Puisque tu sembles posséder un degré anormalement élevé de patience et de tolérance face au tapage nocturne et aux réveils brutaux, je n'hésiterai plus à aller frapper directement à ta porte.

Ses lèvres s'étirèrent doucement, un peu tristement. Et je décidai que, dans la mesure où j'avais répondu, j'avais à mon tour le droit de l'interroger.

— Pourquoi éprouvais-tu le besoin d'avoir « quelqu'un de confiance » – je ne fais que te citer, ce sont tes propos, pas les miens – pour t'accompagner à cette soirée, samedi dernier ? Qu'est-ce qui cloche avec tes amis habituels ? As-tu quelque chose à leur reprocher ?

Violette souffla brusquement, comme prise au dépourvu par mon indiscrétion subite. Elle se rencogna au fond de son siège et grimaça.

Je savais que cela cachait un certain problème, je l'avais compris lorsqu'elle m'avait présenté cette singulière requête. Mais c'était encore plus frappant maintenant...

Après un instant de silence, elle finit par avouer :

— Non, aucun d'eux n'a rien fait de spécial. C'est seulement qu'ils m'évoquent parfois un peu trop mes anciens amis. Tu sais, le genre toujours partants pour traîner et délirer tant que tout va bien, mais aussi prêts à décamper dès que le vent tourne. Je peux me tromper sur leur compte, je l'espère, même. Quoi qu'il en soit, ça ne reste que des relations très superficielles.

Elle cala une mèche de cheveux derrière son oreille, décroisa les jambes, puis se pencha en avant, les coudes sur les genoux et le menton appuyé sur le dessus de ses mains.

— Je crois que je ne vais pas tarder à être fixée à leur sujet. Après ce que Baptiste m'a balancé devant tout le monde, il y a des chances pour qu'ils commencent à me tourner le dos. Enfin, à moins qu'on ne retienne de l'incident que la manière phénoménale dont tu as explosé la tronche de ce connard. Auquel cas, je t'en serais encore plus redevable... C'est loin d'être impossible, tu sais. À mon avis, tu vas en entendre parler longtemps. Désolée, mais il vaut mieux que tu t'y prépares.

Elle se mordit la lèvre, ses traits reflétant un profond désarroi. Et j'eus un peu mal au cœur.

— Comment peux-tu penser une seule seconde que quiconque accordera la moindre valeur à la teneur des propos d'un type ivre mort, plutôt que d'être scandalisé par son comportement ? m'étonnai-je. À mon sens, le problème n'est pas tant la portée potentielle des injures de Baptiste que ce qui les accompagnait et tout ce que cela impliquait. Ce type t'a agressée, Violette. J'étais là, je l'ai vu s'en prendre à toi aussi bien physiquement que verbalement. Alors clairement, c'est lui qui devrait avoir du souci à se faire, et non l'inverse. C'était à tout le moins du harcèlement et c'était grave. Par ailleurs, tu pourrais parfaitement porter plainte contre lui, tous ceux qui ont assisté à la scène te le diraient. Baptiste a donc plutôt intérêt à se tenir dorénavant à carreau et à faire en sorte que cette affaire n'ait pas davantage de répercussions, crois-moi.

Violette me dévisagea avec autant de circonspection que d'incrédulité. Ce qui était passablement déroutant, mais sans doute était-elle un peu étonnée de m'entendre débiter autant de phrases les unes à la suite des autres. Il n'était pas impossible que ce soit le discours le plus long que je lui aie tenu jusqu'à présent – voire que j'aie tenu depuis des lustres.

— Et tu ne me dois strictement rien, rétablis-je, parce que cette précision me semblait importante. Je regrette de ne pas avoir su m'interposer sans perdre aussi rapidement mon sang-froid, mais c'est bien tout. Je me fiche éperdument des conséquences que mon pétage de plombs pourrait avoir en cours et ailleurs.

La circulation étant toujours très encombrée, je profitai de l'immobilisation forcée du véhicule pour lui rendre son regard.

Elle ouvrit la bouche, s'apprêtant à répondre, puis la referma, renonçant finalement – fait assez inhabituel dans la mesure où Violette paraissait avoir pour principe de ne jamais se censurer. Après quoi, elle se détourna afin de contempler les autres voitures à l'arrêt autour de nous.

36

Adam

Les joues légèrement rosies, Violette s'éclaircit la voix pour déclarer d'un ton bien moins naturel que d'ordinaire :

— Au fait, hier après-midi, j'ai reçu un SMS d'Hannah. Elle voulait m'annoncer que, pendant la soirée d'intégration, elle t'avait demandé de sortir avec elle.

Je reportai mon attention sur le véhicule de devant, fronçant les sourcils.

Quel habile détournement de conversation ! Je n'étais pas dupe, mais je reconnaissais volontiers que c'était plutôt bien joué.

Bon sang, j'avais failli oublier cela...

J'avais failli *totalement* oublier cet événement qui aurait pourtant dû s'avérer relativement marquant, dans le sens où c'était la première fois qu'il prenait à une fille l'idée saugrenue de me poser une telle question.

— Elle a ajouté que tu avais répondu que tu allais y réfléchir, ajouta Violette, son impudence et son aplomb coutumiers enfin retrouvés.

— C'est... oui, c'est ce que j'ai dit.

Qu'aurais-je pu faire d'autre, en l'occurrence ?

— Et ces réflexions t'ont-elles mené à une conclusion ? insista-t-elle en grattant distraitement le plastique de l'accoudoir.

— Pas la moindre.

Là, tout de suite, je songeai qu'accepter aurait pu m'être bénéfique. Ce n'était quand même pas tous les jours qu'une fille manifestait à mon égard une quelconque forme d'intérêt. En outre, il était plus qu'urgent que j'agisse et que je tente, d'une manière ou d'une autre, de me sortir Violette de la tête. J'avais eu des pensées tellement déplacées, la veille, tandis que je la serrais contre moi dans mon lit...

En vérité, ces pensées ne m'avaient pas quitté.

Pas un fichu instant.

Elles flottaient toujours à l'orée de ma conscience, et maintenant que j'en avais éprouvé le désir, je me révélais incapable de cesser de me demander quel effet cela ferait de sentir ses lèvres glisser sous les miennes, de sentir...

Bref, je m'efforçais tant bien que mal de demeurer maître de moi-même et d'empêcher cette curieuse lubie de virer à l'obsession. En pure perte, cependant, il me fallait le reconnaître.

Voilà pourquoi sortir ne serait-ce qu'une seule fois avec Hannah aurait été atrocement malhonnête. Sans compter que je n'avais aucune envie d'essayer de passer du temps avec quelqu'un d'autre. Violette était l'unique personne au monde avec qui je parvenais à parler un peu, avec qui je parvenais à avoir la sensation d'exister autrement qu'en négatif...

En clair, j'étais bon pour un aller simple direction l'enfer – et je courais à toutes jambes vers ma destination, cette torture-là me paraissant un million de fois plus douce comparée au vide et à l'insupportable solitude que j'avais connus jusqu'ici.

— Ce n'est pourtant pas difficile, persista Violette avec un entêtement un peu vexant. Depuis le temps que je te parle d'elle, tu ne devrais pas être étonné. Il te suffit de savoir si elle te plaît ou pas. Hannah est-elle ton style de fille, oui ou non ?

Je laissai échapper un vif soupir, décidément plus contrarié de voir Violette s'acharner à vouloir à tout prix me caser avec son amie que je ne le souhaitais.

— Je n'ai pas de style de fille.

La voiture derrière laquelle nous étions se mit à avancer et je redémarrai, tâchant de me concentrer sur la conduite.

— Tous les mecs en ont un, rétorqua-t-elle implacablement.

— Eh bien, pas moi.

Quelle idée ridicule…

Est-ce que ce n'était pas assez évident comme cela ? Bon sang, pourquoi avait-il fallu que Violette dérive sur ce sujet ? Je voulais bien qu'elle essaie de me charrier comme elle le faisait toujours avec tout le monde, mais étant donné la situation, cela commençait à devenir sérieusement gênant…

— Peter raconte à qui veut l'entendre qu'il a des sentiments pour toi, m'entendis-je riposter tout à coup, incapable de m'arrêter dans mon élan. Alors peut-être la question n'a-t-elle pas été formulée aussi expressément, mais il est fort probable que lui aussi attende une réponse, figure-toi.

Plusieurs secondes s'écoulèrent, durant lesquelles – tout en négociant un créneau à seulement deux rues de l'école –, je me mordis l'intérieur des joues, craignant d'avoir été trop loin.

— Ouais, OK, Adam, bien envoyé, me félicita froidement Violette. Mais si tu tiens à le savoir, Peter a déjà reçu une réponse. Après, tu es peut-être de ceux qui pensent que c'est ma faute s'il se comporte comme si de rien n'était et continue d'insister lourdement. Que, quelque part, je l'encourage par mon attitude trop désinvolte. Peut-être même que, finalement, c'est bien fait pour moi s'il y a de telles rumeurs qui circulent sur lui et moi. Oh, et aussi j'allais oublier, sur d'autres mecs et moi apparemment. Oui, je l'ai sans doute bien cherché...

— Je n'ai jamais dit cela, l'interrompis-je.

Je coupai le moteur, puis me tournai vers elle, dépité que nous en soyons encore venus à nous disputer.

Dépité qu'elle imagine que je puisse adhérer à ce genre d'inepties.

L'éclat que j'aperçus dans ses yeux était soudain si mélancolique, Violette semblait si différente, si vulnérable et fragile, que ma gorge se noua de désarroi. Je brûlais de la prendre dans mes bras, de la même manière qu'elle l'avait fait avec moi quelques nuits plus tôt, afin d'essayer d'atténuer ces maux que je devinais tellement plus profonds qu'il n'y paraissait.

Bien entendu, je laissai cette rêverie s'éloigner. Puis j'écrasai ce qu'il en restait pour être sûr. Non seulement cela aurait été tout à fait incongru, mais aussi terriblement malvenu, dans la mesure où j'étais plus ou moins à l'origine de son malaise. Manifestement, j'avais touché un point sensible et je le regrettais. Ce n'était pas ce que je voulais. Pas du tout...

— Pardon, Violette, murmurai-je.

Elle battit des cils, comme subitement déstabilisée, et un petit sillon se dessina entre ses sourcils.

— Arrête un peu de t'excuser tout le temps, Adam, me reprocha-t-elle plus doucement, fronçant le nez d'embarras. Tu n'as pas à le faire. Vraiment pas. C'est moi qui suis injuste, tu n'es absolument pour rien dans toute cette histoire. Toi, tu...

Elle haussa une épaule au lieu de terminer sa phrase – j'aurais pourtant aimé qu'elle termine sa phrase... Puis elle se pencha vers moi pour déposer un baiser aussi léger que pudique sur ma mâchoire, me prenant totalement de court.

Ébranlant tout mon monde en un claquement de doigts.

Me poussant d'un simple petit geste – probablement très anodin pour elle – dans mes derniers retranchements.

Soudain, la réalité s'altéra. Son parfum vanille-café me monta à la tête et mon cœur manqua un battement, retenant sans doute mon sang d'irriguer mon cerveau, le privant de ses fonctions les plus basiques. Je levai la main pour retenir Violette par l'épaule, l'empêchant de s'écarter de moi et de retourner s'asseoir au fond de son siège.

La pensée qui me hantait se fit tout à coup plus pressante, plus impérieuse, au point de se muer en une pulsion quasiment irrépressible, trop violente pour que je réussisse à l'étouffer. Et je m'inclinai vers elle dans une inspiration tremblante, en quête d'une impossible délivrance.

Mes doigts glissèrent d'un mouvement brusque jusqu'à sa nuque et je cueillis ses lèvres entre les miennes avec une avidité qui me scotcha moi-même.

L'espace d'un instant, je choisis de déconnecter complètement mon esprit pour ne plus rien entendre du tout.

Je ne voulais plus m'entendre me dire que je ne devrais pas.

Je ne voulais plus m'entendre me dire que j'étais minable et pathétique, que quelqu'un comme moi n'avait pas le droit de désirer une fille comme elle. Que j'étais vraiment dingue parce que, au-delà de toutes ces raisons, je ne savais pas m'y prendre et que c'en était forcément si flagrant que cela devait être risible.

Je décidai d'oublier que j'avais parfaitement conscience de tout cela. Je n'écoutais plus rien, seulement le son de sa respiration trop rapide, mobilisant toute mon attention, à l'affût de ses réactions. Je me concentrai uniquement sur Violette, sur le velouté délicieux de sa bouche sous la mienne et sur cette sensation si singulière, cette effervescence étrange au creux de mon ventre, se propageant dans ma poitrine et partout ailleurs.

Figée, elle poussa un petit soupir de stupéfaction et je l'avalai. Je m'immobilisai dans cette position, mes lèvres effleurant les siennes, dans l'attente d'un signe, n'importe quoi, m'autorisant à continuer, suspendu au plus infime de ses gestes comme un funambule à sa corde.

Elle semblait si surprise...

Je l'étais, moi aussi.

Et en même temps, pas du tout. Au fond, ne le voulais-je pas depuis des années ? Quelles histoires m'étais-je racontées pour noyer cela ?

Violette expira et je l'imitai, me rendant compte que j'avais retenu mon souffle beaucoup trop longtemps. Son haleine se mélangea à la mienne et, lentement, elle posa la paume contre mon torse, me retenant captif une seconde, comme je l'imaginais tenter de se dégager.

Avant d'embraser mon cœur sous la chaleur de son contact...

Violette ne me repoussait pas.

Elle ne cherchait pas à m'arrêter.

Elle aurait dû, mais elle ne le faisait pas.

Je l'embrassai à nouveau, doucement, tâchant de me maîtriser un minimum, et je crus mourir lorsque je la sentis me rendre mon baiser. Timidement d'abord, comme si elle hésitait encore. Puis, peu à peu, de façon plus assurée.

J'enfonçai alors les doigts plus profondément dans ses cheveux, les emmêlant malgré moi, puis capturai sa joue de l'autre main pour mieux lui faire ployer la nuque vers moi. Je me rapprochai autant que possible d'elle, jusqu'à quasiment la plaquer contre la portière, et profitai d'un de ses soupirs pour laisser ma langue s'aventurer à la recherche de la sienne.

Et je m'élançai et sautai du toit de cet immeuble si haut qu'on ne pouvait en comptabiliser les étages, me jetant dans le vide infini, aussi effrayant qu'excitant, m'efforçant d'ignorer ce fichu vertige qui m'assaillait pour m'en remettre entièrement à l'instinct.

Le monde autour de nous venait de disparaître, plus rien d'autre ne comptait que cet instant incroyable, oscillant entre douceur et folie. Rien que l'odeur envoûtante de sa peau, la soie de sa bouche, le goût merveilleux de ses baisers et la musique si troublante de nos respirations haletantes, résonnant à l'unisson dans le silence de la voiture.

J'ignorai ce que cela signifiait, s'il y aurait un après ou non, et refusai d'y songer. Peu m'importait que ce ne soit pour elle rien d'autre qu'un moment d'égarement et que cela ne doive jamais se reproduire, tant que je pouvais connaître au moins une fois ce tourbillon insensé, ce frisson si grisant...

Ou alors débuterait la pire des tortures que j'aie expérimentées jusque-là. Parce que, ensuite, je saurais ce qui me manquait, je serais pleinement conscient de ce qui m'échappait.

Violette passa les bras autour de mon cou et un gémissement rauque m'échappa tandis que je me pressais davantage contre elle, écrasant sa poitrine de mon torse. Ma main se retrouva sur son ventre sans que je l'aie vraiment prémédité, comme je me retenais de l'autre au montant de la portière, et je l'embrassai à en perdre haleine, ivre d'elle, dévorant sa bouche avec une ardeur bien trop effrénée compte tenu de la situation.

Je savais que je devais être malhabile. Que j'aurais dû faire preuve de plus de délicatesse et de retenue pour ne pas l'effrayer ni la mettre mal à l'aise, que j'aurais dû feindre d'avoir de l'expérience et posséder un minimum de self-control. Et que ce n'était certainement pas de cette manière – mais vraiment pas – qu'il convenait de procéder lors d'une première approche.

En vérité, ces considérations m'effleuraient à peine.

Je ne pouvais tricher, voilà tout. Alors tant pis si je prenais des risques démesurés, aussi irréfléchis qu'irrationnels, tant pis si mes gestes trahissaient toute l'ampleur de mon désir pour elle, mes espoirs les plus fous en même temps que l'ensemble de mes défauts, cela faisait après tout partie de la chute.

J'aurais tout le temps de le regretter plus tard...

37

Violette

Adam venait d'envahir mon univers...

Il prenait soudain toute la place, que ce soit dans mon esprit, dans mon cœur ainsi que dans cette voiture, où il consentait à peine à me laisser l'espace nécessaire pour respirer.

Je m'accrochais fébrilement à sa nuque pour ne pas être emportée par la tempête, perdue, étourdie sous la frénésie et l'intensité de ses baisers, complètement abasourdie par l'alchimie sensuelle qui s'imposait entre nous, qui explosait tout à coup, ne cessant de croître dangereusement.

Jamais personne ne m'avait embrassée de cette façon avant lui.

Jamais personne ne m'avait étreinte avec autant d'urgence et de feu – tout en accomplissant l'exploit de demeurer aussi étonnamment respectueux, sans chercher à obtenir davantage.

Jamais personne ne m'avait fait ressentir de telles sensations, un chamboulement si violent, aussi bien physique qu'émotionnel...

La main d'Adam dériva sous mon manteau, passant de mon abdomen à ma taille, et ses doigts s'écartèrent pour se presser fiévreusement contre mes côtes, les recouvrant presque entièrement, son pouce juste sous mon sein, m'arrachant un long frémissement. Il grogna contre ma bouche en réponse, singulièrement sensible à mes réactions, son grand corps serré contre le mien, me retenant comme prisonnière entre la portière et lui.

Adam, si calme et renfermé d'ordinaire, et subitement si farouche, démonstratif et passionné…

La lave sous la glace.

J'avais l'impression d'avoir brusquement – et bien malgré moi – réveillé un volcan. Mais je ne pouvais fuir ce brasier, cette incandescence beaucoup trop contagieuse. Je ne pouvais l'arrêter, je n'en avais pas envie.

Adam avala une brève bouffée d'air, puis changea brutalement d'angle pour mieux caresser ma langue de la sienne et continuer de dévorer mes lèvres comme si sa vie en dépendait, comme si nous allions mourir, là, et que c'était la toute dernière fois qu'on nous offrait l'occasion de nous sentir libres et vivants.

Je m'alanguis instinctivement sous ses attentions, totalement dépassée par les événements. Je m'efforçais de le suivre dans cette course folle, bien plus bouleversée que je ne l'aurais voulu.

Ses gestes ne s'encombraient d'aucune pudeur ni de faux-semblants, si bruts qu'ils en étaient d'une déchirante sincérité. Et je vibrais au rythme de cette déclaration éperdue, plus parlante que n'importe quel discours, oubliant tout, pour quelques instants, afin de n'être plus qu'à lui.

Soudain, je me pris à frissonner plus violemment sous son corps, des vagues de chaleur irradiant le creux de mon ventre, et songeai à l'amant fougueux et enflammé que devait être Adam dans l'intimité. Ainsi qu'à ce à quoi il devait ressembler sans ses vêtements, que je rêvais de lui ôter…

Je réalisai alors que les choses dérapaient et étaient en train de nous échapper.

Que tout ceci me conduisait tout en haut d'une pente extrêmement périlleuse, sur laquelle je n'avais pas choisi de m'engager.

Cela faisait presque un an que je n'avais plus eu aucun rapport avec personne et que j'avais pris mes distances avec la gent masculine. Et c'était effrayant parce que je ne reconnaissais plus rien, tout semblait avoir mystérieusement changé entre-temps...

Si je n'avais jamais voulu penser à Adam de cette façon, j'étais désormais bien obligée d'admettre qu'il me plaisait. Probablement d'ailleurs comme personne ne m'avait encore plu jusqu'ici. Cela faisait même des semaines que c'était là et que je faisais mine de ne pas le voir.

Or je ne pouvais pas faire comme si j'ignorais qui il était, combien il souffrait déjà, presque brisé. Comme si j'ignorais tous les problèmes et les tourments terribles qui l'accablaient. Et que j'étais, moi, si instable, tellement pétrie d'angoisses, de contradictions et d'incertitudes que c'en était presque grotesque.

Adam avait besoin d'une personne saine, sûre de ses choix et équilibrée pour avancer, et j'en étais l'exact inverse.

Lentement, je glissai une main entre nous pour presser son thorax.

Il s'interrompit dans la seconde, se figeant tout à coup, mais ne me rendit pas pour autant mon espace. À la place, il s'attarda, ses lèvres entrouvertes frôlant encore les miennes, son souffle déraisonnablement agité s'écrasant contre mon visage. Puis, comme à contrecœur, il s'éclaircit la gorge et recula de quelques centimètres pour m'observer, l'air totalement hagard et désorienté – un peu comme je l'étais moi-même...

Adam avait-il oublié que nous avions cours ? Ignorait-il que nous nous trouvions dans une voiture, en plein milieu d'une rue animée, où circulaient plusieurs passants ?

Avait-il oublié que, quelques minutes plus tôt, je lui parlais d'Hannah ?

Parce que, pour ma part, c'était le cas...

Merde ! Qu'est-ce que ça faisait de moi ?

Je ne pouvais nier que j'avais éprouvé quelque chose qui s'apparentait d'assez près à de la jalousie lorsque j'avais reçu la veille le SMS d'Hannah. Je ne pouvais nier que je ressentais toujours ce pincement douloureux, qui me tiraillait l'estomac. Mais je refusais de devenir ce genre de fille...

Le genre qui devait probablement mériter toutes les insultes inondant mon compte Facebook.

Le genre de personne malveillante qui s'amusait à piquer le mec que visait une copine, juste pour le sport...

De tous mes nouveaux amis, Hannah était la plus gentille et sincère, et moi, je...

Non, je n'allais pas lui faire ça. Je n'allais pas non plus tendre aux autres le bâton pour me faire battre, j'avais déjà assez de soucis à me faire après l'incident de samedi soir. Adam et moi allions nous reprendre et tâcher d'oublier cette légère sortie de route.

— On ne... devrait pas, articulai-je, complètement essoufflée, moi aussi.

Il baissa la tête avec résignation et lâcha un brusque soupir. Puis il leva les mains comme pour signifier qu'il n'était pas armé, tenant sans doute à me faire comprendre qu'il ne chercherait pas à recommencer. Après quoi, il s'écarta afin de revenir à sa place dans la voiture.

— Bien sûr, convint-il, les sourcils froncés, examinant le tableau de bord sans plus bouger, comme choqué. Tu as raison. Je ne sais pas ce qui m'a pris, c'est moi qui n'aurais pas dû. Je te demande pardon.

Là-dessus, il ouvrit sa portière avec une rudesse inhabituelle et sortit du véhicule, se hâtant manifestement de s'éloigner de moi.

— On va être en retard, conclut-il sans me regarder.

Je quittai la voiture à mon tour et dus presque courir derrière lui pour demeurer à son niveau.

38

Violette

Nous arrivâmes aux portes de l'école pile au moment de la sonnerie et rejoignîmes nos places en classe, faisant comme si tout était absolument normal.

Puisque nous n'avions plus échangé une seule parole depuis l'incident, j'attendis la pause de midi pour me retourner et demander à Adam – qui s'appliqua immédiatement à scruter la pochette qu'il était en train de refermer :

— Ce serait bien que tu viennes déjeuner avec nous maintenant, qu'en dis-tu ?

— Je suis d'accord, confirma Hannah avec enthousiasme – quoique un peu moins souriante qu'à l'accoutumée. Tu fais partie du groupe dorénavant.

— Je confirme, ajouta Peter en se levant. À plus forte raison depuis que tu as pété la gueule à l'autre enfoiré. Je n'ai pas pu te remercier d'ailleurs, vous êtes partis trop vite de la soirée avec Violette. Bref, c'était chaud d'après ce que j'ai entendu dire, mais je te dois une fière chandelle.

— Merci, mais non, refusa Adam en se mettant à son tour debout. Le self, ce n'est pas mon truc. Et j'ai… besoin de marcher.

— OK, Nielsen, pas de souci, répondit Peter. L'invitation sera encore valable demain. Et tous les autres jours, ça va de soi.

Adam hocha mécaniquement la tête, puis quitta la salle sans se retourner.

Je l'observai tandis qu'il franchissait le seuil, sa haute silhouette si facilement repérable parmi la foule, un nœud douloureux se formant dans ma gorge.

Est-ce que j'avais rêvé ce qui s'était passé plus tôt dans la voiture ? Ce trouble qui nous avait tous deux saisis, cette attirance incroyable, étaient-ils bien réels ?

Avais-je imaginé les émotions que reflétait l'étreinte d'Adam ou non ?

J'aurais donné si cher pour savoir ce qu'il pouvait ressentir en cet instant...

En ce qui me concernait, j'étais surtout perdue. Triste, totalement, désespérément perdue.

— Bon, ben, j'ai eu ma réponse, m'apprit Hannah sur le chemin du restaurant universitaire. Je m'y attendais, c'est clair, mais je ne peux pas m'empêcher d'être quand même un peu déçue.

Elle me remit discrètement une feuille de bloc-notes pliée en deux comme Cynthia et Charlotte marchaient juste devant nous. J'examinai le message et reconnus sans surprise l'écriture – la même que celle sur mon carnet de croquis...

Merci pour ta proposition, c'était très gentil. Mais je ne peux pas, j'en suis navré.

Adam avait donc décidé de ne pas faire attendre Hannah davantage et de lui répondre dès ce matin. Par la négative.

Est-ce que j'avais quelque chose à voir avec ça ?

— Je vais la garder encore un bon moment, cette saleté de carte de membre du club des célibataires, souffla Hannah, désabusée. Il ne « peut pas ». Pas d'autres explications. J'aurais apprécié qu'il fasse l'effort de me le dire en face, mais non.

C'était très mal le connaître...

— Adam ne parle presque jamais, plaidai-je. Comment voulais-tu qu'il te l'annonce autrement ?

— C'est faux. Il te parle, à toi.

— Parfois seulement.

Uniquement lorsque le contexte s'y prêtait, qu'il était à l'aise et suffisamment en confiance. Et ce n'était pas grave, j'arrivais à le comprendre autrement. Ses regards trahissaient ses pensées avec peut-être davantage de sincérité que n'importe quel mot...

Au déjeuner, j'eus l'impression que tout le monde n'avait que l'incident de la fête à la bouche. Tous me posèrent des questions sur la manière dont Adam avait passé Baptiste à tabac et comment cela avait pu se produire. Je ne mentionnais que très succinctement les insultes et essayai d'atténuer un peu le portrait de fou furieux que d'autres en avaient profité pour brosser d'Adam.

Les cours de l'après-midi se déroulèrent avec une lenteur exaspérante et, quand enfin résonna la dernière sonnerie de la journée, je me surpris à angoisser à l'idée de me retrouver seule avec Adam.

Le trajet du retour ressembla étrangement à tous les autres, se déroulant dans un silence quasi religieux. À ceci près qu'Adam s'employait à fuir mon regard avec une obstination perturbante, qui me dissuada clairement d'évoquer notre baiser. Au lieu de ça, je tentai de me concentrer sur autre chose, tâchant de ne pas repenser à ses lèvres sur les miennes et ce truc qui me compressait de plus en plus la poitrine...

— Il va falloir qu'on se décide pour le sujet de notre exposé.

Adam battit deux fois des paupières, puis acquiesça sans quitter la route des yeux :

— En effet.

Il se racla la gorge, remua la mâchoire, puis reprit :

— Tu ne m'as pas dit s'il y avait un thème qui t'intéressait plus qu'un autre.

— Toi non plus.

— Certes, convint-il, toujours sans m'accorder le moindre coup d'œil. Je peux te transmettre la liste que j'ai commencé à dresser, si tu veux. Quoi qu'il en soit, nous étions convenus que tu aurais le dernier mot.

— Je n'en ai pas le souvenir.

Comme le silence menaçait de s'imposer de nouveau et que nous étions pratiquement arrivés à destination, je tranchai :

— J'aime tout ce qui touche de près ou de loin à l'Égypte antique. Je suis assez calée dans ce domaine.

Il eut une moue entre étonnement et approbation, puis répondit :

— Parfait, j'ai justement lu récemment un article sur la révolution artistique sous Akhenaton et les nouveaux éclairages que certains historiens apportaient. J'avais pensé que cela pouvait être un sujet intéressant.

— Carrément !

Les lèvres d'Adam s'étirèrent presque imperceptiblement devant mon enthousiasme, mais cela s'arrêta là. La gêne entre nous était toujours palpable et nous étions déjà devant la maison.

Je laissai passer le dîner, durant lequel Ludwig, particulièrement de mauvais poil, se permit des réflexions concernant la cuisine de ma mère et les cheveux trop longs à son goût d'Adam. Ce fut à peine si ce dernier parut l'entendre tant il semblait habitué aux critiques de son père.

Nous avions réintégré nos chambres depuis moins de vingt minutes lorsque je cédai à la tentation et allai frapper à sa porte.

Cette fois, Adam ne vint pas m'ouvrir. Il se contenta de m'inviter à entrer depuis l'intérieur de la pièce, sans se déplacer. Je ne savais pas si cela signifiait que mes visites commençaient à l'agacer ou bien si nous avions finalement passé un nouveau cap…

Je refermai le battant derrière moi et le trouvai assis à son bureau, en train d'éteindre son moniteur. Il ne se leva pas ni ne se tourna vers moi.

— Il faudrait qu'on parle de ce matin, réclamai-je, sans avoir aucune idée de ce que je voulais lui dire exactement.

Adam inspira bruyamment par le nez, grimaça, puis se passa nerveusement les doigts dans les cheveux, les yeux résolument rivés sur l'écran noir en face de lui.

— Est-ce vraiment absolument nécessaire ? s'enquit-il d'une voix rauque. Parce que, à part te répéter combien je suis désolé, je ne vois pas ce que je pourrais ajouter.

Il se rencogna dans son siège d'un mouvement las, puis pivota légèrement vers moi. Il ouvrit les paumes de désarroi et, enfin, m'offrit le privilège d'un de ses regards, le front plissé par la culpabilité.

— Rien ne me permettait de faire ce que j'ai fait et je m'en veux d'avoir gâché… je ne sais pas, notre amitié, continua-t-il. Je n'ai pas réfléchi. Cela ne se reproduira pas, je te le promets.

Ce serment me fit l'effet d'une douche glacée. Parce que la simple perspective de ne plus jamais ressentir ce que j'avais ressenti ce matin, de ne plus jamais être enlacée par les bras puissants d'Adam, touchée par ses grandes mains vigoureuses et farouches, me rendait subitement affreusement morose.

— Attends un peu, l'arrêtai-je, tordant anxieusement mes doigts derrière mon dos. Tu oublies que nous étions deux. Tu oublies que, non seulement j'ai participé, mais qu'en plus, j'ai lancé les hostilités. C'est vrai, je t'ai embrassé la première, après tout.

J'ignorais pourquoi j'avais fait ça. Cela m'était venu si spontanément que je n'avais pas pu m'en empêcher, sans penser une seconde aux conséquences.

Adam pencha la tête sur le côté et arqua un sourcil aussi déconcerté qu'ironique. Il n'hésita qu'un court instant avant de protester :

— Je t'en prie, cela n'avait rien de comparable. Je ne t'ai pas embrassée de la même manière, au cas où cela t'aurait échappé.

— Non, Adam, ça ne m'a pas échappé, assurai-je, un peu amusée, mais surtout de plus en plus tendue. Aucun risque.

Je ne comprenais pas ce qui m'arrivait…

Il pinça les lèvres, puis précisa :

— Je ne me suis pas mépris sur tes intentions, si c'est ce que tu crains. Je n'avais pas à agir de cette façon, j'en ai conscience. Je suis désolé.

Je fermai les yeux, désemparée par les émotions bizarres qui se bousculaient en moi.

— Cesse de t'excuser, le suppliai-je. D'abord parce que tu n'as pas à le faire. Toujours pas. Ensuite, parce que ça me donne l'impression que tu regrettes. Moi, j'ai aimé que tu m'embrasses.

Je rouvris les paupières, notai la confusion s'inscrivant sur les traits d'Adam, et avouai, à lui comme à moi-même, oubliant soudain tout ce que ça impliquait :

— Je le voulais. Je le voulais depuis longtemps. Depuis… depuis que j'ai trouvé ton mot dans mon carnet de croquis. Et je ne veux pas que tu jures de ne jamais recommencer. En vérité, c'est plutôt du contraire que j'ai envie…

39

Violette

Adam m'étudia longuement – beaucoup trop longuement –, avec une gravité éprouvante, l'air tellement circonspect qu'il en paraissait presque méfiant mais intrigué également, comme si j'étais brusquement devenue à ses yeux une espèce d'équation impossible à résoudre.

Moi aussi, j'avais du mal à réaliser ce que je venais de lui confier, et le silence qui s'étirait déraisonnablement entre nous n'aidait en rien à atténuer le bourdonnement du sang me battant les tempes, la tension ne cessant de monter, de crépiter, pour atteindre des sommets. J'ignorais totalement ce que lui pouvait penser de tout ça. Et je savais pertinemment que je n'aurais pas dû, qu'il existait mille et une raisons pour que nous deux, ce soit la plus mauvaise idée du siècle.

Adam devait forcément s'en douter. Ce devait d'ailleurs être la raison de son soudain mutisme. À moins qu'il n'ait pas compris…

À bien y réfléchir, le message ne semblait pas être parvenu jusqu'à son destinataire.

— Voilà, c'est dit, ajoutai-je en haussant les épaules, m'apprêtant à quitter sa chambre et le laisser tranquille.

C'est alors qu'Adam prit appui sur ses accoudoirs, se penchant en avant d'un mouvement brusque, et s'élança vers moi, s'arrachant à son fauteuil comme si celui-ci venait tout à coup de prendre feu. En un seul et unique pas, aussi agile que rapide, il avait réduit l'espace qui nous séparait à néant.

Ses larges paumes se posèrent sur moi, capturant à la fois mon cou et ma mâchoire, ses pouces frôlant mes pommettes.

— Non, souffla-t-il en se courbant quasiment en deux pour se mettre à mon niveau, ses yeux aux tonalités à mi-chemin entre automne et printemps à hauteur des miens. Tu te trompes, je ne regrette pas le moins du monde.

Il fronça douloureusement les sourcils, comme si cette confidence lui était difficile, et s'approcha lentement de mon visage. Prudemment, m'offrant encore malgré tout un délai supplémentaire pour le cas où je souhaiterais finalement revenir sur mes propos ou ajouter quelque chose.

J'attendis patiemment qu'il vienne à moi, jusqu'à ce que sa bouche effleure la mienne dans une caresse d'une délicatesse folle, qu'il n'avait pas au matin, scellant une bonne fois pour toutes nos aveux respectifs.

Adam s'attarda ainsi, goûtant mes lèvres encore et encore, avec une révérence et une douceur qui me rendirent toute bizarre, me dépouillant de mes forces ainsi que de tout bon sens.

Je ne me posais plus de questions, je ne le voulais plus…

Un soupir haché, un peu chevrotant, échappa à Adam lorsque je plongeai les ongles dans ses cheveux.

Alors son baiser s'approfondit, passant presque d'un coup des égards à la fièvre. Ses mains descendirent le long de mon corps pour enserrer fermement ma taille et il m'attira vivement à lui, m'obligeant à me cambrer jusqu'à pratiquement perdre l'équilibre. Or je pouvais lui faire confiance pour me retenir, pour gérer à lui seul notre stabilité.

Je me laissai aller dans ses bras comme l'atmosphère semblait se charger d'électricité, l'étincelle se transformant en un brasier encore plus impressionnant que la première fois qu'il avait surgi, seulement quelques heures plus tôt. Et je rendis à Adam chacune de ses attentions avec le même feu, me pressant contre lui sans plus tenir aucun compte de la gravité et de ses lois.

Sans plus tenir aucun compte de ce qui m'avait poussée à l'arrêter, dans la voiture…

Je parcourus ses épaules de mes mains, me délectant de leur impressionnante envergure ainsi que de l'incroyable fermeté de ses muscles sous le coton de son sweat. Et ses lèvres dérivèrent pour venir embrasser l'arc de ma joue, puis le creux de mon cou, dans une puissante inspiration, son souffle chaud ajouté au contact brûlant de sa bouche me soutirant un vif frémissement.

Je sentis ses doigts s'agripper fébrilement à mon tee-shirt, comme prêt à me le retirer à tout instant, sans pour autant se le permettre. Un grondement sourd vrombit dans sa poitrine et nous fit vibrer tous les deux tandis que j'appuyais le front contre sa clavicule, le laissant explorer de la langue la peau de ma gorge, juste à l'encolure de mon haut.

La tempête de ce matin n'avait rien d'une illusion. Elle était toujours là, couvant sous la surface, plus vivace que jamais. Elle n'avait fait qu'enfler à mesure que les heures s'écoulaient, pour à présent risquer d'éclater pour de bon.

Je ne savais pas si j'étais de nouveau prête pour gérer ça – quoique, à la réflexion, je devais reconnaître que je n'avais jamais eu à gérer un truc pareil, aucun des types avec qui j'avais couché ne se comportait de cette façon, ni ne me plongeait dans un tel état…

Je n'avais pas vraiment anticipé les choses, il n'empêche que j'étais venue trouver un mec – et pas n'importe lequel, il s'agissait tout de même d'Adam – jusque dans sa chambre pour lui avouer combien il m'attirait. Quel genre de signaux avais-je envoyé, au bout du compte ?

Son lit était à moins de trois mètres de nous et, à cette allure, il était évident qu'Adam n'allait certainement pas tarder à m'y entraîner.

— Adam, chuchotai-je, tâchant de réintégrer la réalité.

Il s'arrêta aussitôt, déglutit péniblement, et relâcha légèrement sa prise sur mon tee-shirt. Puis le sol revint à la normale sous mes pieds. Je recouvrai progressivement mon aplomb, mais ne m'écartai pas pour autant, demeurant le visage enfoui contre son épaule pour essayer d'apaiser l'inquiétude que je percevais soudain dans ses gestes.

— Ne m'en veux pas, murmurai-je. C'est juste que ça faisait longtemps que je n'avais pas embrassé de garçon…

Adam reprit mon visage en coupe pour m'amener à le regarder en face. Puis il me demanda, un sillon soucieux marquant son front :

— Pour quelle raison t'en voudrais-je ?

Des mèches de cheveux bruns ondulés masquaient en partie son regard, lui conférant un charme encore plus farouche et magnétique que d'ordinaire.

Et il semblait sincèrement ne pas comprendre où je voulais en venir…

— Eh bah, j'aimerais y aller doucement, marmonnai-je, me trouvant subitement un peu bête – parce que peut-être n'y avait-il pas lieu que je me justifie, finalement. Vraiment doucement. Si ça ne te dérange pas.

— Non, bien sûr que non, se défendit-il en caressant ma joue du pouce, une moue perplexe flottant sur ses lèvres. Tout ce que tu voudras, Violette.

Tout ce que je voulais, sérieusement ? Adam pensait-il réellement ce qu'il venait de promettre ?

Je décidai de ne pas prêter plus d'attention que ça à ces propos que personne auparavant ne m'avait tenus, mais mon cœur, ce traître, se mit à gonfler dangereusement dans ma poitrine.

Je me devais cependant d'être claire avec Adam, à défaut de l'être avec moi-même.

— Je ne sais pas où nous allons et je préférerais d'ailleurs qu'on ne le définisse pas. Puis, quoi qu'il en soit, il faudrait éviter de s'afficher en cours. Hannah m'en voudrait, tu comprends, et je...

— D'accord, m'interrompit-il, préférant me dispenser de toute explication.

Une pointe de tristesse me piqua abruptement la gorge, parce que Adam paraissait trouver parfaitement normal que je ne tienne pas à ce qu'on nous voie ensemble... alors que pour ma part, je me détestais de devoir l'exiger.

Mais peut-être me faisais-je des films, peut-être cela l'arrangeait-il également, en définitive ?

— Et mieux vaudrait éviter aussi que nos parents se doutent de quoi que ce soit, ajoutai-je pour finir.

Il battit des paupières, ne songeant visiblement à ce détail que maintenant. Une ombre passa subrepticement sur son visage, puis il répéta, approuvant – ainsi qu'il s'y était engagé – absolument toutes mes requêtes :

— Bien sûr.

J'embrassai sa mâchoire – déjà un peu râpeuse de barbe – afin de le remercier de sa compréhension, et il caressa mes cheveux, comme pour confirmer qu'il n'avait vraiment aucun problème avec tout ça. Son odeur – subtil mélange de linge frais, de léger parfum aux arômes boisés et d'effluves d'après-rasage – m'emplit les narines et je replongeai la tête dans son cou, sans parvenir à m'éloigner de lui.

40

Violette

Adam ne se fit pas prier et referma immédiatement les bras sur moi, se pliant de nouveau pour m'enlacer avec une tendresse si bouleversante qu'elle me perturba, me remua les tripes, comme aucune étreinte ne l'avait jamais fait. Il posa les lèvres sur le haut de mon crâne en un chaste baiser, mais débordant de ferveur, qui semblait m'avouer à quel point je lui étais précieuse, et je sentis sous mes mains sa cage thoracique se gonfler au maximum.

Taciturne, peut-être, mais certainement pas insensible ni avare en attentions. Les gestes d'Adam étaient si éloquents, si bruts et chargés d'émotions qu'ils me touchaient mieux que les mots ne sauraient le faire...

Je réalisai tout à coup que c'était exactement ce dont j'avais besoin. J'étais si bien ainsi, tellement en confiance et apaisée que j'en avais presque les larmes aux yeux.

— Tu travaillais ? articulai-je pour essayer de me ressaisir.

Et tâcher de donner le change. Je ne voulais pas qu'Adam commence à penser que j'étais une petite chose atrocement fragile et vulnérable – la manière dont il m'avait vue perdre la face devant Baptiste était suffisamment accablante comme ça.

— Oh, euh... plus ou moins, répondit-il en se redressant, me privant peu à peu de la chaleur de ses bras. Ce n'est pas pour les cours. Il s'agit plutôt d'un... projet personnel, en quelque sorte.

— Tu me fais voir ?

J'en savais si peu sur ce qui pouvait le retenir enfermé si longtemps dans sa chambre et je brûlais tant de découvrir l'artiste qu'il était...

Adam avisa le sol et se frotta le front, visiblement indécis. Je devinais que, après le moment que nous venions de passer ensemble, il n'avait pas spécialement envie de me refuser cette demande. Mais je mesurais également l'ampleur des efforts qu'exigeait de lui le simple fait de s'exposer ainsi, lui et son travail.

— Ce ne serait qu'un juste retour des choses, arguai-je avec un détachement que j'étais loin de ressentir. Après tout, tu as quand même feuilleté mon carnet le plus personnel et je ne me rappelle pas que tu aies pris soin d'obtenir mon autorisation au préalable.

Il poussa un grognement dépité et fronça le nez, fourrant les mains dans les poches de son jean.

— Ce n'était pas... pas tout à fait ça. Je n'ai pas fouillé dans tes affaires, je ne me le serais pas permis. Seulement... c'était il y a des semaines et je voulais juste m'excuser pour mon attitude, la première fois que nous avons fait le trajet jusqu'à l'école ensemble. J'ignorais comment m'y prendre. Je n'avais pas l'intention d'être indiscret, juste de noter quelques mots au bas d'une page au hasard, mais je suis tombé sur ta dernière illustration et... bref, je n'ai même pas réussi à écrire ce que je souhaitais. C'était complètement idiot...

— Non, c'était très beau. Triste, mais beau.

Comme toi, Adam...

Son regard accrocha le mien, intense et troublant.

— Je n'ai pas vu tes autres dessins, je n'en ai pas eu le temps. Mais celui-ci était sublime.

— Merci, balbutiai-je, un peu étonnée – c'était le premier vrai compliment qu'Adam m'adressait et le moins qu'on puisse dire était qu'il n'y allait pas avec le dos de la cuillère. Je suis un peu plus à l'aise quand on ne m'oblige pas à peindre des cailloux à l'aquarelle.

Il eut un petit rictus qui aurait presque pu s'apparenter à un sourire.

— Sans commune mesure, mais je maintiens qu'avec une à deux heures supplémentaires, ton étude documentaire de la pierre aurait été nettement plus convaincante.

— Trêve de bavardages, Adam, montre-moi cet autre projet, s'il te plaît. Tu n'as plus le choix, maintenant.

Il entrouvrit les lèvres, fit jouer sa mâchoire, puis finit par céder :

— Il semblerait, oui.

Adam se dirigea vers son bureau, ralluma son écran et se pencha pour manipuler la souris afin d'ouvrir l'explorateur de fichiers Windows, à la recherche de ce qu'il consentirait à dévoiler.

— Tu peux t'asseoir, lui recommandai-je, tandis que je le voyais encore courbé en deux, posté juste devant le fauteuil vide. Parce qu'il est possible qu'on en ait pour un moment. Je ne me contenterai pas d'un truc ou deux, je te préviens.

— Alors ça, tu vois, ça ne pourra se négocier que si tu apportes ce fameux carnet de croquis, c'est donnant-donnant.

Il me jeta un coup d'œil prudent, tenant manifestement à s'assurer que je comprenais qu'il plaisantait… à moitié seulement, comme toujours.

— Toi, assieds-toi, m'invita-t-il en poussant le siège dans ma direction.

Je m'approchai, puis fis de nouveau pivoter le dossier pour que le fauteuil revienne vers lui, refusant sa proposition pour lui en soumettre une autre :

— Je le ferai. Je ne comptais pas rester debout, de toute façon.

Adam cilla brièvement devant ma suggestion. Puis il se résolut à prendre place dans son fauteuil, laissant suffisamment d'espace entre le bureau et lui pour que je le rejoigne. Je m'installai sur ses genoux, me demandant soudain si ce rapprochement n'était pas un peu plus intime que ce à quoi je m'attendais.

— Tu me dis si je deviens trop lourde, ou si je te fais mal, m'inquiétai-je subitement.

Il laissa échapper un petit souffle brusque, entre amusement et circonspection. Puis il nia, d'un ton qui laissait presque entendre qu'il se moquait de moi :

— Aucun risque.

Après un court instant d'hésitation, il enveloppa ma taille d'un bras et s'inclina au-dessus de moi, son torse se plaquant contre mon dos. Il se racla la gorge et expliqua, son haleine chaude me chatouillant le cou :

— En fait de projet, il s'agit plutôt d'entraînement, de matière pour enrichir mon portfolio. Ce n'est pas destiné à être véritablement lu, donc il faudra faire preuve d'une certaine indulgence. Quoique, tout bien considéré, mieux vaut que tu ne t'attardes pas sur le texte et que tu te concentres uniquement sur les visuels, d'accord ?

Il ouvrit un dossier, sélectionna un fichier et une planche de bande dessinée apparut à l'écran.

J'écarquillai les yeux et m'avançai pour examiner de plus près l'écran, abasourdie, tandis qu'il faisait déjà défiler la suite, affichant une double page.

— Adam, c'est… waouh…

Le trait était assuré, époustouflant de justesse et de dynamisme. La stylisation des personnages évoquait vaguement le manga mais possédait un rendu plus abrupt, subtil et réaliste, reflétant un vrai parti pris artistique, extrêmement singulier et personnel. La colorisation était finement maîtrisée, assez sombre, offrant un puissant contraste entre la dureté et la fraîcheur des teintes métalliques et la chaleur des tons plus ocre des paysages.

Les différentes cases dépeignaient un univers de science-fiction futuriste fourmillant de détails créatifs, où évoluait un jeune androïde au corps abîmé – le héros, apparemment.

— C'est fabuleux, le félicitai-je, de plus en plus épatée par la richesse et la profondeur de son travail. Tu es extrêmement talentueux.

Adam poussa un bref grognement et embrassa mon épaule en guise de remerciement. Puis il cala le menton contre mon omoplate, son nez plongé dans mes cheveux, et me serra contre lui, faisant apparaître la page suivante avec indifférence, comme si les images sur son moniteur ne l'intéressaient plus vraiment.

— Je sais que tu n'y tiens pas plus que ça, mais tu ne voudrais pas me laisser quand même le temps de lire un peu ? quémandai-je en posant la main sur la sienne. S'il te plaît...

Il captura mes doigts et les pressa, avant de flancher :

— Je doute que ce soit le genre d'histoires qui te plaise, mais si tu insistes, pourquoi pas. Encore que, dans ce cas, il faudrait revenir en arrière. Il y a un premier cycle avant ce volume-ci. Je te préviens, le niveau est très inégal et la scénarisation mériterait clairement d'être améliorée.

— Plusieurs volumes ? Tu veux dire que tu as réalisé une série de BD à toi seul ?

— Eh bien, j'ai beaucoup de temps libre. Et j'ai démarré ce projet il y a longtemps, maintenant. Ne va pas imaginer une saga à rallonge, elle ne compte que quatre tomes pour l'instant. Je viens juste de commencer le cinquième.

Je tournai la tête vers lui, atterrée par l'absence totale de fierté avec laquelle il m'annonçait un truc pareil. Mais

Adam était sérieux, il ne feignait pas l'humilité. Ce travail révélait l'artiste démentiel qu'il était, contenait des heures et des heures de dur labeur, sa passion pour l'art, son âme et son cœur, et cela semblait n'avoir quasiment aucune valeur à ses yeux...

— Je veux tout lire, murmurai-je avant de déposer un petit baiser sur ses lèvres. Demain soir, je reviens et tu me montreras le premier volume, d'accord ?

J'avais hâte de faire connaissance avec le monde d'Adam, de découvrir tous les secrets et trésors fascinants que cachait encore ce jeune homme renfermé et effacé qu'il semblait être. Néanmoins, la soirée était déjà bien entamée et j'avais encore un devoir à terminer pour le lendemain. Cette douce parenthèse devait prendre fin, aussi pénible que puisse être l'idée de devoir traverser le couloir pour retourner à mon quotidien...

— D'accord, accepta-t-il finalement, avant de transiger : Mais n'oublie pas ton carnet.

— Promis.

Je me relevai à regret puis, une fois près de la porte, j'ajoutai :

— Oh, et ne t'embête pas à ramener une chaise supplémentaire.

— Certainement pas, confirma-t-il en arquant un sourcil.

Je pouffai de rire et soudain, un sourire étira les lèvres d'Adam. Deux séduisantes fossettes lui creusèrent les joues, illuminant ses traits secs et anguleux, le transformant pendant un bref instant, conférant à son visage une incontestable beauté, un charme absolument éblouissant. Renversant...

L'air me manqua mais je n'en montrai rien, tentant de graver dans ma mémoire ce moment furtif et l'intense ravissement que j'éprouvais.

41

Adam

Ainsi que nous l'avions fait quasiment tous les jours de la semaine par petites séances après dîner, je pressai Violette contre moi, me penchant sur le côté pour griffonner dans son carnet tandis qu'elle se tenait assise sur mes genoux, accoudée à mon bureau, lisant pour la deuxième fois le récit que j'avais mis en mots et en images sous la forme d'une espèce de comics numérique. J'avais attendu avec impatience que vienne le week-end, devoir chaque fois se limiter à moins d'une heure ensemble, faute de temps disponible, étant extrêmement frustrant.

Le soleil était en train de se coucher et, après avoir passé ce samedi après-midi chacun de notre côté à essayer l'un et l'autre d'avancer sur nos devoirs, nous nous retrouvions, comme nous en étions convenus, pour partager cette soirée.

Toute la soirée.

Peut-être, avec un peu de chance, la première d'une longue liste...

Ou beaucoup de chance, finalement. J'avais parfaitement conscience de l'instabilité de notre relation – si tant est qu'elle puisse être ainsi qualifiée.

Comment quelque chose qui n'avait même pas été défini pouvait-il à ce point tout bouleverser ? Tout changer, du détail le plus insignifiant jusqu'à l'énergie qui m'animait, me réveillait le matin et m'empêchait de dormir la nuit ?

Pas de destination.

Pas la moindre assurance d'une quelconque durabilité, ni aucun engagement de quelque forme que ce soit. Pas de terme sur ce que nous étions l'un pour l'autre. Et pas un mot de tout cela, à personne.

Je n'étais toujours rien et elle était devenue absolument tout.

Pourtant, cela me convenait.

Bien sûr, prétendre que je n'en aurais pas voulu davantage aurait été clairement mentir. Prétendre que je n'en espérais pas plus, un affreux parjure. Je gardais toutefois cela pour moi et me contentais de profiter au maximum de chaque petite marque, chaque attention et moment de tendresse que Violette consentait à m'offrir.

C'était déjà tellement…

Elle n'avait aucune idée de ce qu'elle représentait pour moi, de tout ce qu'elle était, cette enivrante bouffée d'air pur, ces couleurs chatoyantes brillant d'une lueur folle dans les ténèbres de ma vie, de ce que son rire, sa douceur et sa lumière m'apportaient. Or cela me convenait aussi.

C'était bien ainsi…

Parce qu'elle aurait pris peur si elle avait su, parce qu'elle aurait sans doute éprouvé le besoin de remettre de la distance entre nous. Le rêve se serait évanoui, elle l'aurait repris avec elle et aurait eu raison.

J'étais dingue parce que je m'étais épris de la seule fille que j'avais voulu détester. J'étais dingue parce que je n'avais jamais eu qu'un seul et unique béguin et qu'après des années à tenter de haïr une idée plus qu'un souvenir, cela m'explosait en pleine figure.

Mais je ne voulais plus entendre parler de cette histoire. Jamais. J'avais été stupide de tenir Violette pour responsable de réactions en chaîne qu'elle n'avait pas sciemment déclenchées, sur lesquelles personne n'avait de réelle maîtrise de toute façon... si ce n'était peut-être moi-même, au bout du compte.

Cela n'avait plus d'importance désormais. Celui que j'étais jadis n'existait plus. Je parvenais dorénavant à me détacher du passé pour me concentrer sur le présent... et de temps en temps, songer un peu à l'avenir – l'avenir immédiat, du moins.

Comme la prochaine fois où je pourrais tenir Violette dans mes bras.

J'avais passé ces dernières journées en apnée, de l'instant où elle quittait ma voiture le matin jusqu'à la seconde où elle franchissait la porte de ma chambre le soir pour venir me retrouver et où je pouvais enfin l'embrasser comme j'en avais envie, sans plus me soucier qu'on puisse nous surprendre.

Dans ces moments-là, je me découvrais étonnamment avide et éperdu, capable de lâcher prise en un éclair, comme jamais je n'aurais cru pouvoir le faire. J'avais bien du mal à me tempérer – ce qui allait d'ailleurs curieusement en empirant. Néanmoins, je mettais un point d'honneur à respecter le souhait de Violette de ne progresser que très lentement, de ne pas brûler les étapes – ayant à cœur d'explorer déjà la première – et tâchais systématiquement de redescendre sur terre avant qu'elle n'ait à me le demander.

Et cela me convenait également.

Des tas de questions me brûlaient les lèvres. Je crevais d'envie de l'interroger au sujet de ce qui avait pu la rendre aussi méfiante à l'égard des relations, de comprendre pourquoi, parfois, elle devenait tout à coup si nerveuse et si peu sûre d'elle avec moi, quand d'ordinaire elle était pourtant si confiante et pleine de témérité. Pourquoi son regard, de temps à autre, dans les rares instants où elle croyait que personne ne l'observait, se teintait-il de mélancolie ?

J'enfouissais cependant ces réflexions au fond de mon esprit, m'interdisant d'envisager de les exprimer.

Parce que, alors, Violette aurait eu le droit de me questionner à son tour, et je ne pouvais permettre qu'elle apprenne à quel point la liste de mes expériences précédentes était un néant absolu...

J'ignorais par quel miracle elle ressentait une certaine attirance pour moi – ou du moins, quelque chose chez moi lui plaisait. Non pas un type tatoué avec des allures de beau gosse pour couverture de magazine tel que Peter ou encore une espèce de hipster branché tel que Roch, mais *moi*. Même mes baisers – si imparfaits et chaotiques soient-ils – semblaient lui plaire. Et pour rien au monde je ne voulais que cela change.

Pour rien au monde je n'aurais laissé quoi que ce soit modifier la façon dont elle me regardait depuis que j'avais eu l'audace – et l'inconscience – de l'embrasser pour la première fois.

— Ce nouveau cycle, il se terminera bien, n'est-ce pas ? s'enquit-elle en se laissant aller en arrière, s'appuyant contre mon torse. Pas comme le premier...

— Oui, je te le promets.

— Cette histoire est magnifique, mais elle est tellement triste...

Je posai les lèvres sur sa nuque et raffermis mon étreinte, ne sachant que répondre à cela.

Violette affirmait trouver mon récit captivant et il fallait croire que c'était la vérité, dans la mesure où elle en avait fait la lecture deux fois, coup sur coup.

— Il faudrait un personnage féminin fort, que ton héros puisse trouver l'amour, suggéra-t-elle en se tournant légèrement vers moi.

— Hmm, non, protestai-je sans pouvoir retenir une grimace. C'est trop convenu. Et il doit rester seul. C'est comme ça, c'est tout.

— Mais ça n'aura rien d'un *happy end,* dans ce cas. Je ne te parle pas d'un truc fleur bleue, mais d'une relation qui apporterait une dimension nouvelle aux questionnements de ton androïde. Cette fille pourrait être une alliée de l'antagoniste et ne réaliser qu'à la fin qu'elle était dans l'erreur. Elle pourrait avoir cru toute sa vie qu'elle avait été fabriquée artificiellement, pour découvrir qu'en fait, elle avait toujours été humaine.

— L'inverse de *Blade Runner*, en somme ?

— Oui, enfin, je suppose, acquiesça-t-elle en replaçant une mèche de ses cheveux derrière son oreille. C'est ton film préféré, c'est ça ?

J'approuvai d'un petit grognement, déjà trop enivré par sa proximité, ayant une conscience aiguë de chacune des zones où nos corps se touchaient à travers nos vêtements.

Passer tout ce temps si près d'elle, son postérieur posé sur mes cuisses, se révélait à peu près aussi grisant que... eh bien, douloureux.

— Adam, m'interpella-t-elle, m'arrachant à mes dangereuses rêveries. Tu es d'accord ou non ? Tu me feras voir ce film ?

— Euh, oui... oui, bien sûr. Avec plaisir.

— Tu as fini, au fait ?

Violette fit glisser son carnet vers elle sur le bureau et inspecta les croquis que j'y avais faits, reprenant à sa demande les exercices que nous avions vus en cours.

— Je savais que cette perspective n'était pas bonne mais je n'arrivais pas à comprendre pourquoi, m'indiqua-t-elle en pointant de l'index l'un de ses dessins, à côté duquel j'avais proposé un autre tracé, légèrement différent.

J'allais lui expliquer ce qui, à mon sens, clochait quand une autre remarque, qui n'avait absolument rien à voir mais me taraudait depuis un bon moment, surgit et m'échappa :

— Ta dernière illustration, c'est un mec.

— Je ne sais pas si je dois te féliciter pour ton sens de l'observation ou bien m'estimer heureuse d'avoir réussi à rendre le genre de mon personnage identifiable, ironisa-t-elle.

Je tournai les pages pour revenir à cette esquisse d'un type assis en hauteur sur la poutrelle métallique d'une structure en ruine, en train de contempler l'immensité du vide à ses pieds, sa silhouette se muant peu à peu en un tourbillon de pétales charbonneux.

— D'habitude, tes créations personnelles sont exclusivement féminines, observai-je, plus intrigué que je ne l'aurais voulu.

— C'est vrai, mais j'avais envie de changement. Je ne sais pas trop pourquoi. Tu m'inspires, je crois.

— Moi ?

Violette recula légèrement pour mieux me regarder et sourit, l'air à la fois amusée et un peu embarrassée.

— Ben oui, c'est toi, banane !

J'eus un petit rire de gorge sceptique et récupérai le carnet pour l'examiner de plus près.

— Non, ce n'est pas moi, ça, contestai-je, on ne peut plus formel.

Ce gars avait des traits harmonieux. Il se dégageait de lui une certaine force, en même temps que quelque chose de sombre et de poétique. Ses cheveux volaient dans le vent, lui conférant un air mystérieux. Il était assis, mais il était évident qu'il était grand, presque trop, et il était entièrement vêtu de noir...

D'accord, c'était moi. Ou l'idée que se faisait Violette de moi. Ce qui était encore plus déconcertant...

— Tu as ri, constata-t-elle en battant des cils, comme si c'était un fait notable.

— Non, je n'ai pas... hum, si, peut-être. Mais seulement d'étonnement.

Je ne voulais pas qu'elle imagine que je me moquais de son travail car j'en étais à des années-lumière.

Violette effleura ma mâchoire de ses doigts fins et frais, m'étudiant pensivement. Puis elle s'inclina vers moi et murmura :

— Tu devrais vraiment faire ça plus souvent.

Ses lèvres se pressèrent contre les miennes - prouvant que ma réaction ne l'avait pas vexée - et je m'efforçai de lui répondre avec autant de délicatesse - ou un minimum, du moins - tandis que l'urgence pulsait déjà en moi.

Le bruit de la porte d'entrée, au rez-de-chaussée, nous arrêta brutalement. Violette se redressa, puis descendit carrément de mes genoux pour se remettre debout.

— Ce doit être ma mère, m'avertit-elle. J'avais complètement oublié que j'avais promis de lui filer un coup de main pour ranger les courses et préparer le dîner. Désolée… On se retrouve tout à l'heure, après le repas, OK ?

42

Adam

Cette situation était vraiment éprouvante. Violette et moi vivions sous le même toit, allions en cours ensemble et pourtant, se retrouver tous les deux seuls et profiter de quelques heures de tranquillité semblait relever de l'exploit.

Je me redressai avant qu'elle ne passe la porte et m'entendis proposer :

— Pas de problème, je peux sans doute me rendre utile également.

Violette fronça les sourcils, manifestement surprise, mais un sourire ravi apparut sur son magnifique visage de poupée, me faisant aussitôt oublier toutes les raisons qui m'avaient poussé à ne jamais me mêler de rien dans cette maison. Je lui emboîtai le pas pour aller avec elle à la cuisine, où Catherine s'affairait déjà.

Cette dernière ne releva le nez du frigo qu'au moment où j'entrai dans la pièce, pour me dévisager comme si j'étais une espèce de fantôme – ce que je devais probablement représenter à yeux, dans la mesure où je m'étais toujours arrangé pour ne jamais la croiser en dehors des repas.

— Violette m'a dit que vous aviez besoin d'aide, me sentis-je obligé de me justifier en haussant les épaules.

Catherine pencha la tête sur le côté, puis balbutia :

— Ah, oui... C'est gentil, Adam.

En réalité, non, cela ne l'était pas du tout. J'avais même un sacré métro de retard. Mais c'était bien la toute première fois que j'adressais directement la parole à ma belle-mère en plus de dix mois de cohabitation. Aussi comprenais-je qu'elle en soit quelque peu déstabilisée.

Mon père ne devait pas rentrer avant plus d'une heure, donc je décidai que, pour une fois, il n'allait rien arriver de grave si je prenais le risque d'essayer de me comporter comme une personne à peu près normale durant cet intervalle.

— Tiens, range ça, s'il te plaît, m'enjoignit Violette en me tendant plusieurs boîtes de conserve.

Je m'empressai de retirer les mains des poches de mon jean et m'exécutai.

Après un long silence, à trier et répartir dans les placards les diverses provisions rapportées par Catherine, celle-ci hasarda :

— Est-ce que vous sortez après dîner ?

— Nope, pas ce soir, on doit commencer à travailler sur notre exposé, Adam et moi, prétexta Violette. Puis on a eu une semaine chargée, donc je compte plutôt me reposer ce week-end.

— C'est plus sage, en effet, approuva Catherine. Sans compter que tu es déjà rentrée assez tard hier, non ?

La veille, Violette était allée en ville avec ses amis pour fêter l'anniversaire d'Hannah. Elle avait longuement insisté pour que je me joigne à eux – comme elle persistait d'ailleurs à insister pour que je les accompagne au restaurant universitaire tandis que, de mon côté, je me résignais à systématiquement refuser. Cependant, et même s'il avait été très pénible de ne pas la voir de la soirée, m'incruster à un événement organisé par Hannah me paraissait relativement déplacé.

En outre, et même si j'avais envie de passer autant de temps que possible avec Violette, je craignais qu'elle finisse par se lasser de mon attitude en société. De mon mutisme quasi pathologique dès lors que je n'étais plus seul avec elle et de tout ce qui me rendait si bizarre et sautait aux yeux des autres lorsque je me trouvais parmi un groupe.

— Adam, tu n'as qu'à éplucher les pommes de terre, OK ? suggéra Violette en posant l'économe sur le plan de travail devant moi. Tu sais comment on fait ou ce genre de choses t'est totalement étranger ?

Catherine nous jeta un coup d'œil curieux et je me demandai si le fait que sa fille se montre aussi familière avec moi allait lui mettre la puce à l'oreille. C'était toutefois oublier qu'il était dans la nature de Violette d'agir avec tout le monde de la sorte...

— Je peux te montrer, sinon, offrit-elle. Ce n'est pas bien compliqué.

— Je te remercie, mais ça devrait aller, rétorquai-je. Il se trouve que je possède tout de même quelques bases.

Avant que Catherine n'emménage ici, je me chargeais, la plupart du temps, de préparer les repas. Je n'étais pas un cordon-bleu, m'étant toujours cantonné au strict minimum, mais je me débrouillais avec les plats les plus simples.

— Est-ce que je te prévois une part de tofu ? se renseigna Violette, comme je me concentrais sur ma tâche.

— Oh, euh... non merci, déclinai-je sans parvenir à réprimer un léger froncement de nez. Ce n'est pas trop... mon truc.

— Mauvaise réponse, me taquina-t-elle. C'est parce que tu n'as jamais goûté le mien, c'est tout ! Bon, tu en auras une part quand même. Ce serait dommage de mourir idiot, tu ne crois pas ?

— Violette, arrête un peu d'embêter Adam, intervint Catherine, roulant les yeux de stupéfaction.

— Non, elle a raison, protestai-je. Je ne tiens effectivement pas à mourir idiot alors qu'il suffit de si peu pour y remédier.

Violette pouffa de rire et la chaleur de ce son merveilleux, légèrement rauque et tellement suave, que j'avais manifestement provoqué, s'insinua en moi. Et tout à coup, je fus plus à l'aise…

— Ne te sens pas obligé, Adam, continua Catherine. Je vais te préparer un steak comme pour Ludwig de toute façon. Violette voudrait convertir l'humanité tout entière à sa cause, mais elle ne se rend pas compte que ce type de régime n'est pas forcément adapté pour tous.

— C'est surtout une question de volonté, opposa cette dernière.

— Sans doute, concédai-je. Et j'admire ceux qui en ont assez pour avoir une telle hygiène de vie. Mais, même si, comme n'importe qui, je peux essayer de réduire ma consommation de viande, je doute en revanche d'être moi-même capable un jour de ne plus en manger du tout.

— Rassure-toi, personne ici ne te le demande, attesta Catherine.

— Non, personne, confirma Violette. C'est déjà bien que tu sois prêt à faire des efforts.

Nous terminions de mettre la table avec Violette lorsque mon père rentra. Un seul coup d'œil me permit de deviner qu'il avait dû boire au moins un verre avec ses amis… trahissant de fait le seul engagement qu'il ait jamais pris envers moi.

L'atmosphère s'alourdit soudain et l'étau qui me compressait quasi continuellement la poitrine réapparut. Pour se resserrer à mesure que je percevais le regard de Violette se concentrer sur moi… tandis que je me focalisais sur un point dans le vague, l'évitant autant que possible.

Elle savait qu'à partir de cet instant, et jusqu'à ce que nous nous retrouvions dans ma chambre, je ne dirais plus un mot. Elle savait qu'elle ne ferait qu'envenimer la situation si elle tentait de s'adresser à moi devant mon père. Et elle était clairement en train de se demander pourquoi...

Elle commençait à présent à me connaître et c'était inquiétant. J'étais resté prudent dans ce que je lui avais révélé, mais pas suffisamment. Trop d'éléments avaient échappé à mon contrôle. Je ne pourrais jamais regretter notre relation, cela m'était tout bonnement impossible. Toutefois, cela n'enlevait rien au fait que c'était sans aucun doute une erreur.

— Ton entraînement s'est bien passé, mon chéri ? s'enquit Catherine à l'adresse de mon père, comme nous nous installions pour dîner.

— Pas vraiment, non, répondit-il avec un reniflement agacé. François s'est blessé la semaine dernière et l'un de mes remplaçants s'est fêlé une côte cet après-midi, ce qui fait qu'il ne pourra pas non plus assurer le match de demain.

— Alors il faut un remplaçant au remplaçant, c'est ballot, quand même, plaisanta Violette.

— Que veux-tu, dans ce genre de sport, ce sont des choses qui arrivent souvent, reprit mon père. Mais vous verriez la dégaine du gars qu'il me reste ! Il ne doit pas peser plus de soixante kilos tout mouillé. Autant déclarer forfait tout de suite, avec une telle bande de bras cassés...

— Tu pourrais avoir des surprises, tempéra Catherine. Parfois, certaines personnes sont plus fortes qu'il n'y paraît.

— Enfin, dans ce cas précis, ça relèverait du miracle. Évidemment, si Adam avait accepté d'intégrer l'équipe, on n'en serait pas là.

Bien entendu, je m'attendais à ce que cela me retombe dessus. Dès qu'un problème quelconque se présentait à lui, il m'en tenait toujours, d'une manière ou d'une autre, pour responsable. Que ce soit cohérent ou non n'était guère un souci pour lui. Au demeurant, il n'avait pas besoin de davantage qu'un vague prétexte pour s'attaquer à moi.

Comme d'habitude, je fis mine de ne pas être concerné et continuai de fixer mon assiette.

— Sans déconner, ça sert à quoi d'être une telle armoire à glace si c'est pour rester le cul vissé sur une chaise toute la journée ? s'indigna mon père. Si ce n'est pas risible, franchement ! Mais non, les activités de bonhomme, ce n'est apparemment pas pour lui. Monsieur a peur de se salir les mains, je suppose, et préfère ses petits dessins de tapette.

Violette, choquée, eut un mouvement de recul mais Catherine l'empêcha de prendre la parole en tentant de plaider en ma faveur – à tort, si seulement elle savait à quel point c'était vain.

— Adam nous a aidées à préparer le dîner ce soir. Et Violette m'a dit qu'il avait eu la meilleure note de leur promotion à leur dernier devoir.

— À la bonne heure, il ne manquerait plus qu'il soit nul pour ça aussi. Un conseil, Violette, pour votre exposé : ne laisse pas Adam s'exprimer à l'oral, ce serait une catastrophe. Il le cache un peu mieux depuis quelques années, mais au cas où tu ne t'en serais pas aperçue, en vérité, mon fils est handicapé. Vous vous ridiculiseriez tous les deux à coup sûr. Enfin, c'est pour toi que je dis ça. Je ne voudrais pas que tu t'attires des ennuis par la faute de ce grand imbécile, tu comprends ?

Je pensais être complètement immunisé mais essuyer encore les remarques dégradantes de mon père tout en m'efforçant de faire la sourde oreille se révélait définitivement plus compliqué lorsque Violette se trouvait dans les parages. Curieusement, cela devenait tout de suite nettement plus humiliant…

À ma grande honte, je l'entendis laisser tomber sa fourchette dans son assiette pour prendre ma défense :

— Adam n'est pas…

— Oui, bon, et si on changeait de sujet ? s'interposa Catherine. Mon amour, ton entraînement t'a mis de mauvaise humeur, ce n'est pas grave, ça arrive à tout le monde. On pourrait sortir prendre un verre après le dessert, toi et moi, histoire de se détendre un peu. Qu'en penses-tu ?

— Désolé, c'est vrai, j'ai les nerfs en pelote ce soir, concéda mon père, déployant à l'évidence des trésors d'énergie pour se reprendre. J'ai tendance à oublier que mon passif avec mon fils ne vous concerne pas. Je ne tiens pas à vous mêler l'une et l'autre à nos problèmes.

Non, clairement, personne ne le souhaitait…

Catherine s'évertua à entretenir la conversation, obligeant mon père à parler de choses futiles qui n'avaient rien à voir ni avec le rugby ni avec moi. Violette ne chercha plus à intervenir, mais je pouvais sentir sa colère et ses interrogations enfler à mesure que les minutes s'égrenaient.

43

Adam

J'étais dans le couloir, m'apprêtant à monter à l'étage quand mon père m'arrêta, planté devant la porte du sous-sol :

— Fiston, il faut qu'on ait une discussion. Maintenant.

Là-dessus, il descendit l'escalier, n'ayant absolument aucun doute quant à mon entière et immédiate coopération.

À raison...

Violette était toujours dans la cuisine avec sa mère et la télé, comme d'habitude, tournait en arrière-fond dans le salon. Je n'avais pas intérêt à traîner si je voulais que personne d'autre n'ait à subir l'excès de colère de mon père, déjà si palpable pendant le repas.

Naturellement, il n'y aurait aucune discussion. Je n'aurais guère l'opportunité de m'exprimer – et quand bien même, qu'aurais-je pu dire de toute manière ? J'aurais seulement l'occasion d'encaisser ses insultes et une nouvelle raclée en règle.

Je fis le vide dans mon esprit et le suivis, refermant précautionneusement la porte afin que personne n'entende rien de ce qui se passait entre lui et moi.

La lumière était allumée dans l'atelier où il m'attendait, ce qui était vraiment mauvais signe. Cette salle regorgeait d'objets dangereux et je pressentais que sa rage était à son comble. Avant, je ne craignais pas de risquer d'y passer à force d'endurer ce traitement, c'était d'ailleurs une perspective que j'avais souvent envisagée. Presque souhaitée...

Mais les choses étaient désormais différentes.

Cela devenait beaucoup plus difficile à accepter parce que, plus que tout, je voulais savoir où me mènerait ce lien tissé avec Violette. Plus que tout, je refusais de renoncer à ce fragment d'espoir qu'elle m'avait donné.

Cependant, quel choix avais-je ? S'il ne passait pas ses nerfs sur moi, là, tout de suite, quelqu'un d'autre aurait forcément à en pâtir. Quelqu'un d'autre ferait les frais de ce trop-plein de violence qui l'habitait et menaçait d'exploser d'une minute à l'autre. Et ce n'était pas une chose que je pouvais laisser se produire.

J'avalai une grande bouffée d'air en descendant la dernière marche, appelant à moi la morsure du froid, qui mettait tant de temps à venir. D'ordinaire, elle me cueillait en un éclair, dès lors que je décelais le feu de la fureur en lui. Mais ce soir, je peinais déraisonnablement à me blinder. L'espèce d'état léthargique dans lequel j'arrivais généralement à me plonger en guise d'unique protection contre lui semblait se dérober à moi.

— Alors comme ça, il paraît que tu parles à Catherine ? m'accusa-t-il, me tournant le dos, debout devant son établi. Et tu parles avec Violette aussi, comme si vous étiez amis, c'est bien ça ? Mon fils ouvre sa grande gueule à tort et à travers ?

— Oui, papa, c'est tout moi, ça.

Je n'aurais pas dû répondre. Je ne gagnais strictement rien à le faire. Mais je voulais qu'on en finisse vite. Je voulais juste rejoindre Violette et passer cette soirée qu'elle m'avait promise avec elle...

Il me jeta un regard en biais, par-dessus son épaule, et un rictus aussi méprisant que satisfait lui tordit la bouche. Parce qu'il avait obtenu une réaction de ma part et que, même s'il détestait que je m'adresse à lui, il adorait me voir résister un tant soit peu et lui fournir ainsi une excuse pour se montrer plus cruel encore.

Parallèlement, j'avançai jusqu'à n'être plus qu'à quelques centimètres de lui, les bras le long du corps, lui offrant tout le loisir de m'atteindre.

— Tu n'as pas à leur parler ! me rappela-t-il implacablement. Tu n'as pas à parler à qui que ce soit, putain ! Tu t'en tiens à ce que je t'ai dit. Tu restes à ta place et tu la boucles, Adam, c'est clair ? J'espère que tu es content car maintenant absolument tout le monde va savoir que j'ai un attardé pour rejeton ! Tu n'en as pas marre de me foutre la honte tout le temps, parce que moi, je n'en peux plus !

Pour lui, le bégaiement dont j'avais souffert avait toujours été synonyme de débilité – plus jeune, j'avais d'ailleurs réellement cru l'être à force qu'il me le répète. Malgré le discours des médecins, mon père s'obstinait à considérer cela comme la manifestation d'une profonde déficience mentale. Et mes bulletins scolaires des plus corrects – à l'exception d'une seule et unique année d'affaiblissement – n'y avaient jamais rien changé.

En outre, je m'étais si bien plié à ses consignes, j'avais si bien intégré que je devais continuellement me taire, qu'il ne s'était même pas rendu compte que j'avais quasiment réussi à surmonter ce problème.

Je le vis se cramponner des deux mains au rebord de son établi, furieux. Puis tout s'accéléra lorsqu'il attrapa une clé à molette qui traînait là pour me frapper dans les côtes, deux fois coup sur coup.

J'essayai de rester debout, mais la douleur fut si cinglante que je ployai sous le choc, le souffle bloqué dans mes poumons et les mâchoires serrées à m'en broyer les dents.

— Allez, défends-toi, sale mauviette, me cracha-t-il, ouvrant les bras dans un geste d'invitation. Je sais que tu en es capable, mon nez s'en souvient encore. Vas-y, bordel !

Ne. Pas. Réagir.

Jamais.

Ce n'était pas difficile... il suffisait de...

Mais où était ce fichu froid ? Où était passée mon armure d'impassibilité ?

J'avais mal et envie de hurler, de tout casser dans sa saloperie d'atelier à la con.

Malgré mes efforts acharnés pour demeurer entièrement maître de moi-même et ne produire aucun bruit, un sifflement accablant m'échappa.

— Quoi, tu as déjà ton compte ? en profita-t-il pour se moquer, peu habitué à ce que je lui offre un quelconque signe de détresse. Tu t'es sacrément ramolli, Adam. Tu vas chialer comme une gonzesse ou tu vas enfin me cogner comme un homme ?

Il me saisit les cheveux et m'attira violemment à lui pour me murmurer à l'oreille :

— Personne ne le saura, alors t'attends quoi, petite merde ?

Je ne m'étais pas trompé, son haleine était effectivement teintée d'effluves d'alcool.

Il leva le bras, prenant son élan pour m'assener un nouveau coup de clé à molette, visant entre les omoplates, cette fois.

Ne pas réagir. Jamais. Ne pas réagir. Jamais. Ne pas réagir. Jamais...

Soudain, un bruit provenant du rez-de-chaussée le stoppa net.

Quelqu'un venait de frapper à la porte, en haut de l'escalier.

— Eh oh, vous êtes là ?

C'était Violette.

Non...

Qu'est-ce qu'elle venait faire ici ?

Le déclic métallique de la poignée résonna dans le silence du sous-sol.

Et une peur panique m'envahit, me retourna les tripes, me submergeant en un éclair.

S'il posait la main sur elle, je ne pourrais plus répondre de rien.

S'il posait la main sur elle, je pourrais le tuer...

Le réaliser était terrifiant, mais toujours moins que la perspective de le voir s'en prendre à elle.

Mon père me relâcha brusquement et me repoussa.

— Tu as intérêt à te tenir droit, c'est compris ? me menaça-t-il à voix basse, pointant l'index dans ma direction.

— Je ne voudrais pas vous déranger en pleine conversation père-fils, tout ça, lança Violette, le bruit de ses pas résonnant sur le ciment des marches, se rapprochant progressivement. Mais bon, Adam et moi, on a un exposé à faire et j'aimerais bien ne pas me coucher trop tard ce soir. Donc en fait, si, je me permets de vous interrompre.

44

Adam

Elle se posta prudemment sur le palier, à la jonction des différentes pièces du sous-sol et fit comme si tout était parfaitement normal.

— Tu viens, Adam ?

Je savais ce qu'elle essayait de faire.

La semaine dernière, elle avait cru que mon père me sermonnait durement et elle devait penser que cela se reproduisait ce soir. Après ses remarques désobligeantes du dîner, tout le laissait à penser de toute façon.

Violette tentait de me tirer de là. Parce qu'elle avait compris que, d'une manière ou d'une autre, cela m'était nocif.

— C'est bon, fiston, tu n'as qu'à remonter avec Violette, m'accorda mon père. Nous aurons cette discussion plus tard.

Je plongeai les mains dans mes poches, serrant âprement les poings sous la brûlure irradiante qui m'élançait un peu plus le torse chaque fois que j'inspirais, puis rejoignit Violette, le regard rivé au sol.

Si je la regardais, elle saurait…

Elle découvrirait l'horreur de ma vie, l'horreur que j'étais – et dont elle n'avait finalement eu qu'un très faible aperçu.

Ces abominations que mon père et moi étions. Lui, mon bourreau, moi, sa chose, complètement assujetti, rampant sous son emprise, monstre en devenir.

Je montai l'escalier quatre à quatre, tâchant de semer Violette, tout en espérant que la crainte d'être ainsi surpris ait un tant soit peu calmé mon père – du moins pour la soirée. Je filai droit dans ma chambre mais ne pus me résoudre à refermer la porte derrière moi. Violette était sur mes talons, et même si j'étais incapable de lui parler dans l'instant, je ne pouvais pas non plus la traiter de cette façon.

Elle entra dans la pièce à ma suite et repoussa le battant à ma place. S'ensuivit un long et pénible moment de silence, durant lequel elle m'examina attentivement tandis que je faisais les cent pas, trop sur les nerfs pour réussir à me poser quelque part et donner le change.

J'avais eu tellement peur…

L'une des pires peur de toute mon existence.

Est-ce que cela aussi allait revenir me hanter dans mes cauchemars, à présent ?

— Adam, tu m'en veux ? m'interrogea-t-elle.

Je secouai la tête, faute de pouvoir répondre.

— Ton père, il… tu ne devrais pas l'écouter, bredouilla-t-elle.

Je parvins enfin à recouvrer quelques bribes de sang-froid et m'appuyai d'une main au mur, à l'extrémité de la pièce, demeurant à bonne distance d'elle, m'obstinant à lui tourner le dos. La douleur me serrait la gorge et je peinais à bloquer ses effets pour afficher une expression neutre.

Habituellement, j'arrivais à gérer ce genre de choses. Je savais le faire.

Mais pas ce soir…

— Il ne cherche qu'à te rabaisser sans cesse, s'indigna-t-elle.

— Ah oui, tu trouves ? lui retournai-je beaucoup plus sèchement que je ne l'aurais voulu. Parce que je me demandais si cela avait échappé à quelqu'un, justement !

Je me passai la paume sur le visage, horrifié par mon attitude.

— Pardon, m'empressai-je de marmonner.

Je soupirai profondément, luttant pour me ressaisir, puis osai un rapide coup d'œil vers elle.

Elle se tenait près de la porte, comme sur ses gardes, et paraissait étonnamment plus préoccupée que fâchée.

Elle croisa les bras, haussa les épaules, puis répondit :

— Tu as le droit de te mettre en colère, parfois.

Vraiment ?

Cela signifiait-il qu'elle ne me tiendrait pas rigueur de mon emportement ? Pourquoi ne m'avait-elle pas plutôt répondu sur le même ton, elle qui, en général, partait toujours au quart de tour ? Elle aurait dû, pourtant…

— Pas contre toi, protestai-je, la nervosité me quittant subitement pour me laisser las, totalement lessivé.

Elle s'approcha de moi mais s'arrêta avant d'être à mon niveau, hésitante.

— Il voulait te convaincre de rejoindre son équipe de merde, c'est ça ?

— Quelque chose comme cela, oui, acquiesçai-je évasivement.

Il y avait presque un soupçon de vérité là-dedans. Mon père espérait systématiquement que j'allais basculer et le rejoindre du côté obscur, que j'allais me mettre à le frapper moi aussi. À juste titre, puisque cela s'était déjà produit une fois…

— Tu n'as qu'à envoyer chier ce connard pour de bon. Il faut qu'il arrête de te prendre la tête avec ses idées rétrogrades et complètement stupides sur ce que tu devrais être ou non.

Dans sa bouche, cela semblait si simple…

Mais je ne voulais pas parler de cela. Pas avec elle.

Avec personne.

Comment aurais-je pu justifier mon silence face aux attaques de mon père ? Comment étais-je censé expliquer ne serait-ce que ma conduite en sa présence, ma totale soumission, sans passer pour la sale chiffe molle que j'étais au final ? Comment confier quoi que ce soit à Violette sans que cela lui donne aussitôt envie de me quitter ?

Enfin je m'emballais un peu car ce n'était pas comme si elle et moi étions vraiment ensemble…

Je lui plaisais peut-être dans une certaine mesure, mais en réalité, elle ne voulait pas de moi pour petit copain. Et j'avais beau me bercer d'illusions, non seulement j'avais parfaitement conscience que c'était peine perdue de tenter d'obtenir davantage mais, en outre, je ne pouvais guère me le permettre. La laisser en découvrir plus sur moi était beaucoup trop risqué, pour elle comme pour moi.

Je ravalai bruyamment ma salive, puis débitai d'une traite :

— Écoute, Violette, je ne veux pas que tu te mêles de cela. En aucun cas. Ne refais plus jamais ce que tu as fait ce soir, tu m'entends ? Ne viens plus nous interrompre, mon père et moi. N'essaie plus de lui répondre lorsqu'il me critique. Ne cherche plus à intervenir, de quelque manière que ce soit. C'est entre lui et moi, et c'est tout. Alors laisse tomber, d'accord ?

Elle fronça les sourcils et recula d'un pas.

— Ce que tu me demandes là ne m'est pas possible.

— Il va pourtant falloir que ça le soit.

Je vis l'inquiétude et le désarroi se peindre sur ses traits et la seule possibilité que mes mots aient pu la blesser d'une quelconque façon me fit mal.

— Adam, murmura-t-elle doucement, ses yeux sombres brillant de tristesse. Je t'en prie, ne te ferme pas. Parle-moi, s'il te plaît.

J'étais si exténué tout à coup que cela me parut presque tentant. Tout déposer à ses pieds, tout avouer, tout lui donner… Et prendre sans retenue le réconfort qu'elle proposait de m'offrir sans plus me poser de questions.

Elle tendit la main vers la mienne et je sentis un truc se fissurer au fond de moi. Je crevais d'envie de la saisir, de serrer son corps contre le mien, de profiter de sa chaleur et de sa tendresse pour noyer cette souffrance – aussi physique que morale – qui me tenaillait. Des larmes envahirent brusquement ma gorge, menaçant de m'engloutir, menaçant de me trahir avant même que j'aie pu les endiguer et les changer en soupirs.

Je mobilisai toute mon énergie pour articuler :

— Je suis désolé, Violette, mais il vaudrait mieux que je reste seul ce soir.

Son bras retomba et elle pinça les lèvres, accusant le coup. Puis elle obtempéra et quitta ma chambre, comme je venais de le lui demander.

Une fois seul, je fermai les paupières et me laissai aller contre le mur, jusqu'à glisser assis au sol.

Qu'est-ce que j'avais fait ?

Avais-je vraiment mis en péril ma relation avec Violette, la seule chose à laquelle je tenais, la seule chose qui m'apportait un peu de bonheur, pour mieux protéger ce secret répugnant que je partageais avec mon père ?

Mille et un soupirs m'échappèrent, se déversèrent silencieusement de ma bouche comme autant de sanglots, tandis que j'enserrais mon crâne entre mes doigts, essayant de juguler leur flot.

Puis, vidé, je me débarrassai de mon jean et de mon pull et me traînai jusqu'à mon lit, trop épuisé et accablé pour espérer me concentrer ne serait-ce qu'une poignée de secondes sur mon écran d'ordinateur.

45

Adam

Un gémissement terrifiant fendit le silence de la nuit, me tirant abruptement du sommeil moite et désagréable dans lequel j'étais plongé. Un son horrible, déchirant et lamentable, qui ne pouvait provenir que de ma propre gorge…

Je me redressai brusquement, m'arrachant en catastrophe à mes draps, puis jetai la main sur le côté à la recherche de ma lampe de chevet, haletant désespérément, sans parvenir à avaler suffisamment d'oxygène.

Je ne fis que tout renverser sur ma table de nuit, dans un fracas qui me parut étrangement lointain, sans réussir à trouver l'interrupteur.

Et le vrombissement qui martelait mon crâne devint soudain plus écrasant, la peur plus aiguë encore, et l'obscurité plus suffocante.

Le cauchemar s'était évanoui. Pourtant, il me torturait encore…

Je savais que je n'étais plus là-bas et cependant, l'angoisse me broyait la poitrine, continuait de me dévorer, comme si j'étais resté bloqué dans cet enfer, tout droit issu de mon enfance.

Je me levai d'un bond et prit appui au montant d'une bibliothèque, déversant une marée de livres au passage, sans savoir si ce geste était volontaire ou non tant la rage s'avivait en moi. Puis je me précipitai en titubant vers la salle de bains.

Il fallait que j'évacue ce truc qui bouillonnait au fond de moi.

La terreur. La colère. La honte et la culpabilité.

Ce cocktail détonnant pulsant dans mes veines et empoisonnant mon esprit. Il me fallait un électrochoc pour revenir à moi. Pour réintégrer la réalité et échapper pour de bon à ma prison. Une vive douleur et le rouge du sang pour me sentir vivant de nouveau...

J'allais devenir fou si je ne le faisais pas.

J'allais devenir fou de toute façon...

Je tâtonnai nerveusement dans la pénombre, puis ouvris la porte de la salle de bains en l'envoyant claquer contre la faïence du mur. Enfin, je trouvai l'interrupteur et allumai le plafonnier.

La lumière blanche et froide de la petite pièce me brûla la rétine et je dus me retenir au lavabo pour ne pas trébucher, tandis que l'air se refusait toujours avec tant d'acharnement à moi. Un instant, je contemplai les veines saillant sous la peau blafarde de mon bras et songeai à Violette, à la promesse que je lui avais faite.

J'avais refusé son soutien un peu plus tôt. Pourtant, j'avais désespérément besoin d'elle...

Je voulais aller mieux. Je le voulais vraiment.

Je renonçai alors à chercher les lames qui m'attendaient dans le placard pour atterrir sur le palier, errant dans un épais brouillard de ténèbres et de panique.

Avant que je n'aie eu à frapper à sa porte, Violette se tenait debout devant moi, ses mains fraîches se posant sur mon torse pour me repousser peu à peu dans ma chambre.

— Ça va aller, Adam. Je suis là.

— Je suis dé… désolé, bafouillai-je, hors d'haleine.

— On avait dit qu'on arrêtait avec les excuses, non ?

Elle me fit asseoir sur le lit et j'obtempérai sans opposer la moindre résistance. Elle allait me libérer, c'était tout ce qui comptait.

Si j'étais patient, si j'acceptais son aide et la laissais faire, alors le ciment dans mes poumons finirait par s'évaporer, mon cœur cesserait de frapper comme un dément ma cage thoracique pour retrouver un rythme normal et je quitterais les profondeurs abyssales de ma geôle.

Elle grimpa sur le matelas à son tour, continuant de me murmurer des mots dont le sens m'échappait, mais qui parvenaient néanmoins à atténuer légèrement mes maux. Puis elle s'allongea à mon côté et me prit dans ses bras.

J'ignorais déjà ce que nous étions l'un pour l'autre avant cette soirée, mais la confusion était à son apogée à présent. Avais-je seulement encore le droit de l'enlacer ?

— Adam, je t'en prie, reviens, susurra-t-elle à mon oreille. Lâche prise, maintenant.

Je décidai de l'écouter et l'étreignis puissamment, logeant mon front dans le creux de son cou. Sa chaleur m'envahit tout à coup et les larmes que j'avais si bien refoulées quelques heures auparavant resurgirent brutalement, me prenant de court. Je n'eus pas même le loisir de tenter de les combattre que déjà elles inondaient mes joues et fracassaient ma poitrine.

— Ça va aller, répéta Violette en passant la paume le long de ma colonne vertébrale. Ça va aller. Il te suffit de lâcher prise. Tu n'es plus seul, c'est fini.

Je voulais la croire. Je voulais tellement, tellement y croire…

Ses doigts remontèrent jusqu'à ma nuque et s'enfoncèrent dans mes cheveux. Puis je sentis la chaude humidité de sa bouche effleurer ma tempe.

Je sentis le grain velouté de la peau de ses reins sous mes mains – qu'apparemment j'avais glissées sous son débardeur. Ainsi que ce parfum désormais si familier, qui avait toujours la fâcheuse tendance de me mettre dans tous mes états.

Je n'étais définitivement plus là-bas.

J'étais avec elle. Ici et maintenant.

Dans un lit.

Elle, à demi nue, son corps contre le mien...

Et le plus efficace des électrochocs me parcourut le bas-ventre, achevant pour de bon de me tirer de ce mauvais pas pour me ramener à la réalité.

Soudain, il fallut que je sache. Tout de suite. Cela ne pouvait attendre.

Je mourrais peut-être si elle me repoussait mais je devais être fixé.

Je cherchai maladroitement ses lèvres, puis l'embrassai avec toute la détresse qui enserrait mon cœur, toutes mes souffrances et toute ma reconnaissance. Violette soupira et enfouit la main sous le col de mon tee-shirt pour caresser mes épaules, me soutirant un vif frisson de pur bonheur. Sa langue se lia à la mienne et me répondit avec la même avidité.

Je quittai l'enfer direction le paradis, sans aucune transition.

La jambe que j'avais passée par-dessus les siennes dériva instinctivement pour se caler entre ses genoux et je me redressai sur un coude afin d'approfondir notre baiser. Puis je promenai les doigts sous le coton de son débardeur, d'abord le long de sa taille, et sur son ventre plat et souple, m'émerveillant de la voir frémir avec moi. Je me surpris ensuite à effleurer sa poitrine, pour peu à peu raffermir mon contact et savourer la douceur et la tendresse de sa chair à cet endroit, contrastant avec la fermeté de la pointe de son sein.

Un hoquet étrangement troublant lui échappa lorsque j'y passai le pouce, m'électrisant comme jamais, et je me pressai contre sa hanche, déjà aux abois.

— Adam... souffla-t-elle contre ma bouche.

J'ignorais si je venais de commettre une erreur, si elle me demandait d'arrêter, de continuer ou bien de procéder différemment. Je m'immobilisai alors un instant et cessai de dévorer ses lèvres pour m'écarter légèrement afin de voir son visage, éclairé par la seule lueur de la salle de bains.

Ses paupières étaient alourdies et ses pommettes teintées d'un rose profond, absolument ravissant. Je compris subitement que j'étais en sueur et que mon souffle était on ne peut plus erratique – pour des raisons autres que lorsque je m'étais réveillé un peu plus tôt.

— On ne va pas jusqu'au bout, d'accord ? marmonna-t-elle. Tu... Ne m'enlève pas mon short, s'il te plaît. Pas ce soir.

Mais le reste, oui ?

— Bien sûr, promis-je, l'observant encore afin d'être certain d'avoir bien compris.

Quand il me sembla que c'était le cas, j'attrapai l'ourlet de son haut et le lui retirai lentement. Je demeurai ensuite quelques secondes au-dessus d'elle pour regarder ses seins blancs et laiteux, aux mamelons dressés vers moi, prenant sans doute plus de temps que je n'aurais dû pour la contempler.

Puis je la secondai lorsqu'elle tenta de m'enlever mon tee-shirt, oubliant de m'inquiéter de ce qu'elle pourrait penser de mes cicatrices.

Oubliant tout.

Ce que j'étais. Ce que je n'étais pas. Les remarques insultantes et les coups de clé à molette, les cauchemars et les ténèbres...

Pour n'être plus qu'avec elle, pleinement, intensément, et enregistrer chaque seconde de cet incroyable moment.

J'ignorais encore quelle serait notre destination. Mais peu importait, je m'en remettais entièrement à elle. Tout mon monde entre ses mains...

46

Adam

Violette m'observa à son tour et cligna les yeux, l'air surprise. Avant de froncer progressivement les sourcils et suivre d'un doigt léger les zébrures blanches en forme d'étoile qui s'étalaient juste au-dessus de ma clavicule pour descendre jusqu'en haut de mon pectoral droit. Puis elle effleura les anciennes marques de brûlure ornant mon épaule gauche, jusqu'à la ligne déchirée et en relief, vestige d'une autre vieille blessure, apparaissant en haut de mon biceps.

Plus bas, il me restait quelques vagues traces bleutées de la brève raclée de la semaine dernière, mais elles étaient déjà fort heureusement bien estompées. Quant à celles de ce soir, elles étaient encore relativement discrètes, seulement rouges et peu étendues, trop récentes pour avoir déjà viré au violacé et attirer l'attention.

Je n'avais pas envie de songer à la laideur du spectacle que je présentais ainsi dénudé, avec toutes les balafres cisaillant mes bras – que je ne devais d'ailleurs qu'à moi-même –, ajoutées à celles récoltées dans de tout autres circonstances.

Violette était étendue sous mon corps, ses seins magnifiques offerts. Je n'allais certainement pas attendre qu'elle fasse l'inventaire de mes imperfections physiques pour les ajouter à la liste non exhaustive de mes tares...

Ses lèvres fines mais rebondies, à l'ourlet si délicat, s'entrouvrirent, sans doute afin de me poser des questions. Et je me jetai dessus comme un assoiffé sur une fontaine au fin fond du désert pour l'embrasser avec frénésie, m'effrayant moi-même de ma propre brusquerie, de toute l'urgence que je ressentais à me perdre dans l'ivresse de l'instant.

Violette ne parut cependant pas s'en formaliser. Elle s'efforça de m'accompagner dans mon élan effréné et fit doucement glisser ses mains le long de mes flancs. Elle remonta ensuite pour parcourir mon torse, puis mon abdomen, s'appliquant à redessiner le contour de chacun de mes muscles. Et je vibrais de tout mon être sous ses caresses, rendu complètement fou par ses attentions.

À tel point que, rapidement, je m'enhardis et traçai un chemin de baisers sur sa gorge pour enfin céder à cette envie terrible qui me tenaillait d'apprécier de ma bouche l'un de ses seins. D'abord en retraçant sa forme avec autant de délicatesse que possible. Puis j'en léchai la pointe, l'aspirai en faisant rouler ma langue sur son téton, aussi enfiévré que ravi de sentir Violette frissonner sous mes lèvres et d'entendre les halètements que je parvenais à lui soutirer.

Je changeai de position et ramenai mon deuxième genou entre ses jambes pour me placer tout à fait au-dessus d'elle, encadrant ses épaules de mes avant-bras, comme l'impérieux désir de me trouver au plus près de son corps s'imposait à moi.

J'étais dingue des gémissements étouffés dont elle m'honorait, dingue de sa poitrine, menue, mais fièrement galbée. Je devinais qu'à cette allure il allait rapidement devenir risqué pour moi de poursuivre, mais – à moins bien sûr qu'elle ne me le demande – je ne pouvais plus m'arrêter.

Je continuai et administrai le même traitement à son autre sein, me fiant à la crispation de ses doigts sur ma nuque pour gagner en assurance et intensifier la cadence.

Je cheminai tout au bord d'un précipice et plus j'avançais, plus le vide et ses vertiges me happaient, déraisonnablement séduisants...

Je crevais d'envie de la toucher et l'embrasser absolument partout. Mais cette histoire de short à ne pas retirer était suffisamment explicite et je ne voulais pas qu'elle ait à me répéter les limites qu'elle m'avait pourtant clairement énoncées.

J'ignorais comment j'en étais arrivé là, mais je pris subitement conscience que j'étais en train de peser de toutes mes forces sur elle, mon bassin fermement plaqué au sien – ou, en d'autres termes, mon érection vigoureusement pressée contre son intimité –, avec pour ultime barrière le fin coton de son short et de mon boxer.

Je craignis un bref instant de l'étouffer sous mon poids tant elle était frêle et moi massif, ou encore d'être allé trop loin, compte tenu des règles qu'elle avait fixées.

Mais Violette ouvrit davantage les jambes afin de me fournir tout l'espace nécessaire et se cambra en réponse, cet infime mouvement devenant soudain le plus divin des supplices. Mouvement que je repris immédiatement et amplifiai, sans réfléchir. Puis je laissai échapper un brusque soupir, saisi par une vague de plaisir incandescente, irrépressible et atrocement addictive.

J'avais besoin de cela.

J'avais besoin de Violette et de cette volupté totalement délirante qu'elle consentait à me donner pour m'éloigner le plus possible du brouillard des cauchemars et des abysses de mon quotidien.

Pour me sentir vivant. Et exister enfin. Pleinement. Furieusement...

Il n'y avait plus qu'elle qui comptait.

Elle et ce truc entre nous, cette fournaise extraordinaire qui nous consumait tous deux...

Violette se redressa légèrement pour m'embrasser, comme pour approuver mon geste, et je perdis tout à coup les pédales. Je me frottai fiévreusement de toute ma longueur contre son bas-ventre, en cadence, me repaissant de sa bouche tout en la clouant de plus belle au matelas. Elle gémit et je m'entendis grogner contre ses lèvres, dépassé par les ondes brûlantes et presque douloureuses qui me traversaient les reins.

Elle enroula les jambes autour de mes hanches, m'attirant davantage à elle, m'incitant à poursuivre ce jeu aussi exquis que pénible. Et je m'empressai de m'exécuter, totalement grisé par les sensations affolantes qui m'assaillaient, combinées aux réactions de Violette, formant le mélange le plus galvanisant que j'aie jamais connu.

Des grondements de plus en plus rauques et sonores roulaient dans ma gorge. J'étais en apnée, en nage et tremblant, mais je m'en moquais. J'étais malade de désir. De frustration également... en même temps qu'ivre de délice.

Violette se tordit sous mon corps. Elle se cramponna plus vivement à moi, planta ses ongles dans la peau de mon dos, m'envoyant de nouvelles décharges sensuelles, puis souffla fébrilement :

— Adam... Adam...

Jamais mon prénom n'avait été prononcé ainsi...

De mémoire d'homme, j'étais sûr qu'aucun son n'avait pu être aussi érotique ni gratifiant.

La corde sur laquelle je m'efforçais de marcher en équilibre se déroba abruptement sous mes pas et je flanchai, incapable de résister à un tel appel. Je passai les bras sous elle pour me raccrocher à son buste et blottis la tête dans son cou tandis que l'extase me fauchait par violents à-coups. Violette me serra contre elle, une main enfouie dans mes cheveux et l'autre entre mes omoplates, comme une exclamation éraillée traversait la barrière de mes lèvres.

L'espace d'une poignée de secondes, je demeurai immobile, complètement inerte, trop éprouvé pour faire le moindre mouvement. Violette était alanguie sous moi et m'étreignait comme si cela ne la dérangeait pas. J'étais repu de bonheur et je flottais, peu pressé de redescendre.

Puis je réalisai...

Et me dépêchai de rouler sur le côté.

S'il s'agissait sans conteste de l'expérience la plus exaltante, la plus agréable, douce, merveilleusement charnelle et excitante de toute ma vie, il s'avérait qu'elle était également la plus gênante. Je venais d'exploser dans mon caleçon et si, apparemment, cela ne semblait pas le moins du monde perturber Violette, en revanche, j'en étais pour ma part chiffonné.

— Il faut que j'aille prendre une douche, lançai-je tout à trac, me relevant brusquement.

Violette s'assit dans le lit et remonta d'un geste hâtif la couette sur elle pour couvrir sa poitrine – je ne pus m'empêcher de songer à quel point j'aurais adoré qu'elle n'en fasse rien. Elle chercha nerveusement son débardeur d'une main, l'autre maintenant l'édredon contre elle, paraissant nettement plus déconcertée que ce à quoi je m'attendais.

Sans lever les yeux jusqu'à moi, elle balbutia :

— Est-ce que tu veux que je reste ou est-ce que tu...

Elle s'interrompit, pinça les lèvres et haussa les épaules, l'air soudain très fragile.

— Ou est-ce que tu préfères que je te laisse tranquille, maintenant ?

— Quoi ? Non ! protestai-je aussitôt, à la fois déstabilisé et choqué par ce qu'apparemment elle était en train d'imaginer. Non, je veux que tu restes.

Cela me paraissait tellement évident.

Comme si j'allais la chasser, après de tels moments. Comme si j'en étais capable. Comme si ce n'était pas tout autre chose dont j'avais envie...

Elle récupéra enfin son haut et fronça les sourcils, pas franchement convaincue.

Alors, plutôt que de me précipiter dans la salle de bains, je restai posté au milieu de la chambre, heureusement plongée dans la pénombre. Et j'insistai, pris de court, craignant de ne pas la retrouver à mon retour :

— Je n'en ai que pour cinq minutes, grand maximum. Reste, Violette, s'il te plaît. Tu ne bouges pas d'ici, d'accord ? Promets-moi que tu vas m'attendre.

Un demi-sourire étira subrepticement le coin de sa bouche.

— Sinon quoi ? Tu vas finalement te décider à frapper à la porte de ma chambre ?

— Exactement, je pourrais bien faire ça, oui. En vérité, venir te chercher jusque dans ton lit ne me poserait pas plus de problème que cela, si tu tiens vraiment à le savoir.

J'étais sérieux, je le ferais si elle m'y obligeait. Ce soir, exceptionnellement, je n'hésiterais pas à aller jusque-là pour passer le reste de la nuit avec elle...

— J'en prends bonne note, Adam, répondit-elle, son regard s'accrochant de nouveau à moi.

Avant de se promener sur mon corps avec curiosité.

Je l'aurais volontiers laissée continuer en d'autres circonstances, mais présentement, je devais vraiment rejoindre la salle de bains. Je me tournai, tâchant de ne rien laisser paraître de mon embarras, puis refermai la porte derrière moi.

Je soupirai, retirai avec empressement mon boxer et fonçai sous la douche.

47

Adam

Une fois dans la cabine, je laissai l'eau chaude dégringoler sur mon corps, espérant qu'elle m'aiderait à éclaircir mes pensées.

Comment allais-je pouvoir faire à présent ?

Ce soir, la vigilance m'avait incité à tenter de m'éloigner quelque peu de Violette, mais force était de constater que j'avais lamentablement échoué. J'avais craqué et couru la retrouver à la première occasion. Jamais je n'arriverais à me passer d'elle.

Je ne le voulais pas. Pour rien au monde.

Mais surtout, j'en voulais plus. Tellement, tellement plus…

Je ne savais pas du tout où elle en était. J'étais perdu parce que nous nous étions plus ou moins disputés en début de soirée, puis réconciliés dans l'urgence. Parce que, apparemment, me soutenir dans ces instants pénibles était plus important pour Violette que de rester fâchée contre moi.

Quoi qu'il en soit, en ce qui me concernait, je souhaitais plus ardemment que jamais développer une véritable relation avec elle, aussi profonde et pérenne que possible, avec tout ce que cela impliquait.

Je voulais de nouvelles étreintes comme celle de cette nuit. J'en voulais d'autres, plus intimes encore. Et je voulais que Violette puisse un jour me considérer comme son petit ami. Un vrai, pas seulement de passage. Et pas non plus un sur la liste, parmi tous les autres. Non, un qui lui serait spécial et à qui elle se confierait, même si cela signifiait que je devrais, moi aussi, faire quelques pas vers elle.

Très rapidement, je dus drastiquement baisser la température de l'eau comme le désir me regagnait, pulsant de plus en plus âprement dans mes veines à mesure que les images de Violette à demi dénudée dans mes draps me revenaient, troublantes de détails. J'aurais pu la dessiner de mémoire tant j'avais si bien enregistré chacune de ses courbes…

Pour quelqu'un qui s'était toujours si efficacement tenu à l'écart de toute réelle tentation, il fallait croire que je me transformais incroyablement vite en obsédé. J'ignorais si c'était inquiétant ou, au contraire, tout à fait normal. Je décidai néanmoins que les douches glacées étaient mes meilleures alliées si je tenais à ce que Violette ne finisse pas par prendre peur face à l'ampleur de mon appétit pour elle.

Dès que le froid eut à peu près rempli son office, je sortis de la cabine et enfilai un caleçon et un tee-shirt propres. Puis je revins dans la chambre, espérant que Violette ne se soit pas volatilisée, ainsi qu'elle en avait évoqué la possibilité.

Je la trouvai debout devant l'une de mes bibliothèques, portant de nouveau son débardeur.

La lampe de chevet avait réintégré sa place sur la table de nuit et était allumée, illuminant la pièce d'une douce lueur feutrée. Et les livres que j'avais bousculés durant mon errance dans l'obscurité étaient rangés sur leur rayonnage, leurs tranches soigneusement alignées, comme j'aurais moi-même pu les disposer.

— Tu n'avais pas à faire ça.

J'éteignis le plafonnier de la salle de bains et la rejoignis, un peu hésitant malgré tout.

Violette m'avait attendu, ainsi que je le lui avais demandé, ce qui était positif. Mais le fait qu'elle ait pu penser, ne serait-ce qu'un instant, que ce n'était pas ce que je souhaitais, après la manière dont elle m'avait aidé à traverser cette affreuse crise d'angoisse, était trop étrange.

— C'était le bazar, se justifia-t-elle. C'était presque choquant, dans une chambre généralement si bien ordonnée.

J'arrêtai de tergiverser et lui pris la main pour l'entraîner vers le lit.

— Tu viens ? marmonnai-je.

Elle me suivit sans broncher et s'allongea à côté de moi. J'appuyai sur l'interrupteur de la lampe pour nous plonger dans le noir, puis passai un bras sous son corps afin de l'attirer à moi. Et je savourai la chaleur et l'apaisement incomparable qui se diffusèrent en moi lorsqu'elle posa la tête sur mon torse, ses doigts telles des plumes contre mon ventre.

— Tu es gelé, s'étonna-t-elle.

— Ah, oui, c'est possible. Désolé, cela devrait vite s'arranger.

Je n'allais quand même pas lui expliquer pourquoi...

Après quelques minutes de silence, Violette ramena la main sur mon épaule, juste à l'endroit où des marques de brûlure mouchetaient ma peau sous mon vêtement, et chuchota timidement :

— Dis, Adam, tu as fait la guerre, ou quoi ? Comment as-tu pu autant te blesser ?

J'avais une réponse toute prête en stock, à laquelle j'avais réfléchi au préalable.

— Il m'arrive souvent de me cogner, lorsque j'ai ces saletés d'attaques de panique.

— D'accord, mais cette cicatrice-là, c'est autre chose qui l'a causée, contesta-t-elle en retraçant de l'index, sur mon tee-shirt, le contour qu'elle avait manifestement gardé en mémoire.

— De l'huile de friteuse, quand j'étais enfant, avouai-je, avant d'enchaîner, comme elle soulevait ma manche pour toucher la zébrure tout en haut de mon bras : Une fracture ouverte, à la suite d'une chute quand j'avais treize ans.

— Tu étais un petit garçon turbulent ?

— Pas vraiment, non.

J'en avais même été l'exact opposé.

En réalité, rien de tout cela n'était dû à l'inadvertance, mais il était nécessaire qu'elle le croie.

Mon père avait beau se montrer ouvertement désagréable avec moi depuis quelque temps, il parvenait cependant toujours à sauvegarder les apparences devant Violette et sa mère. Qui, de toute façon, pouvait concevoir quel monstre il était une fois seul avec son propre fils ?

Je me raclai la gorge tandis qu'elle remontait mon tee-shirt pour venir poser la main près de son visage, sur la plus large des marques gravées dans ma peau.

— Le coin métallique de l'établi qui se trouve dans l'atelier, annonçai-je.

Violette se redressa, manifestement intriguée.

— Une simple table ne peut quand même pas faire ça.

À condition d'être violemment précipité dessus, si.

— Plus jeune, j'étais assez maladroit.

Je ne l'étais pas particulièrement en réalité, pas dans ce sens du moins. Je n'avais pas eu ce luxe. Mais autrefois, c'était dans mes paroles, toujours hachées et balbutiantes, ainsi que dans mes stupides tentatives pour parler à mon père, que j'étais atrocement gauche.

Ma prétendue maladresse était d'ailleurs son excuse, ce qu'il répétait systématiquement, les rares fois où, contraint et forcé, il n'avait pu faire autrement que de me conduire aux urgences. Ce prétexte, et plus tard celui du sport. Pour tous les médecins de l'hôpital, je jouais au rugby depuis l'adolescence, moi aussi. Ce qui paraissait très commodément justifier les côtes fêlées, fracturées, et tout un tas d'autres lésions.

Violette s'étendit de nouveau sur moi et je raffermis mon étreinte, glissant à mon tour les doigts sous son haut pour mieux apprécier le creux de sa taille.

— Et vraiment malchanceux, je dirai, compléta-t-elle. Moi, je n'ai qu'une petite cicatrice à la jambe, à cause d'un gadin à vélo avec mon frangin.

— Il faudra me faire voir ça, plaisantai-je, soulagé que le sujet soit clos sans que je n'aie eu à réellement mentir.

— Demain, si tu veux, proposa-t-elle d'un ton plus léger. Quand il fera jour.

Je laissai passer plusieurs minutes, jusqu'à ce que la respiration de Violette commence à ralentir et qu'elle soit presque endormie, pour enfin oser :

— Est-ce que tu... tu as eu beaucoup de relations ?

Je savais exactement de quelle manière cela se retournerait ensuite contre moi, mais il fallait croire que je venais de passer un cap et que je devenais nettement plus curieux que raisonnable. J'avais besoin d'en apprendre davantage sur elle, c'était ainsi. Tant pis pour les risques encourus...

— Tu es sûr que tu veux parler de ça ? murmura-t-elle. Je veux dire, je n'ai jamais discuté de ce genre de trucs qu'avec mes copines.

Peut-être mais, à un moment ou à un autre, un garçon s'était mal comporté avec elle et l'avait blessée, j'en étais pratiquement certain. Et je voulais comprendre pour mieux avancer avec elle.

— Je ne te le demanderais pas si je n'en étais pas sûr.

Elle soupira, comme si cela lui était très difficile, puis expliqua :

— Eh bien, j'ai flirté avec pas mal de types au collège et pendant mes deux premières années de lycée, mais je ne pense pas qu'on puisse appeler ça des relations. Et j'ai couché avec quatre mecs. Mais c'est pareil, on n'avait pas vraiment de relation non plus. Enfin, avec le dernier, j'y aurais presque cru, mais c'était une grave erreur.

— Pour quelle raison ? relançai-je, comme je pressentais que sans cela elle ne développerait pas.

— Cet enfoiré m'a joué un sale tour, mais c'est du passé. C'était il y a quasiment un an et je ne veux plus y penser. J'ai toujours eu le don de me retrouver dans des situations pas possibles. Ça doit venir de moi, je suppose. J'ai tendance à pas mal chercher la merde, à force de tout le temps choisir les mauvaises personnes. Enfin, avec toi, c'est un peu différent, évidemment...

Bien entendu, moi, elle ne m'avait pas choisi, après tout. *Je* l'avais embrassée, *j*'étais venu à elle et non l'inverse.

Elle pivota pour s'allonger sur le dos, s'écartant subitement.

— Tu es en train de faire le calcul, présuma-t-elle. Et tu te dis que quatre partenaires, avant dix-sept ans, ça fait vraiment beaucoup.

48

Adam

Je rallumai en hâte la lampe de chevet et me soulevai sur un coude pour la regarder. Elle se tordait les doigts et paraissait très bizarre tout à coup.

— Pas du tout, démentis-je.

— Oh, tu te dis que c'est peu alors ? ironisa-t-elle, une moue mécontente incurvant ses lèvres. Tu espérais que j'aie plus d'expérience ? Toi aussi, tu imaginais une espèce de chaudasse qui baise avec tout ce qui passe ?

— Mais enfin, non ! Je ne me dis rien de spécial. Pourquoi réagis-tu toujours de cette manière ?

Que venais-je de faire ? Me disputer avec elle était la dernière chose que je désirais…

Violette roula sur le côté pour me tourner le dos et s'éloigna jusqu'à l'autre bout du lit.

— Lâche-moi avec ça, Adam, OK ? Ça ne te regarde pas. Je n'ai aucun compte à te rendre sur ce que je fais de mon corps ou ce que j'en ai fait par le passé, et tu n'as aucun droit dessus, c'est clair ?

— Très clair. Il ne me semblait pourtant pas avoir revendiqué quoi que ce soit, ni t'avoir jamais confondue avec un objet, mais je peux me tromper.

Je m'adossai contre la tête de lit et laissai la lumière allumée. Je n'avais plus aucune envie de dormir. J'avais commis une erreur mais j'ignorais laquelle et ne savais pas comment faire machine arrière à présent.

— Violette, marmonnai-je au bout d'un trop long moment de silence. S'il te plaît…

Je la vis resserrer l'édredon contre elle. Puis elle se résolut à expliquer malgré tout, d'un ton qu'elle tenta de rendre blasé et détaché, mais dans lequel affleurait une véritable souffrance :

— Le premier ne compte qu'à moitié, c'était plutôt glauque. J'avais seize ans et lui vingt-huit. C'était ma première fête d'adulte, ma première cuite aussi… Au début de la soirée, je suis entrée dans son jeu, mais c'était juste pour déconner. Je le trouvais assez cool parce qu'il avait une moto et des airs de bad boy. Avant que je comprenne ce que je faisais, je me suis retrouvée seule avec lui dans une des chambres. Et il a insisté jusqu'à ce que je n'arrive plus à dire non et que, trop ivre et fatiguée de le repousser, je finisse par céder. J'ai chialé après, quand il s'est barré en me laissant à moitié à poil avec mes fringues tachées et débraillées sur le lit de l'amie chez qui ça se passait.

Je demeurai un instant sans voix, trop consterné pour prononcer le moindre mot.

— J'ai pris la pilule du lendemain et couru faire un test VIH en cachette. Je n'ai jamais refait la bêtise d'avoir des rapports non protégés par la suite. Le plus drôle dans tout ça, c'est que cet abruti m'a rappelée plein de fois dans les jours qui ont suivi, parce qu'il pensait que, de fait, nous sortions ensemble. Comme si j'avais pu avoir envie de remettre ça. Comme si c'était parfaitement naturel…

Je parvins finalement à desserrer les mâchoires pour articuler :

— Est-ce que tu as porté plainte ? Tes parents sont au courant ?

Violette pivota de nouveau vers moi et m'observa avec une incrédulité passablement choquante.

— Non, mais tu vis dans quel monde, Adam ? Pourquoi j'en aurais parlé à qui que ce soit ? Ce gars ne m'a pas violée, je l'ai laissé faire. En plus, j'avais beaucoup bu, je ne me souviens même pas de tous les détails.

— Enfin, raison de plus, m'indignai-je en délaissant l'appui de la tête de lit pour me pencher légèrement vers elle. Je suis sérieux, Violette. Bon sang, c'est tout sauf normal...

— Ouais, eh ben, bienvenue dans le quotidien des nanas. La théorie, c'est bien beau, mais en pratique, si tu ne refuses pas, alors c'est que quelque part tu consens. Certains arrivent à tirer avantage de cette zone grise et c'est comme ça. C'était juste une expérience sexuelle foireuse parmi d'autres, rien de plus. Tous les mecs ne sont pas aussi respectueux que toi, tu sais, loin de là.

— Je ne pense pas l'être particulièrement, et surtout pas plus que je ne devrais. Tu dois bien te rendre compte que c'est dans ce que tu décris qu'il y a un problème ?

Je ne maîtrisais pas vraiment le sujet, mais de cela, j'en étais convaincu.

Les yeux perdus dans le vague, elle souffla bruyamment par le nez et haussa les épaules.

— Peut-être que c'est moi qui ai un problème. Parce que ça ne m'a pas empêchée de continuer à aller à des fêtes, de m'amuser, de recommencer à me saouler et d'être attirée par le même genre de types louches, de chercher le danger en quelque sorte...

Elle ferma les paupières et je devinais qu'elle songeait au dernier, qu'elle n'avait fait qu'évoquer jusqu'ici.

— Je n'ai rien vécu de dramatique, se défendit-elle. Donc, ce n'est pas la peine de faire comme si c'était le cas. Cette période de ma vie est loin derrière moi, je suis passée à autre chose depuis. Et toi, tu es aux antipodes de tous les autres hommes que j'ai fréquentés.

Alors là, je voulais bien le croire...

— Je vais choisir de prendre ça comme un compliment, si cela ne t'ennuie pas.

— C'en est un.

Tant mieux, mais il n'empêche que j'ignorais ce que je devais en conclure. J'étais encore plus perplexe et confus, maintenant que je connaissais un petit fragment du passé de Violette. Et très en colère aussi.

Une boule de rage me serrait la gorge à l'idée de ce qui s'était passé avec cet inconnu dont elle m'avait parlé. Ainsi que je l'avais supposé, j'avais mis le doigt sur quelque chose. Mais n'était-ce pas là que la partie émergée de l'iceberg ?

J'avais néanmoins compris que les relations sérieuses n'étaient pas du tout son truc et que c'était même un terrain très sensible...

Je me baissai jusqu'à la rejoindre au centre du lit et aperçus de nouveau cette lueur au fond de ses prunelles, celle qui lui donnait l'air tellement mélancolique et que, présentement, elle ne parvenait plus guère à masquer.

Violette voulait être forte et elle l'était, assurément. Mais elle n'était pas invincible et ces histoires, quelles qu'elles soient, l'avaient beaucoup plus perturbée et esquintée qu'elle ne le laissait entendre.

— Pour vous, tout est tellement plus simple, chuchota-t-elle tandis que je refermais doucement les bras sur elle. Pas de questions à se poser, pas de conséquences. Je suis sûre que tes expériences n'ont rien d'aussi douteux ni de compliqué.

— Hmm... Oui, ça, c'est certain.

— Et toi alors, est-ce que tu en as eu beaucoup ? finit-elle par me retourner.

J'avais redouté cet instant et cependant, je l'avais aussi provoqué.

De toute façon, je serais bien obligé de lui dire un jour, autant donc que ce soit maintenant. Peut-être était-ce comme un sparadrap, si je m'en débarrassais très vite, la brûlure durerait moins longtemps ? Sans compter que, tout de même, quelque part, Violette devait forcément se douter un peu de la réponse, cela avait nécessairement dû se voir à un moment ou à un autre...

— Pas la moindre, débitai-je dans un soupir haché. Rien. D'aucune sorte. Avant toi.

La main que Violette avait posée sur mon torse se figea, puis elle recula lentement, jusqu'à prendre appui sur le matelas pour mieux se redresser. Nos regards se verrouillèrent l'un à l'autre et j'eus la certitude qu'elle n'avait pas envisagé une seconde cette éventualité.

C'était typiquement le genre de risque inconsidéré que je m'étais interdit et pourtant, j'avais foncé tête baissée, comme un crétin.

Pourquoi avais-je fait ça, déjà ?

— Rien ? balbutia-t-elle en battant des cils.

J'avais été on ne peut plus formel, très précis dans l'emploi de mes mots, je n'allais sûrement pas répéter cela. À la place, je m'assis également, fronçai les sourcils et fis valoir :

— Parce que tu t'attendais à quoi ? Je ne parle jamais à personne, Violette.

— Oui, mais ça ne veut pas dire que...

— Est-ce que tu préfères qu'on arrête tout ? l'interrompis-je, trop angoissé pour attendre plus longtemps d'être fixé sur mon sort.

Violette inclina la tête et pâlit brusquement.

— Pardon ?

J'avisai un pli sur le drap entre nous et clarifiai :

— J'ai beau avoir d'immenses lacunes dans ce domaine, je sais malgré tout que, chez un homme, l'absence totale d'expérience est plutôt rebutante. Alors, vraiment, je comprendrais si tu souhaitais tout arrêter maintenant. J'aurais dû t'en parler beaucoup plus tôt, je le reconnais...

— Adam, tu ne vas quand même pas encore t'excuser ?

Je levai les yeux sur elle et constatai que sa stupeur semblait quasiment évanouie. Sa façon de me regarder était légèrement différente mais Violette paraissait seulement intriguée. Sur son visage aux traits délicats, je ne lus ni la pitié ni le dégoût que je pensais devoir affronter.

— Ne sois pas bête, me reprocha-t-elle avec une douceur désarmante. Je suis très étonnée, je ne vais pas te mentir. Mais au fond, je ne vois pas tellement ce que ça change pour moi.

Je ne pus réprimer un soupir de soulagement, parce que j'avais véritablement cru que tout pouvait se terminer là-dessus. Comme ça, en un clin d'œil, sans que je puisse faire quoi que ce soit pour y remédier.

Violette se rapprocha de moi et posa la main sur ma mâchoire, caressant ma joue de ses doigts frais.

— Tu comptes beaucoup pour moi, avoua-t-elle d'une voix aux inflexions inhabituelles.

Mon cœur, déjà si éprouvé ce soir, se mit soudain à faire de petits bonds et à cogner puissamment contre ma cage thoracique. J'embrassai sa paume en inspirant profondément, puis lui confiai :

— Tu comptes beaucoup pour moi aussi...

Plus que tout, Violette. Si tu savais...

Cette fois, ce fut elle qui vint à ma hauteur pour cueillir sur mes lèvres tous les baisers que je brûlais de lui donner. Je l'enlaçai fermement et profitai de cet instant, trop heureux d'avoir réussi à me débarrasser de ce secret-ci sans la perdre pour autant.

J'étais déjà essoufflé et pantelant lorsqu'elle m'arrêta.

— Il faudrait vraiment que nous songions à dormir. Le soleil est en train de se lever...

Je me surpris à grogner de frustration et de dépit mêlés, le front pressé contre le sien. Puis je me résignai à programmer la sonnerie du réveil pour 11 heures, histoire de ne pas nous faire surprendre comme la semaine précédente, et éteignis la lampe de chevet.

Comme elle l'avait fait un peu plus tôt, Violette se cala contre moi, le visage dans le creux entre mon épaule et mon pectoral, la main sur mon thorax. Le sommeil l'emporta rapidement, mais pas moi.

J'étais en train de tomber violemment amoureux de cette fille que j'avais un jour tenté de haïr, cette fille qui était mon opposé dans tellement de domaines, trop blessée et amère pour songer à s'attacher vraiment à quiconque, cette fille que mon père m'avait très clairement interdite.

J'allais souffrir, c'était écrit… Et cependant, je n'éprouvais aucune peur.

49

Violette

Au lieu de commencer à plancher sur notre exposé comme nous l'aurions dû, Adam et moi passâmes notre dimanche à paresser dans son lit, à regarder *Blade Runner* et le volet suivant, puis à en discuter ensuite, l'un contre l'autre, sans plus pouvoir nous éloigner.

La semaine reprit ses droits et cette douce parenthèse se referma. Devoir reprendre nos distances en cours et à la maison, pour ne se voir qu'une heure le soir après dîner, comme nous en avions pris l'habitude, fut vraiment difficile. C'était idiot parce que Adam et moi étions tout le temps ensemble, si proches, même en classe, et paradoxalement tellement lointains.

Je ressentais comme un manque en permanence, presque physiquement douloureux. Ses bras puissants, l'apaisement et la chaleur qu'ils me procuraient, sa voix si grave et suave, ses paroles si pleines de bon sens et toujours savamment formulées, ses baisers si fougueux, à la saveur tellement particulière, tout me manquait...

Adam – *mon* Adam –, celui que j'apprenais progressivement à découvrir, n'était vraiment lui-même que durant ce bref interlude, quand nous nous enfermions seuls dans sa chambre, déconnectés du reste du monde. Ou encore plus brièvement, lors de nos trajets entre l'école et notre domicile. En dehors de ces instants volés, hors du temps, il redevenait le jeune homme froid, maladivement taciturne et morne, presque éteint, que tout le monde connaissait.

J'ignorais pourquoi, mais ce constat me faisait de plus en plus mal. Et devoir feindre l'indifférence en public, feindre qu'il n'y avait strictement rien entre nous m'était également de plus en plus pénible – voire parfois carrément perturbant.

Mais le pire demeurait incontestablement les repas en famille, pendant lesquels Adam semblait partir si loin que c'en était effrayant. C'était comme si toute la maisonnée avait reçu pour ordre de ne s'adresser à lui sous aucun prétexte, de l'ignorer dès la seconde où son père et lui se trouvaient réunis, et que personne, pas même le principal intéressé, n'avait quoi que ce soit à redire à cela.

J'étais tellement désemparée, totalement impuissante face à cette étrange situation... Je savais qu'Adam s'en était depuis longtemps accommodé et refusait que cela change. Je ne parvenais pas à comprendre comment Ludwig avait pu en arriver là avec son propre fils, ni comment ma mère pouvait accepter d'en être complice. Et pourtant, je me pliais moi aussi à ces règles tacites, de crainte de causer davantage de dégâts encore...

Plus le temps passait, plus je connaissais Adam, plus le malaise qu'il éprouvait en présence de son père me paraissait évident. Et plus cela me heurtait...

Le jeudi soir, je profitais de l'absence de Ludwig – encore fourré à un entraînement de rugby – pour rejoindre ma mère au sous-sol, où elle repassait et rangeait du linge.

En descendant l'escalier, je repensai à cette scène que j'avais volontairement interrompue quelques jours auparavant dans l'atelier, où il m'avait semblé que Ludwig continuait d'assener des horreurs à son fils, après l'avoir pourtant déjà largement chargé devant ma mère et moi durant le repas. Après cela, le comportement d'Adam à mon égard avait été tellement déroutant...

À tout moment, il était capable de se refermer comme une huître et de m'envoyer paître.

Implacablement.

Comme ça, sans que je puisse le raisonner ni rien faire pour l'empêcher de me repousser. Malgré toute l'affection que je lui portais, je gardais ces limites à l'esprit, comme un abîme infranchissable entre nous, une barrière qu'il avait instaurée et derrière laquelle je devais me retrancher, moi aussi, pour me protéger.

— Tout va bien, ma puce ? m'interrogea ma mère en me voyant apparaître sur le seuil de la buanderie.

Il était plus de 19 heures et elle était presque aussi pimpante qu'au matin, fardée et en tailleur, en train de manier le fer à repasser sur l'une des chemises de Ludwig.

— Mouais, marmonnai-je en entrant dans la pièce.

Je ramassai dans la pile de fringues propres une poignée des miennes, encore chiffonnées – ce dont je me fichais pas mal, en fait – et notai l'absence de celles d'Adam, qui devait manifestement se débrouiller seul avec la machine à laver. Je m'approchai de ma mère, les bras chargés et, peu à peu, je discernai les traces de la fatigue sur son visage. Une fois devant elle, je réalisai qu'elle portait encore ses escarpins.

— Sans déconner, tu ne quittes jamais tes talons, ou quoi ? m'exclamai-je en riant de son oubli.

Elle m'adressa un sourire un peu las et expliqua :

— Ce n'est pas parce que je suis à la maison que je ne dois pas rester coquette.

Avant, jamais ma mère, si féministe et pro-naturel, n'aurait prononcé de telles conneries. Jamais elle ne se serait souciée de son apparence pour s'adonner à une activité aussi triviale que celle-ci. D'ailleurs, avant, elle n'aurait jamais accepté d'endosser la responsabilité de toutes les tâches ingrates de la maison.

— Que crois-tu qu'il va se passer si tu retires tes échasses, ta panoplie de *working girl* et ton maquillage ? ironisai-je, espérant qu'elle finirait par se rendre compte de l'absurdité de la situation. Ton carrosse va redevenir une citrouille et le prince va foutre le camp ?

— Je ne suis plus toute jeune, Violette. On n'attire pas les mouches avec du vinaigre et c'est encore plus difficile de faire en sorte qu'elles ne se lassent pas. Entretenir un mariage demande quelques efforts, c'est ainsi.

Plus contrariée que je ne l'aurais voulu, je ne pus me retenir de lui répondre :

— Papa, lui, il s'en fichait. Il t'aimait en jogging et débraillée, pas coiffée, sans peinture sur la figure. Et il faisait la cuisine avec toi, passait l'aspirateur et gérait les lessives. Il ne te considérait pas comme la boniche de la famille.

Elle reposa brutalement le fer à repasser sur la table et fronça les sourcils, vexée.

— Tu es injuste, Violette ! Ton père a de nombreuses qualités, je ne l'ai jamais nié. Mais l'amour ne fait pas tout. Parfois, la vie sépare les gens qui s'aiment et personne ne peut changer ça. Rien n'est jamais parfait. Ludwig a peut-être des défauts, mais au moins, c'est quelqu'un de stable. Il ne plaque pas son boulot du jour au lendemain pour décider un beau matin de devenir peintre, pour tout abandonner de nouveau au premier échec. Ludwig ne compte pas sur moi pour faire bouillir la marmite, il n'en a pas besoin parce qu'il travaille dur. Et jamais il n'a fait des trucs aussi dingues que d'obliger ses enfants à manquer l'école pour les emmener dans un parc d'attractions ou que sais-je encore ! Lui, c'est un adulte responsable, avec la tête sur les épaules.

Mon père avait été fantasque à une époque, avant de perdre ma mère et de devenir dépressif chronique. J'aimais me souvenir de ce passé où il lui arrivait de faire n'importe quoi, juste sur une impulsion.

— Ton nouveau mari, je le déteste, décrétai-je dans un reniflement.

Elle soupira, les yeux rivés au sol.

C'était très cliché et limite mesquin de balancer ce genre de phrase mais je n'y pouvais rien, je le pensais sincèrement.

— Il a peut-être l'air extrêmement propre sur lui de prime abord, mais derrière ce sourire Colgate se cache quelqu'un de foncièrement mauvais.

— Rien que ça ? Violette, tu te rends compte de ce que tu dis ? Je te signale que si tu peux suivre ces cours dans cette école hors de prix et vivre dans le confort, dans une chambre gigantesque avec ta propre salle de bains, à manger à chaque repas des produits bio et vegan hyper coûteux, c'est grâce à lui.

— Ouais, super ! Mais juste une précision, si Adam est aussi malheureux et pathologiquement introverti, à ton avis, c'est grâce à qui ?

Ma mère leva le nez et pencha la tête sur le côté, visiblement interloquée. Puis elle plissa les paupières et demanda :

— Qu'est-ce qu'Adam vient faire là-dedans ? Je ne comprends pas...

Agacée, je pivotai pour quitter la pièce et lançai derrière moi :

— Rien, laisse tomber.

— Attends, m'enjoignit-elle en traversant la salle pour me rejoindre. Écoute, si Adam a des problèmes, que quelque chose ne va pas et qu'il s'est confié à toi, si c'est quelque chose qu'un adulte devrait savoir, tu dois m'en avertir.

Elle semblait tout de même s'inquiéter un minimum pour lui...

Je me retournai afin de lui faire face et haussai les épaules, confuse. Puis je me mordis la lèvre pour ne pas mentionner les automutilations, les cauchemars, les attaques de panique et les larmes, autant de secrets que j'avais juré de garder.

— Oublie ça. De toute façon, il ne me parle jamais vraiment de lui. Enfin bon, c'est ton métier, tu as forcément dû t'apercevoir qu'Adam n'allait pas très bien.

Elle pinça les lèvres avec un certain fatalisme et admit :

— Évidemment que je m'en suis aperçue. Mais perdre sa mère d'une longue et pénible maladie si jeune et souffrir aussi longtemps d'un lourd trouble de l'élocution laissent des séquelles, c'est inévitable. Ludwig n'a probablement pas été un père très compréhensif ni patient, c'est évident. Mais il s'est débrouillé comme il a pu pour élever seul son fils. Les choses ne sont sans doute pas parfaites entre eux, mais tu ne peux pas tenir Ludwig pour responsable de tout. Bien que son père n'approuve que moyennement, Adam suit, grâce à lui, les études dont il rêvait. C'est tout de même la preuve qu'au fond, aussi dur et distant soit-il, Ludwig ne veut que le bonheur de son fils, comme n'importe quel parent. Et je trouvais justement qu'Adam avait l'air d'être un peu moins renfermé ces derniers temps.

Elle faisait allusion aux rares moments où Adam avait parlé devant elle. Des moments où son père se trouvait loin...

Je resserrai les bras autour de mon linge et balbutiai, effrayée de m'entendre porter de si graves accusations à mesure que ces pensées me venaient :

— Leur grosse altercation, celle dont tu m'as parlé le premier jour. Et si... et si en fait, ce n'était pas Adam qui s'était montré violent avec son père ? Et s'il avait seulement essayé de se défendre ?

Elle écarquilla les yeux, puis grimaça, indignée.

— Qu'est-ce que tu vas chercher, Violette ? As-tu bien regardé Adam ? Tu crois vraiment que qui que ce soit puisse s'en prendre physiquement à lui ? Ça fait belle lurette qu'il dépasse son père en taille. Ludwig ne ferait pas le poids un instant face à lui, et c'est d'ailleurs ce qui s'est produit. Quelques mois avant notre mariage, j'ai dû aller voir mon futur époux à l'hôpital après ça ! Il s'est nourri avec une paille pendant plusieurs semaines à la suite de cet incident. Si quelqu'un ici a des problèmes de colère et de brutalité, c'est Adam, pas son père.

J'avais déjà vu quelqu'un provoquer Adam et ce dernier avait réagi au quart de tour, mettant son adversaire sur le carreau en un éclair. J'avais vu Adam devenir effroyablement violent et perdre complètement les pédales, je savais de quoi il était capable. Ma mère avait raison, personne de normalement constitué n'avait les épaules pour l'affronter, et même son propre père s'y était cassé les dents au bout du compte. Je devais me rendre à l'évidence, leur relation avait beau être toxique, cela ne pouvait pas aller si loin.

Elle se détourna l'espace d'une seconde et fit claquer sa langue de dépit. Puis elle reprit :

— Adam n'a pas l'air méchant et je ne veux pas dire par là qu'il est dangereux. Son père et lui ont eu une sévère dispute et ça a gravement dérapé. Ils sont depuis restés en froid mais ce n'est arrivé qu'une fois et Ludwig a décidé de passer l'éponge. Ici, je ne suis pas au boulot, d'accord ? Ce qui se passe entre mon mari et son fils majeur et vacciné, issu d'un précédent mariage, ne me concerne pas. Même si je suis contente que tu éprouves autant de sympathie pour Adam, ces histoires ne te regardent pas non plus, Violette. Alors sois gentille et reste en dehors de ça, merci.

Elle paraissait à bout de nerfs et je sentais que mes mots l'avaient blessée. Je n'allais certainement pas m'excuser pour autant, je n'avais fait que dire ce que je pensais, après tout.

À la place, j'opinai machinalement, puis montai déposer ma pile de linge dans ma chambre. Je me rendis ensuite à la cuisine pour commencer à préparer le dîner. Peu de temps après, Adam me rejoignit et m'aida, m'honorant de plusieurs magnifiques sourires…

Jusqu'à ce que son père rentre et qu'Adam rétablisse les hauts remparts de glace l'isolant du reste du monde.

50
Violette

Vendredi matin, au cours de modèle vivant, je ne tenais plus tant j'avais hâte que le week-end arrive pour pouvoir enfin passer du temps avec Adam. En classe, nous avions commencé depuis deux semaines à travailler sur un sujet féminin – ce qui avait ravi Peter et Roch, lesquels ne tarissaient pas d'éloges à propos de notre nouveau modèle.

Celle-ci devait avoir une bonne quarantaine, était brune avec des cheveux bouclés et des courbes à la Beyoncé. Nous n'avions pas eu l'occasion d'en discuter avec Adam, aussi me demandais-je s'il prenait autant de plaisir que les autres mecs de la classe à dessiner cette femme.

Évidemment, en théorie, notre regard était censé rester professionnel et dénué de tout jugement et appréciation esthétique. Dans la pratique, tout le monde avait un avis sur le type de corps qu'il aimait croquer. Et puisque les personnages féminins qu'avait l'habitude de réaliser Adam pour sa bande dessinée étaient généralement plutôt bien pourvus question poitrine, je supposais que oui, cela devait lui plaire. Et, aussi stupide que ce soit, il était possible que cela ait tendance à légèrement m'agacer…

J'avais très envie de me retourner pour jeter un coup d'œil à son travail. Mais puisque nous évitions autant que possible de nous parler en cours, je regardai le carnet de Peter – à défaut de celui d'Adam.

— Non mais j'hallucine, ne pus-je m'empêcher de chuchoter. Très mature de ta part, bravo.

Plusieurs croquis s'étalaient sur sa feuille, dans différentes poses, avec un cadrage et un soin du détail tout particulier pour les seins nus de notre modèle, le reste de son corps demeurant flou, à peine esquissé.

— Bah quoi ? feignit de s'étonner Peter. En tant que futur tatoueur, il faut bien que je m'entraîne. On risque de me demander souvent ce genre de trucs.

— Une paire de nibards ? Comme ça, sans rien autour ? N'importe quoi ! Comme si tous les mecs tatoués étaient forcément d'aussi gros porcs que toi...

Peter ricana, se pencha vers moi et murmura :

— Tu es jalouse, ou quoi ? Bébé, le jour où je pourrai mater tes petits seins et les faire allègrement rebondir dans toutes les positions, je peux t'assurer qu'ils deviendront ma seule et unique référence et que je n'en dessinerai plus jamais d'autres.

Il captura une mèche de mes cheveux, guettant l'indignation sur mon visage. Je m'écartai en soupirant, ouvertement désabusée, refusant de lui faire le plaisir de paraître choquée.

— Il y a des fois où je me demande si tu t'es levé un matin en te disant qu'il fallait absolument que tu battes le record du gars le plus lourd du monde. Parce que, c'est bon, hein, tu ne l'auras pas volé, ton putain de trophée.

Peter pouffa bruyamment et le prof nous foudroya d'un regard exaspéré, probablement un peu trop familier de nos turbulents éclats. J'en aurais bien rajouté une couche histoire que ça l'agace plus encore et qu'il décide finalement de ramasser notre production à la fin du cours. Peter aurait récolté une note minable et je me serais bien fichue de lui. Mais bon, je n'étais pas plus satisfaite que ça de mes propres croquis et j'aurais probablement payé cher mon effronterie. Je baissai donc le nez et me focalisai sur mon dessin, tâchant d'oublier les autres autour.

Quand la sonnerie de la pause déjeuner retentit, je m'autorisai enfin à me retourner et demandai à Adam, comme presque chaque midi :

— Un repas chaud en notre aimable compagnie, ça te dit aujourd'hui ou toujours pas ?

D'ordinaire, il faisait au moins l'effort d'articuler un mot ou deux – pour systématiquement refuser. Mais Adam se contenta de secouer la tête sans lever les yeux vers moi.

— Tu vois qu'on est faits l'un pour l'autre, ma biche, lança Peter. Tu es à peu près aussi lourdingue que moi. Fous-lui la paix maintenant, Adam n'a pas la moindre envie de se joindre à nous. Je crois que c'est assez clair après quoi ? La sixième, la huitième tentative ? J'ai perdu le compte, à vrai dire.

— La huitième, précisa Hannah d'un air pensif.

— Au fait, il y a une nouvelle soirée chez Cynthia demain, reprit Peter à mon intention. Est-ce que tu comptes ramener tes petites miches là-bas ou tu vas encore te la jouer ermite comme le week-end dernier ?

Adam continua de nous ignorer, ramassa ses affaires et sortit de la salle.

Je vis mes doutes se confirmer et fus certaine que quelque chose n'allait pas lorsque le soir, après le dernier cours, nous fîmes le trajet du retour en silence – ce qui ne nous était plus arrivé depuis longtemps. À plusieurs reprises, tandis qu'il conduisait, concentré sur la route, j'aperçus les muscles de ses mâchoires se contracter, comme chaque fois qu'il hésitait à prendre la parole, et ses doigts se resserrer un peu trop vigoureusement sur le volant, ses articulations étrangement blanchies de crispation.

— Adam, il y a un problème ? hasardai-je quelques rues avant la maison.

Il secoua derechef la tête, pinçant obstinément les lèvres, demeurant muet comme une carpe.

J'attendis que le dîner soit terminé et que nos parents vaquent à leurs occupations avant de le rejoindre dans sa chambre, comme nous en étions tacitement convenus. Je le trouvai installé à son bureau, occupé à travailler sur une nouvelle planche de sa bande dessinée.

Il posa son stylet et repoussa sa tablette graphique à mon arrivée, mais resta assis et ne se tourna pas vers moi pour autant. J'ignorais ce qui se passait exactement, mais son attitude me plongeait dans un profond désarroi. Adam était capable de remettre soudain tant de distance entre nous que c'en était effrayant...

— Est-ce que je rêve ou tu me fais la gueule ? m'offusquai-je en croisant les bras, comprenant subitement qu'il y avait des chances pour que le problème vienne de là.

Enfin, Adam me fit l'honneur d'un regard, fronçant les sourcils de confusion.

— Non, répondit-il spontanément, avant de se détourner encore et d'admettre : Peut-être. Je n'en sais rien.

Là-dessus, il se leva et se mit à arpenter la chambre, se passant nerveusement la main dans les cheveux.

— J'en ai assez, c'est tout, lâcha-t-il d'une voix rauque. Cela peut sans doute se comprendre, non ?

Je l'avais rarement vu dans cet état, mais je savais ce que cette agitation – tellement peu habituelle chez lui – signifiait.

Adam était en colère.

Et apparemment, je n'y étais pas tout à fait étrangère...

Je patientai quelques instants encore, pensant qu'il allait s'expliquer. Mais comme rien ne venait, je m'enquis, agacée à mon tour :

— Tu vas me dire ce qu'il y a, à la fin ?

— Ce qu'il y a ? répéta-t-il en s'arrêtant pour pivoter brusquement vers moi. Tu es vraiment sérieuse ?

Il se pinça l'arête du nez entre l'index et le pouce et ferma les paupières, comme pour tâcher de se reprendre, visiblement conscient de trop s'emporter. Il semblait aussi furieux que paniqué, aux prises avec des émotions qu'il ignorait comment gérer et comment exprimer...

— Bon sang, je suis juste derrière Peter et toi en cours ! lança-t-il entre ses dents serrées. Tu penses réellement que je n'entends pas ce qu'il te dit, que je ne le vois pas essayer sans cesse de profiter de la situation ?

Je cillai, consternée.

Peter se livrait à cette plaisanterie depuis le premier jour. C'était souvent pénible mais, à vrai dire, je n'y prêtais plus attention. En général, je le calmais d'une pique bien sentie et il m'en renvoyait une autre. Nos joutes verbales étaient presque permanentes et même s'il dérapait souvent et avait le don de devenir graveleux très rapidement, cela n'était jamais allé plus loin depuis le soir où il avait tenté de m'embrasser et où je l'avais repoussé.

Adam rouvrit les yeux pour les planter dans les miens et se pencha vers moi afin d'être à mon niveau, une moue amère tordant sa bouche.

— Peter te touche, il te balance des obscénités en faisant mine de croire qu'un jour ou l'autre ses conjectures dégueulasses deviendront réalité, tout cela devant moi, et je suis censé rester de marbre ? Je suis censé ne rien dire et trouver cela parfaitement normal ? C'est ce que tu attends de moi, Violette ? Parce que je regrette, mais ce n'est pas possible !

— Enfin, c'est juste pour rire, Adam, me défendis-je.

— Non, protesta-t-il en balayant mon argument d'un geste irrité. Pas tout à fait, non. Parce que, avec moi, il a été on ne peut plus clair, et je sais très exactement ce qu'il espère obtenir à la longue. Ce matin, c'était la goutte d'eau. Je suis navré, mais c'est au-dessus de mes forces. Je ne pourrai pas le supporter plus longtemps.

Adam me prenait totalement au dépourvu, jamais je n'aurais imaginé qu'il puisse réagir aussi vivement pour ce qui n'était que des broutilles. Je ne comprenais pas pourquoi il m'en voulait à ce point tout à coup, ni même pourquoi il s'enflammait de cette manière. Cependant, sa nervosité était communicative et je m'étranglai à mon tour :

— Oh, je vois ! Et bien sûr, tu as une idée sur la façon dont je devrais lui répondre et me comporter avec lui, je suppose ? Parce que, au fond, ça doit forcément être ma faute aussi, c'est ça ?

Adam se redressa et poussa un grognement d'exaspération.

— Je n'ai jamais dit une chose pareille !

Il recula d'un pas, puis d'un autre, et encore un, jusqu'à se laisser tomber sur le lit, assis, les coudes sur les genoux et le menton posé sur ses mains, lesquelles masquaient à présent tout le bas de son visage.

— Ce qui est certain, en revanche, c'est qu'il ne se permettrait pas cela si...

Il s'interrompit brutalement pour pousser un lourd soupir et jeter un regard sur le côté.

Je commençai finalement à entrevoir le nœud du problème, là où Adam désirait en venir. J'aurais préféré qu'il ne termine pas sa phrase. Mais après quelques secondes à battre la cadence de son talon, il reprit plus doucement, son timbre trahissant néanmoins sa tension :

— Cela ne se produirait pas si, à l'école, les autres étaient au courant pour nous. Si j'étais véritablement ton petit copain, officiellement comme officieusement.

Je m'éloignai à mon tour pour tirer à moi le fauteuil de son bureau et y pris place, désorientée.

— Ne fais pas ça, s'il te plaît, murmurai-je, craignant que tout ce qui avait tant enchanté mon quotidien ces derniers jours ne se dissipe.

Adam haussa les épaules avec découragement et son regard se chargea d'une douleur si intense que ma gorge se serra.

— Cela te paraît si délirant que ça ? souffla-t-il. Je suis quoi pour toi, au bout du compte ? Une passade ? Un genre d'expérience, histoire de changer un peu de registre et de tester l'exact inverse des types que tu as l'habitude de fréquenter ?

— Tu n'as pas le droit d'utiliser contre moi les informations personnelles que je t'ai confiées ! C'est injuste et malhonnête de ta part de me balancer ça ! Pourquoi faudrait-il définir un statut ? Pourquoi faudrait-il nécessairement que je sois la copine de quelqu'un pour que les autres mecs me foutent automatiquement la paix ? Tu vois, tu revendiques des droits sur moi en définitive. On y vient, l'air de rien...

Adam inspira profondément, ouvrit les mains en signe d'impuissance, puis rétorqua :

— Je ne revendique pas des *droits*, nous ne sommes pas au tribunal à ce que je sache. Simplement, il se pourrait que dans certains domaines, je sois comme tout le monde. Que j'aie envie de ces choses dont tout le monde a envie. Et que, même moi, je ne puisse pas me contenter de n'exister pour toi que dans l'ombre.

J'avalai péniblement ma salive, refusant d'envisager ce qu'accepter de me plier aux exigences d'Adam entraînerait. Ce qu'Hannah dirait, le genre d'injures qu'elle pourrait propager dans mon dos et qui se répandraient ensuite comme une traînée de poudre...

— Je t'avais dit que je préférais qu'on ne se donne pas de définition. Je t'avais expliqué que je ne voulais pas de petit ami, que je voulais rester libre.

— Oui, ce n'était pas d'une clarté folle, mais j'en conviens, c'est très commode. Cela signifie-t-il que tu comptes aussi voir d'autres hommes et que je suis supposé faire avec ? Parce que, dans ce cas, il serait bon de m'en avertir.

J'eus un brusque mouvement de recul.

— Non ! Tu me prends pour qui, enfin ?

— Donc, je compte, mais pas suffisamment.

Adam se remit debout et alla se poster devant sa fenêtre, contemplant le jardin plongé dans la pénombre.

— On est beaucoup trop jeunes pour se mettre en couple et se promettre des choses, Adam, alléguai-je en me relevant à mon tour, comme l'angoisse et le dépit me comprimaient le cœur. C'est juste que je ne veux pas qu'on se fasse du mal. Ça peut s'entendre, tu ne crois pas ? On n'est pas assez solides tous les deux pour avoir ce genre de relation et s'engager dans quoi que ce soit.

Il posa le poing sur le montant en PVC pour s'y appuyer et ne répondit pas, absorbé par ses réflexions. Je laissai passer quelques minutes encore, mais le silence d'Adam devint si oppressant que je finis par tourner les talons et traverser le couloir afin de rejoindre ma chambre.

51

Adam

À trop en vouloir, on finit par tout perdre...

J'ignorais qui avait un jour mis en mots une telle évidence, mais j'aurais sincèrement apprécié réussir à garder cela à l'esprit avant de me laisser aller à exploser de la sorte devant Violette... Avant d'oser réclamer une chose que je savais pertinemment qu'elle me refuserait.

Je fermai la porte de ma chambre et fonçai à mon bureau pour me remettre à ce projet – sur lequel je stagnais ridiculement depuis un peu plus de vingt-quatre heures –, tandis que la colère que j'éprouvais contre moi-même, combinée à l'abattement, montait d'un cran pour bouillir au creux de mon estomac.

Nous étions samedi soir et non seulement Violette et moi ne nous étions plus adressé la parole depuis la veille, mais elle avait carrément déserté la maison dès la fin de matinée, pour ne plus reparaître depuis, me privant ainsi de toute chance d'essayer d'arranger les choses. Elle avait simplement pris la fuite, estimant probablement qu'elle avait eu sa dose de complications pour une relation qui, à ses yeux, n'en valait certainement pas tant.

Son attitude était on ne peut plus révélatrice.

J'étais allé trop loin, je l'avais ennuyée avec mes doléances et elle ne voulait plus entendre parler de quoi que ce soit concernant nos rapports, si ambigus soient-ils. Je ne voulais pas considérer cela comme une rupture définitive. Je m'y refusais pour le moment, me persuadant que je n'aurais réellement à m'y résoudre et à l'accepter que lorsqu'elle se serait donné la peine de me l'annoncer de vive voix.

À la fois, pouvait-on vraiment parler de rupture dans notre cas, à propos de liens qui n'avaient même pas assez d'importance pour porter un nom ?

De rage et de dépit, je balayai d'un geste les livres de cours qui traînaient sur mon bureau, les envoyant valser dans un grand fracas. Puis je m'accoudai devant mon écran, le front dans les mains, les doigts noués sur mon crâne, et tâchai de respirer profondément pour recouvrer au plus vite mon calme. Les mouvements de colère et tout autre éclat du genre, un tant soit peu bruyants et tangibles, n'avaient clairement jamais figuré dans la liste de ce que je pouvais me permettre et ce n'était franchement pas le moment de rappeler mon existence au bon souvenir de mon père…

J'avais été si stupide !

J'avais cru que cette semaine à devoir regarder Violette de loin sans pouvoir la toucher et Peter lui faire de nouvelles avances, sans cesse plus insistantes et déplacées, sans jamais pouvoir intervenir, coincé derrière d'invisibles barrières, avait été un enfer. Mais, en réalité, c'était à présent que je le vivais.

Je m'étais révélé incapable de passer outre et de me taire – un comble, compte tenu de mon caractère. Et j'avais tout gâché…

Comme si j'avais eu le droit de requérir quoi que ce soit. Comme si j'avais eu le droit d'*espérer* quoi que ce soit ! Comme si j'avais jamais eu les moyens de me montrer exigeant !

Quel crétin je faisais !

Pourquoi, moi, qui d'ordinaire parvenais si bien à feindre l'impassibilité et à conserver mon sang-froid, n'avais-je pas su endiguer ce flot d'exaspération et de récriminations que j'avais senti croître au fur et à mesure de la semaine ? Pourquoi m'étais-je autant enflammé alors que, pourtant, j'avais parfaitement conscience des risques encourus ?

Étais-je devenu totalement inconscient ?

Parce que, au fond, qu'est-ce que cela aurait changé, qu'aurais-je pu y gagner qui me paraissait si essentiel encore la veille au soir ? Quand bien même Violette aurait-elle consenti à nous attribuer ce titre auquel j'aspirais tant et à s'afficher avec moi en cours, que mes problèmes n'auraient pas disparu pour autant. Je serais resté le même pauvre type, le handicapé social de service, n'ayant pas la moindre idée de la manière dont il convenait de se comporter en public avec la fille qu'il fréquentait.

Il n'était nullement étonnant que Violette ait trouvé cette simple perspective tellement aberrante...

J'avais désiré quelque chose que je n'étais pas même en mesure d'assumer. J'avais été aveuglé par la jalousie et ma propension à en vouloir plus dès lors qu'il s'agissait d'elle, et j'avais abusé en laissant mes nerfs prendre le dessus et s'exprimer à ma place. Je venais probablement de tout perdre à jouer avec le feu. Et sans doute fallait-il en déduire que j'étais suicidaire, parce qu'il était évident que je ne pouvais déjà plus concevoir mon quotidien sans elle à mon côté pour m'apporter ces bouffées d'oxygène dont j'avais si désespérément besoin...

Il n'y avait rien à faire, j'avais beau respirer lentement, je ne parvenais pas à étouffer ce marasme sombre qui encombrait mes réflexions. Je me relevai, excédé, fis quelques pas dans la chambre, puis en ressortis pour descendre l'escalier, malgré le danger que traîner dans les différentes parties de la maison où j'étais susceptible de croiser mon père représentait.

J'avais quitté la table du dîner avant que Catherine et lui aient terminé pour me réfugier seul à l'étage, mais peut-être n'aurais-je pas dû. Il n'avait pas eu de mots désagréables pour moi depuis un bon moment et je commençais à trouver cela passablement inquiétant.

Je ne savais pas si j'étais complètement dingue de prendre ainsi le risque d'aller au-devant des ennuis ou si, après des années à endurer ses mauvais traitements, j'avais fini par développer des penchants masochistes. Je suivis toutefois la lumière et me rendis à la cuisine, où Catherine était encore en train de s'activer.

Elle se tenait devant l'évier et nettoyait un plat, mon père n'étant vraisemblablement ni dans le salon, où tout était déjà éteint, ni avec elle.

Elle se tourna vers moi d'un mouvement vif, l'air surpris, puis m'apprit :

— Ton père est descendu au garage, si tu le cherches. Il lui restait des choses à bricoler à l'atelier, je crois.

L'idée de l'y rejoindre me détourna aussitôt de ma nervosité, les coups de clé à molette et les insultes de la semaine précédente me revenant brusquement en mémoire.

— Est-ce qu'il a demandé après moi ? me renseignai-je néanmoins. Est-ce qu'il veut me voir ?

Je déglutis péniblement, réalisant que je venais peut-être de me jeter tout seul dans la gueule du loup, tel l'imbécile que j'étais.

— Non, il n'a rien dit, me rassura-t-elle, avant de pivoter de nouveau vers l'évier pour rincer le plat et commencer à en laver un autre.

J'avançai jusqu'à elle et pris l'un des torchons pour essuyer les quelques récipients restés sur l'égouttoir et ensuite les ranger dans les placards adéquats.

— Est-ce que tu vas bien, Adam ? s'enquit soudain Catherine.

Elle se sécha les mains et s'appuya contre le rebord de marbre du lavabo, attendant visiblement une réponse.

— Oui, bien sûr, marmonnai-je.

— Vraiment ? Parce que tu n'as pratiquement rien mangé depuis hier soir. Tu n'es pas malade, au moins ?

Je remis le chiffon à sa place et entrepris de récurer la table et le plan de travail, me tançant intérieurement pour ma bêtise. Qu'est-ce qui m'avait pris de quitter la solitude et l'abri de ma chambre, tout à coup ? Est-ce que j'étais tombé sur la tête ? Et si mon père se pointait, là, maintenant, que se passerait-il ? Il n'y avait absolument aucune chance pour qu'il laisse passer une occasion comme celle-ci de m'accuser d'essayer de créer des problèmes...

— Non, je n'avais pas très faim, c'est tout, expliquai-je. Je suis navré.

Je lavai l'éponge, puis mes mains, et m'apprêtai à tourner les talons. Mais Catherine me contourna et ferma la porte de la cuisine, de sorte que personne ne puisse nous entendre.

J'ignorais ce dont elle voulait me parler, mais l'angoisse se mit à vrombir en moi, martelant mes tympans avec une vigueur stupéfiante. Et des images de mon père tournant sa violence contre quelqu'un d'autre que moi emplirent mon esprit...

Catherine recula pour me faire face et déclara avec une gravité préoccupante :

— Je veux que tu saches que ce n'est pas parce que je suis mariée à ton père et que j'évite de me mêler de vos affaires que j'approuve tout ce qu'il dit.

Les muscles de mon cou se détendirent et je pus respirer de nouveau. Je n'étais pas certain de comprendre ce qu'elle sous-entendait, mais j'étais immensément soulagé qu'il ne s'agisse pas de quelque chose d'aussi dramatique que ce que j'avais pu imaginer.

Comme je gardais le silence, faute de savoir que répondre, elle croisa les bras et m'interrogea :

— Tu n'es pas en soirée avec Violette, chez cette fameuse Cynthia ?

À l'évidence, non...

Mais n'était-ce pas précisément ce pour quoi j'étais redescendu ? Afin de m'assurer que Violette avait mis sa mère au courant de l'endroit où elle se trouvait et ainsi obtenir la confirmation qu'elle était bel et bien avec ses amis – ce qu'en aucun cas je n'aurais pu demander à Catherine à table, en présence de mon père.

— Est-ce que vous vous êtes disputés tous les deux ? se demanda-t-elle en fronçant les sourcils. Je sais que ma fille peut avoir vraiment sale caractère parfois.

— Non, ne pus-je m'empêcher de protester. Non, je ne suis pas d'accord. Elle semble avoir un avis sur tout, mais en vérité, elle n'émet jamais d'opinion à la légère, sans s'être au préalable renseignée et avoir longuement réfléchi au sujet. Et puis, elle sait ce qu'elle veut, c'est différent.

Et ce qu'elle ne veut pas, par extension...

Catherine m'adressa un sourire étrange, entre étonnement et autre chose, que je n'aurais su définir.

— J'ai du mal à savoir si elle se plaît réellement dans cette nouvelle école. Je pense qu'elle a trouvé sa place parmi les autres élèves, mais ça ne m'inquiétait pas trop de toute façon. En revanche, pour ce qui est de ses notes, c'est une autre histoire. Elle peine un peu à se mettre au niveau, non ? C'est plus difficile pour elle de s'adapter à ce qu'on attend de vous là-bas.

— Les professeurs sont extrêmement sévères avec ceux qui dérogent un tant soit peu aux règles. Les consignes sont souvent strictes et offrent peu de liberté. Violette s'en sort très bien, c'est seulement que, jusqu'ici, elle n'a pas eu beaucoup de chance, les sujets ne lui correspondaient pas tellement.

Violette sacrifiait volontairement ses notes au profit de sa créativité. Elle se moquait du code couleur qu'on nous imposait, des instructions de manière générale et préférait systématiquement suivre son instinct, quitte à devoir en pâtir ensuite.

— Elle n'en fait qu'à sa tête, comme d'habitude, résuma Catherine avec une moue légèrement chagrinée.

— Ce n'est pas une question de défiance ni de désinvolture. Votre fille a un style déjà établi, très affirmé, elle s'y tient et ne fait pas de concession avec l'artiste qu'elle est, n'en déplaise à ceux censés représenter l'autorité. Elle a raison, ce sera payant à un moment ou à un autre. Du reste, cela ne l'empêche pas de beaucoup travailler. Elle a d'ailleurs énormément progressé depuis la rentrée.

Les lèvres de Catherine s'étirèrent de nouveau, dans une expression aussi douce que reconnaissante.

— Merci, Adam, c'est gentil de me rassurer. Dis, pourquoi n'irais-tu pas la rejoindre ? Il n'est pas trop tard, tu sais. Je suis certaine que vos amis seront contents de te voir aussi.

Je baissai les yeux et grimaçai.

— Ce ne sont pas mes amis.

Mais Catherine ne parut pas entendre et insista :

— Appelle Violette. Si vous vous êtes réellement disputés, ce serait dommage de rester fâchés. Tu as son numéro ?

Je secouai la tête, fixant le carrelage tout en m'efforçant de paraître aussi détaché que possible.

— C'est trop bête, je vais te le donner.

— Non merci, refusai-je fermement. Elle et moi ne sommes pas si proches que ça.

D'une certaine manière, c'était vrai. Parce que si moi, je n'avais jamais été aussi proche de quelqu'un avant elle, c'était toutefois loin d'être son cas – et heureusement pour elle, après tout, j'étais le seul de nous deux à avoir un réel problème avec ça.

En outre, Violette m'aurait transmis elle-même son numéro si elle avait voulu que je l'aie.

Là-dessus, je passai devant Catherine, puis m'échappai de la cuisine pour finalement retourner m'enfermer dans ma chambre et ramasser les livres de cours que j'avais stupidement abîmés.

Retrouvez Adam et Violette
dans *Ce qui nous consume...*

Composition
NORD COMPO

Achevé d'imprimer en Espagne
par CPI BOOKS IBERICA
le 20 février 2019.

Dépôt légal : mars 2019.
EAN 9782290200537
OTP L21EDDN001034N001

ÉDITIONS J'AI LU
87, quai Panhard-et-Levassor, 75013 Paris

Diffusion France et étranger : Flammarion